魅丽文化 飞言情工作室

我只偷看你一眼

单阿囡——著

江苏凤凰文艺出版社
JIANGSU PHOENIX LITERATURE AND ART PUBLISHING

图书在版编目（CIP）数据

我只偷看你一眼 / 单阿囡著. -- 南京：江苏凤凰文艺出版社，2021.10
ISBN 978-7-5594-5421-8

Ⅰ. ①我… Ⅱ. ①单… Ⅲ. ①长篇小说－中国－当代
Ⅳ. ①I247.5

中国版本图书馆 CIP 数据核字 (2020) 第 227598 号

我只偷看你一眼

单阿囡 著

责任编辑　张　倩
出版统筹　曾英姿
特约编辑　郭玲玲
装帧设计　ABOOK STUDIO 尾巴 Design QQ1980921251
出版发行　江苏凤凰文艺出版社
　　　　　南京市中央路 165 号，邮编：210009
网　　址　http://www.jswenyi.con
印　　刷　湖南天闻新华印务有限公司
开　　本　880mm × 1230mm 1/32
印　　张　9
字　　数　210 千字
版　　次　2021 年 10 月第 1 版
印　　次　2021 年 10 月第 1 次印刷
书　　号　ISBN 978-7-5594-5421-8
定　　价　42.80 元

目 CONTENTS 录

001 **楔子**

007 **第一章** 他乡遇前任

028 **第二章** 惹祸上身

060 **第三章** 再遇

080 **第四章** 月亮曾经奔她而来

107 **第五章** 生日礼物

131 **第六章** 凡是过往，皆为序章

目 CONTENTS 录

152 **第七章** 纸团里的答案

174 **第八章** 回护

195 **第九章** 负面新闻

222 **第十章** 再度拥月

254 **第十一章** 恋情公布之后

楔子

除夕夜那天，G 市难得下了场雪。不过雪不大，没一会儿便停了，小孩儿们抗冻，欢呼着下楼点炮仗玩儿，跑来跑去这么一踩，那点儿仅存的雪影子也很快荡然无存了。

陈家便这么在有一搭没一搭的炮仗声中，结束了气氛有些凝重的年夜饭。

过后，陈策跑到陈遇青房间里看书，掩嘴做贼似的凑近正在收拾屋子的他姐，问："爸妈这是又吵架了？"

"我也不知道。"陈遇青有样学样，放下折到一半的衣服，也压低了声音凑到陈策耳边悄声道，"反正我不去惹他们就行了，这段时间你也乖一点儿。"

陈策心有戚戚地点了点头，又捡起书本接着看。

隔着门板，客厅里隐约传来了春节联欢晚会男女主持人喜气洋洋的报幕声，陈遇青将衣服整理好放进衣柜的时候留心听了一耳朵，知道接下来的节目是首歌。

不过她也没心思听，因为就这么一会儿的工夫，她的手已经往衣兜里掏了好几回手机了。

陈策心细，见陈遇青一副明显惦记着什么事的模样，便开口问道：“姐，你是不是交男朋友了啊？”

陈遇青听闻，手下一抖，好不容易才叠好的一件连帽衫顿时又散了开来。

陈策刚上初二，年纪小归小，心思却多，人贼精，双手托腮趴在床沿，一脸“我早就看破”了的表情，说：“是不是对面的傅岫哥哥？”

陈遇青去捂他的嘴，声音比方才压得还要低：“谁跟你说的？你从哪儿听的？爸妈知道吗？”

“谁都不知道，是我自己猜的！”陈策嬉笑着掰开她的手，“谁让你上高中那会儿一双眼睛都恨不得黏在傅岫哥哥身上呢？”

“就你知道得多。”陈遇青瞪了他一眼，又有些奇怪地问，“不过那也只是代表我喜欢他，你是怎么第一个就猜那个人是你傅岫哥哥啊？”

“这个嘛……”陈策摸了摸下巴，正想着那是什么时候的事情，刚要开口，陈遇青的手机便振动了一下。

陈策见他姐着急忙慌的样子，颇为无奈道：“不用这么急吧，大过年的，傅岫哥哥又不会走哪儿去。”

陈遇青横了他一眼，火速地裹上帽子和围巾，又拿新买的口红在嘴上抹了一圈，开门出去的时候，才心情很好地回头，怼道：“小屁孩儿懂什么！”

去见自己很喜欢的人，当然会着急啊。

房门没有被带上，留了一条缝，姐弟俩那暴脾气的妈——王虹丽的声音便和着一道女士低沉悦耳的歌声钻进来，她嚷道：“大晚上的又去哪儿鬼混？”

“去楼下，看雪！”

刚好电视里那首歌唱到了尾声，拖着调子，深情地唱出最后一句——

“当我老了，我真希望，这首歌是唱给你的。”

陈策第二次捡起了书，往床上一躺，边翻边摇头叹气，道：“姐大不中留啊。”

楼道的声控灯感应不大好，陈遇青下来的时候，大力跺脚跺得鞋底儿都快平了，等到了一楼，看到昏暗楼道里那倚着墙壁的颀长身影，这才收了力道，绞着手忸忸怩怩地过去。

她和傅岫是异地恋，当年她的第一志愿报了和傅岫同一座城市的学校，结果没被录取，便选了第二志愿，也就是她被她妈摁着脑袋逼着填的一所师范大学被录取了。

当时陈遇青收到录取通知的时候，瞧着电子地图上仿佛在对角线位置的两所大学，险些当场哭出来。他俩虽说是交往了一年半的时间，实际上也不过相处了三个假期，其中还要除去假期中单独见朋友、随家人走亲访友的时间。

所以陈遇青觉得她可难了，每回刚处出感觉就分开了，等下一回再见到，便又跟刚开始交往一样，羞涩、矜持、放不开。

不过傅岫像是没有这些反应，陈遇青刚靠过去的时候，他便自然而然地伸过手来牵住了她，动作熟稔得像是已经重复了一万次。

陈遇青脸泛酡红，心里“嗞嗞”地冒着甜，却又怕被人瞧见，于是动了动手指想抽出来。

哪想傅岫当即瞥了她一眼，以一种责备不听话的小孩子的语气道：“别乱动。”

陈遇青揪他的衣服，一副小媳妇儿的模样，怯怯地说：“外面人多，别被看到了。”

傅岫又瞥了她一眼，像是在斟酌什么，一会儿后，收回手揣进兜里，自顾自地出了楼道。

小区里的孩子都认识傅岫，估摸着平时没少被自个儿的妈提溜着耳朵以傅岫作为榜样训过，加上傅岫本身就有些不太好亲近的气场，所以他们眼神里流露出的都是那种又敬又怕的情绪。

陈遇青跟在傅岫后头出来，一路瞧着那些本来精力旺盛的孩子一个个蔫头耷脑的模样，没忍住笑了出来。

出了小区后，陈遇青把这件事跟傅岫说了，她性子活泼爱闹，讲个笑话常常是还没开始讲就自个儿先“咯咯咯”地笑个不停，等笑够了，才发现傅岫一直没有回应她。

平时傅岫话少归话少，但只要陈遇青跟他说话，就算是敷衍，他也会“嗯”上两声，眼下这情景，明显是又生气了。

陈遇青把两人见面后的事情条分缕析地在脑海里过了一遍，又偷偷觑了傅岫一眼，率先服软，拽住他衣服的一小角，轻轻扯了扯：“对不起嘛。”

傅岫没理她。

陈遇青开始动之以情，晓之以理：“你想啊，这小区里多少人认识你，多少阿姨就等着女儿长大了嫁给你，结果被我捷足先登摘了果子，到时候她们知道了，不得唾沫星子淹死我啊？”最后，她又使出撒手锏，整个人挂在他的胳膊上，左右晃了晃，娇软地说：“傅岫哥哥，不要生气了嘛……”

傅岫哼了一声，神色这才逐渐松缓下来：“我怎么不知道有谁想嫁给我？”

“我呀，我！”陈遇青举手，厚着脸皮往他跟前凑，“陈家的女儿就想嫁给你。”

“陈家女儿？哪个陈家？小区里姓陈的有点儿多。”

肯跟她贫就代表气已经消了，陈遇青便更加肆无忌惮了，仗着出了小区，手“嗖”的一下钻进傅岫的衣服口袋里，笑嘻嘻地说：“就是住你对门的那个陈家女儿，现在还牵着人家的手，不能不负责任啊，傅岫同志！”

“谁想牵？拿出去，跟冰坨子似的。”

“哦，那你倒是别抓着呀。”

雪后的夜空澄澈高远，幽蓝色的夜幕穹顶上缀着几颗星，街上无多少行人，挂在路灯上的红灯笼却依旧照出了喜庆和甜蜜，倒计时的最后几秒，远处江边传来烟花往上蹿，划破了凛冽寒风的声响。

陈遇青偎在傅岫身边，偏头朝他笑弯了眼：“傅岫，新年快乐呀！”

“嗯。”傅岫淡淡地应了一声，低头，声音轻下来，“新年快乐！”

一会儿后，陈遇青带笑的声音又响了起来，悄声说：“明年也一起看烟花吧，怎么样？”

“嗯。”

“‘嗯’是什么意思？”

“‘嗯’就是‘嗯’。”

那之后很多年，傅岫都在想，如果当时他说的是一句肯定的“好”，而不是语焉不详的一声“嗯”，他们之间的结局是不是会变得不一样。

年后没多久，傅岫因为要赶学校科技创新的项目，所以提前回了学校。后来一想，其实从那个时候起，陈遇青就有些不对劲了。她并没有像之前一样拉着他撒娇耍赖，也没有在他出发的那天躲在自家的窗帘背后一边给他打电话一边哭，反而像是巴不得他赶紧走，说了一句“注意安全”后，便迅速挂断了电话。

而后三个月的时间里，傅岫和陈遇青的通话次数屈指可数。每次他打过去，要么是陈遇青不接，要么就是她借口有事，说了几分钟便急急忙忙挂断。

起先，傅岫以为是因为自己急着赶科创项目冷落了她，所以她生气了，直到六月，傅岫参与的科创项目结项，他孤身去了一趟陈遇青的学校。

那所学校坐落于江南，不同于北方山脊拔地而起的气势，飞机在半空滑翔的时候，那片绿茵茵的平缓土地能直透云层落入人们的眼里，奇异地驱散了旅途带来的疲惫。

傅岫并没有提前和陈遇青打招呼，而是等人已经站到了学校的正门外，才给她打了电话。只是等了差不多有半个小时的样子，等到六月并不炽盛的阳光都变得有些灼人起来的时候，陈遇青才从一辆出租车上下来了。

她起先有些慌张，后来则平静下来，和傅岫面对面站着，却低着头不说话。

傅岫率先打破沉默，但长时间的航程让他的嗓子哑得厉害："去哪儿了？"

陈遇青也不看他，右手微蜷着藏在背后，食指指甲在傅岫看不见的地方，狠狠地掐着自己拇指指腹。她说："和室友出去玩儿了。"

她心慌意乱的时候就会有这个动作，傅岫看见了，却不动声色地点了点头，继续问："之前为什么不接电话？"

"有事……"

"有什么事？"

陈遇青顿了一下，僵着嗓子道："就是有事。"

傅岫的目光便冷了下来，他压住心中腾起来的烦躁，放缓了声音，继续问："是不能和我说的事情吗？"

陈遇青便又顿了一下，而后，抬起头，看向傅岫，像是突然下定了什么决心一样，坚定地道："能说。"

南方多喜欢种柳树，暮春时，柳条轻摇，有莺雀驻于其上啾鸣。

陈遇青笃定的声音便随同莺啼一道传进傅岫的耳朵里。

她说："傅岫，我们分手吧。"

第一章
他乡遇前任

1. 你离我远一点儿

傅岫的那辆福特 E350 保姆车驶到 T 市影视城时引起了一些小骚动。

不过这也没什么，打从他前年经由一部都市爱情片一炮而红后，俨然跻身当红演员的行列了。

之前网上有一个娱乐性质的投票，让大众投出“最想嫁的男明星”，他的票数可谓一骑绝尘。

陈遇青当然也是这票的贡献者之一，不过她也就只有隔着网线奢想一下的胆子，真要见着真人，她比谁都跑得快。

这不，捏着刚领到手的保密协议，被小师妹硬拽来看热闹的陈遇青只敢猫着腰藏在人群里，祈盼着傅岫赶紧走过去。

和她同属化妆组的小助理师妹姓齐，叫齐悦，刚二十，鲜嫩活泼得很，是第一次进剧组，遇到这场面很是激动，大夏天的也不嫌热，一把揪住陈遇青的胳膊，兴奋得直跺脚：“遇青姐，你看，真的傅岫哎！”

陈遇青心道，不是真的，难道是纸糊的吗？再一看自个儿，被小师妹这么一扯一拽，直接就脱离了群众的掩护，奔着最边缘最敞亮的地方去了。

陈遇青那个慌呀，当下也顾不得什么了，挣脱了小姑娘的手直往后退。她这慌不择路的，也没注意脚下有东西，只觉得脚后跟不知磕上了个什么玩意儿，然后便这么一绊一跌，话都没来得及说一声——

人就这么被埋进服装组运来的一卡车正在卸的衣服里。

这衣服是给群演准备的，两三百套的样子，前前后后也不知道上了多少人的身，每一套都散发着一种难以言喻的味道。

陈遇青眼下被埋进这一堆衣服里，先不说沉不沉，单这味儿，就把她熏得头昏脑涨了。

小师妹最先反应过来，也顾不上什么傅岫了，整个人往衣服山堆上一扑，使出吃奶的劲儿开始拼命扒拉，急道："遇青姐，你没事儿吧？"

那正卸货的货车司机估摸着听这声响儿不太对劲，也忙不迭地下车查看。

陈遇青胸口就像压了块石板，整个人被压得昏昏沉沉的，听到小师妹的话后调整了一下呼吸，挣扎着从衣服堆里亮出来一只手以示她还好。

也不知外头有多少人参与"救援"，很快，陈遇青身上的重量越来越轻，紧接着一只手蓦地握住了她伸在外面跟恐怖片里笔直地竖在坟头上的手。

陈遇青觉得这手掌宽大，握住她的五指也骨节分明，不像是小师妹的，但她也没多想，只以为是哪个好心的围观群众在帮她，于是整个人顺着那股力道一起来……

天光乍亮，亮到陈遇青恨不得立即瞎了眼——

"呵……"手主人喉结轻轻一滚，黑沉沉的眼睛里透着几分冷，"陈遇青。"

陈遇青被这么大的劲儿拽出来，按照惯性怎么也会向前冲两步，可见着来人后，身体的反应迅速压制了惯性，让她跟个木头梆子一样直接僵在了原地。她也不知是闷的还是吓的，满头大汗，一头短发本就够凌乱的了，被汗水这么一濡湿，湿淋淋地贴在额角，狼狈得不成样子。

她迅速抽回手，又觉得这动作很失礼，于是只得干巴巴地笑了两声，跟亡羊补牢似的打招呼："嗨，傅岫。"要说陈遇青这辈子最怕的人，除了她妈王虹丽，便是眼前这人了。

当然，也不是说傅岫有多凶，正相反，这人是又冷又闷，遇到他不想说话的时候，便是拿钢棍儿都撬不开他的嘴。

这几年倒有所改善，想必是经过了竞争残酷的娱乐圈的"毒打"，在面对一些采访的时候，虽能显而易见地看出他的敷衍，但到底还是肯开口的。要知道更早的时候，在傅岫的少年时期，作为邻居的陈遇青，每天为了让他能多跟她说几句话，可没少费心思。

认识傅岫是在陈遇青高中的时候，他们刚搬新家。当时还是暑假，陈遇青一觉睡到天光大亮，还迷糊着呢，就被她妈扯了起来，要她帮忙去对门借花椒。当时她一身松垮垮又皱巴巴的棉布睡衣，脑门上顶着两颗倔强不屈的青春痘，就这么睡眼惺忪地敲响了傅岫家的门。

"阿姨，我是住您家对面的，我妈让我来找您借点儿花椒。"她嘴里念着，边打哈欠边搓眼。结果嘴才张到一半，就跟前来开门的瘦竹一样挺拔的清隽少年打了个照面。

后来那些人，拿着过去一两张糊得不能再糊的图，来抹黑傅岫，说他整容，真的很没道理。陈遇青敢拿项上人头担保，起码从她遇到他开始，他就一直是这么好看的，好看到在见到他的第一眼，即使他什么话也没说，眼神还特冷淡，也让陈遇青女孩子的本能觉醒了——

臊得整个人跟被扔进滚油锅里一样从头沸到了脚。

反正打那以后起，陈遇青除了上床睡觉，别的时间再也不敢穿睡衣到处溜达了。

说来也巧，她和傅岫不仅同在市中读书，而且同级。之后开学，好几次清晨上学，她一拉开门，就能撞见傅岫。不过傅岫从来没拿正眼看过他的这位校友就是了。

少年时期的傅岫明摆着是冷，但内里是藏着几分傲的，想一想也能理解，毕竟一个样貌佳、学习好，打小就是众星捧月的人，他不傲谁傲？脾气好的陈遇青并不介意，每回都是自顾自地冲他笑笑，然后便默默走在他身后，一起去等校车。

算起来，真正和傅岫发生交集，还是在陈遇青搬来的小一年以后了。

那也是一个上学的清晨，陈遇青幸运，一上车就占着了座儿，正美滋滋地准备掏出耳机听歌呢，哪想司机突然一个急刹，然后她就失手了。

当时他们那儿卖的豆浆还是装在透明塑料袋里的，撇开卫生不谈，这种包装有个隐患，就是特别容易被捏爆。

五月的天气，正好是暑气起来的时候。陈遇青早早舍弃了校服外套，每天都穿着一件蓝白短袖校服，露出两条细嫩的胳膊招摇过市。衣服料子比较薄，所以那袋豆浆从身后淋过来时，瞬间湿透了的衣服贴在身上，勾勒出女孩子初显端倪的轮廓不说，连胸衣前点缀的小蝴蝶结都显了形。

陈遇青当时又羞又窘，只能紧紧地将书包抱在胸前，弄洒豆浆的人倒是一直在道歉，但也就是一个劲儿往她手里塞纸巾，根本不懂她的燃眉之急。

她记得那时她都快哭了，感觉公交车上的人都在看着她窃窃私语。偏偏离学校又还有四五站，于是她开始埋着头整个人都往下缩，一副恨不得缩到座椅底下的架势。

陈遇青也不是没想过找傅岫帮忙，只是车上人多，挤得跟沙丁鱼罐头似的，她跟傅岫一上车就分开了，如今放眼望去全是密密麻麻的人头，谁知道他在哪儿。

哪想一件带着清淡薄荷香的蓝白校服，就这么猝不及防地盖到她的脑袋上，与此同时，还有清冷的声音——“穿上。”

傅岫虽然瘦，但很高，所以那件校服外套穿在陈遇青身上，空荡荡的，整整大了一个号，特别是袖子那儿，撸起来时，布料在陈遇青的胳膊肘那儿堆了一层又一层。陈遇青手忙脚乱地整理好，然后四十五度角仰头，看着她座椅旁戴着耳机单手拉吊环的傅岫，从此有了粉丝滤镜。

不过说起来旁人可能不信，虽说有粉丝滤镜的人是陈遇青，但实际上他俩在一起是傅岫开的口，而分开，则是陈遇青的一意孤行。

陈遇青至今还记得她说分手的时候，傅岫骤然变冷却还是一瞬不瞬看着她的目光，看得陈遇青心里直发虚。这也是为什么如今她一瞧见傅岫就腿肚子发软。她理亏啊，长这么好看一男孩子，估计这辈子第一次被人甩。

于是打跟傅岫照了面后，她整个人便像是被霜打了的茄子，蔫儿得不行了。紧接着的是开机仪式，流程总结起来，就是导演、制片带领全剧组的人，给财神爷上几炷香拜一拜，以祈收视长虹。

瞧着神神道道的，但国内剧组大多有这个习惯。陈遇青小小一介化妆师，自然是上面干啥她干啥。于是她迅速找好站位，拉着小师妹乖乖地站在了自己的师父身后。

陈遇青现在跟的这位师父，是她以前在化妆培训学校的老师给她介绍的，叫沈君白。这名字一看就有种温文儒雅的范儿，事实也确实如此，陈遇青和这位沈老师接触几天后，只觉得这位怕是天上的菩萨下凡，脾气才能这么好。

像是现在，对于陈遇青和小师妹的中途溜号，他不但没有责备，反倒温言细语地嘱咐她们注意安全，而后还亲自替两人领了香回来。

陈遇青和小师妹对视一眼，纷纷从彼此眼中看到了满满的幸福感。不过这幸福感还是没办法抵消陈遇青心情的低沉。

香火一重就容易熏人眼睛，百来个人齐齐拿着三炷香，那袅袅的烟雾四面八方地飘。

陈遇青倒还好，站在人群外围，但苦了小师妹，就比陈遇青往里多站了一个身位，现下已经被熏得睁不开眼，下意识地抬手想揉眼睛。她揉眼睛倒没什么，主要是手里捏着的香还没放下来，于是她这一抬手，三炷燃着火星子的香就朝着陈遇青直直地撞过来了。

“嘶——”站在人群边缘的陈遇青倒吸了一口凉气，眼瞅着那火星子快燎着她眉毛了，连忙一个后仰……

“烧眉之患”倒是让她躲过去了，只是她后仰用的劲儿太大，腰向后一弯，一个没站稳便直接撞人身上去了。

广藿香混着雪松的淡香冲散浓郁的香火味儿，钻进了鼻腔。但陈遇青一点儿也不觉得美好，她甚至不用抬头也知道来人是谁，毕竟这味道她刚闻过不久。

“嗨，傅岫。”今天第二次了，陈遇青干巴巴地打招呼。她腰下得太过，脚却还在原地没动，所以现在她整个人的形状就像是一把弯弓，全靠傅岫撑着才没有摔地上。

得道谢，陈遇青想，虽然她也不怎么情愿吧，但这也算是傅岫第二次帮她了。

可像是知悉了陈遇青的想法，她这嘴皮子都还没来得及动呢，电光石火之间，作为“人形柱”的傅岫已经冷着脸，一言不发地抽回了手，接着毫不迟疑地转身就走。

“砰！”陈遇青自然结结实实地摔了一个屁股墩。

手里的香已经被摔得七零八碎了，她摸着自己被震得生疼的尾椎骨，看着前方已经和其他主创站在一起的傅岫那不近人情的背影，险些把一口牙咬碎。

打又不敢打，骂也不敢骂，行，她理亏，她忍！

开机仪式后，除了服装和道具组需要留在现场整理东西，其他工作人员简单地听了一下制片主任讲了讲规矩后，便就地解散了。小师妹跟别组人员出去撸串，而身体心灵齐齐受创的陈遇青则选择回酒店休息。

在酒店冲了个澡又闷头睡了一个多小时，再睁眼时，陈遇青这才稍微缓过劲儿来，从遇见傅岫起便变成糨糊的脑袋开始运转，窝在柔软的被窝里想自己接下来该怎么办。

就以她今天和傅岫的两次接触来看，想和他好好相处做一对儿不计前嫌、和平友好的前男女朋友，显然是不大可能的，好在保密协议她还没有交，所以想反悔退组也不是不行。

可这回带她的是沈君白啊！脾气好得不像话就不说了，关键是他三十不到的年纪，在没有任何靠山、任何依仗的情况下，全靠着自己的努力拼搏，就和无数时尚大腕、一线艺人有长期的合作。他的人生可谓是一出经典又励志的“寒门出贵子”戏码，混化妆界不认识沈君白，好比学医不知道华佗，学古文不知道孔子。

这种机会，可不是跟去水果摊买苹果一样天天都有的。

至于傅岫，他还能把她吃了吗？这部戏顶天了拍半年，到时候一杀青，还不是大路朝天各走一边？这么一想，陈遇青迅速从床上爬起来在保密协议上签了名，然后慌慌张张地穿好鞋打算出门给沈君白送过去。

不为别的，她怕自己再过一会儿，便又改主意放弃这增加自己硬实力的机会了。

晚上，制片方请主创和各组的组长吃饭，沈君白似乎不大喜欢吵闹的环境，所以推辞了没有去，独自在房间休息。

初夏的夜晚姗姗来迟，七点过后，炽热的光线才逐渐黯淡下来，月亮的轮廓出现在天际青黑色的淡云之间，万物有一瞬的沉寂，日本的影视剧里称这是逢魔之时。

陈遇青本来不信这些，却不想一打开门，便“逢了魔”。

陈遇青吓得倒吸了一口凉气，定睛瞅了瞅两米开外，半合着眼倚在门框上的傅岫那平静中又带着些茫然的神情，壮着胆子问了一句：“你喝酒啦？”

只是空气中并未闻到酒的味道，傅岫的神态看起来也并不像是喝醉了，倒透着几分虚弱，像是生了病。

陈遇青也没那个胆子上前一探虚实，所以问完一句话后，见傅岫不接茬，也不敢再问第二句，只眼神四下乱瞟，小声念叨着他的助理和经纪人都去哪儿了。

傅岫眼尾压着一抹猩红色，双颊也浮了些红上来，估摸着应该是在发烧。不过他的双手以一种防护的姿态抱在胸前，虽瞧着有些虚弱地倚着墙，但他的背脊还是笔直得跟小白杨似的。他直勾勾地盯着陈遇青看了一会儿，好一会儿，也不知道是不是听到了她的叨叨，单手扯了扯衣领，有些烦躁的样子，说：“陈遇青，你过来。”

陈遇青其实是还挺能贫的一人，可一碰着傅岫，就跟耷了毛的斗鸡一样，心里想的是“你让我过去我就过去，那我岂不是很没面子”，身体却诚实地一个哆嗦，站在原地，用食指指甲狠掐着拇指指腹，没敢动一步。

傅岫倒是好商量，胡乱点了点头，自顾自道：“嗯，那好，我过去也可以。”说罢，步履沉稳得简直不像个生了病的人，三两步就走到了陈遇青面前。

其实他走到陈遇青面前了也没做什么，仿佛对他能够轻易靠近她这件事，深感疑惑，他偏头用带着已经有些涣散的目光又定定地看着眼前的人，然后没动了。

但陈遇青怕啊，不知道这是怎么一出，心脏都快骤停了，仰头看着高出她一个肩膀的男人，小心翼翼地咽了口唾沫，颤着嗓子道：“那个，傅岫啊……”

“嘘，别说话！”傅岫睁着微微发红的眼，修长的食指抵在唇间，又重复了一遍，“嘘，别说话，你别说话，你……你一说话我就生气。”

陈遇青大概也能明白傅岫的心路历程，谈得好好的恋爱，说被甩就被甩了，多年后重见无情前女友，换谁谁不生气？她也不知道该说什么，只好打呵呵：“傅岫，你经纪人在哪儿啊？我给他打个电话吧？”

见陈遇青掏出手机，傅岫表情明显变得沉郁，他垂眸又静静地看了她一会儿，摇头，撇了撇嘴：“忘了，头晕。”

“那助理呢？”

“你说什么，听不懂……”

陈遇青捏着手机无语了，这人怎么还兴耍赖呢？就在她没辙之际，一道轻微的开门声宛若天籁。

“小陈，你怎么和傅先生在这里？”

忽略这个跟叫车间流水线工人一样的称呼，陈遇青这一刻还是很开心的，顿时如蒙大赦，激动道：“沈老师，傅先生好像生病了，但他的经纪人和助理都不知道去哪儿了！”

沈君白的出现转移了傅岫的注意力，他偏头定定地看了一会儿沈君白，眉头一压，突然暴躁起来：“算了，陈遇青，你还是离我远点儿！”

陈遇青一怔。

沈君白倒是好涵养，明明瞧出了两人之间不对劲儿，却也什么都没过问，只道：“我先给傅先生的经纪人发条短信，他应该马上就会到，我们先送傅先生回房吧？”

陈遇青干笑着摆了摆手：“沈老师，我在外面等您吧。我一妙龄少女，也不好进人家男明星的房间不是？”

“那好。”沈君白也不勉强，将傅岫的手肘一托，跟哄小孩儿似的，“傅先生，我们先回房间好不好？”

傅岫的经纪人回来时已经快八点了。经纪人叫宋桥，略胖，笑起来跟年画娃娃一样憨态可掬，关键是照顾傅岫跟照顾儿子似的尽心尽力，几度让傅岫的生活助理面临失业，因此傅岫的粉丝们都还挺喜欢他的。

他找上门来道歉的时候，陈遇青正撸着小师妹给她带回来的串儿，两只手拿着竹签，一嘴没擦干净的红辣椒油，没个端庄样。

宋桥也不介意，只满面歉意道："不好意思啊，陈小姐。沈老师跟我说明情况了，我家傅岫麻烦你了。"

陈遇青有些受宠若惊，忙摆手道："没有没有，不麻烦。"

"今儿天太热，他聚餐的时候没压住喝了好多冰的东西，回来的时候便有些发烧。我本来给他买了药吃，到了楼下他喊饿，便想着去买些清淡的粥给他喝，就让他先上楼了，哪想这附近没有粥店，刚好他的生活助理这两天也生病了，眼下正在医院住着呢，这才耽误了。"

陈遇青赔着客套："嗯，也是辛苦宋先生了。"

按理来说，赔礼道歉也好，寒暄也罢，到这儿就该结束了，他回去照顾傅岫，陈遇青接着撸串，只是陈遇青在宋桥转身要走的时候，又犹犹豫豫地将人叫住了："宋先生？"别看宋桥长得讨喜，这人却不是什么软角色，之前有个大公司想捆绑傅岫炒作，这人雷厉风行就给解决了，而且把傅岫完美地摘了出来，没受一点儿影响。故而陈遇青也不敢怠慢，头都不自觉摆正了，试探地问道："傅先生要紧吗，需要去医院吗？"

宋桥摆了摆手，神色如常道："没什么要紧的，也不是什么大病，让他吃了药睡一觉就好了，全组的人都等着他开工呢，哪有时间上医院。"

陈遇青愣了愣，怕人觉得她多事，忙连连点头："各位都太敬业了，弄得我都羞愧了，那不耽误宋先生的时间了，我们明天片场再见？"

于是两方又说了几句客气话，这才互相道别。

只是没走出两步，宋桥似乎又想起了什么，扭头一脸疑惑道："差点儿忘了问了，陈小姐以前是不是和傅岫认识啊？"

陈遇青愣了愣，抬起手背抹了抹嘴巴，咧嘴笑了起来："哦，我们以前是……是高中校友。"

宋桥瞬间接受了这个回答，一脸释然地点了点头：“啊，这样啊，我说怎么觉得傅岫似乎有些高兴呢，原来是旧友重逢。”

陈遇青顿时一脸诧异地看着他，傅岫高兴？这宋桥怕是个瞎子。

但宋桥显然没看到陈遇青的表情，得到答案后他便转身走了，边走边挠头，嘀咕道：“就是个低烧而已，我灌两口热水都能好的病，偏这位大爷装得跟要死了一样，我真是……上辈子不知道造了什么孽，这辈子才被派来伺候他。”

背后的陈遇青听得一愣一愣的，心想，看来这宋桥不但是个瞎子，还是个皮糙肉厚的瞎子，傅岫这都开始说胡话了，还低烧？到底是谁造孽，才摊上了这么个经纪人啊？

不过这跟她有什么关系？

陈遇青甩了甩脑袋，又默念了两遍“跟我无关”后，“砰”地关上了门。

2. 你刚才和他在说什么

开机仪式一过，紧锣密鼓的拍摄行程便开始了。

陈遇青是沈君白的大助理，主要工作就是候在现场盯主配角的妆容，一旦他们脱妆，她便立即操着刷子上去补。

这意味着，在拍摄期间，她每天都会和身为主演的傅岫近距离接触。

隔着十丈远见到傅岫她都怕，别提相距这么近了，可这回沈君白就带了她和小师妹两个助理，小师妹阅历浅，技术待磨，负责盯群演就是她工作的极限了。

于是抱着一颗学徒心的陈遇青只能硬着头皮上。

在一个剧组里，各组人员都累，但若非要比个一二三出来，最累的数服化道组。

以陈遇青的化妆组为例，像拍这种古装戏，主角们得粘头套，一般粘上一两个小时，然后化妆，普通妆容还好，要是戏里有特殊要求，特效妆就又得花上一两个小时。影视城里的场地都是租的，多拍一天就得多花钱，所以每天的拍摄进度都有规定，那拍摄时间无法压缩，就只能压缩演员和工作人员的休息时间。

陈遇青拿到的时间安排表，明确规定了他们四点半就得起床。

小师妹本来第一天还兴致勃勃的，连续工作三天后，萎靡了。

陈遇青也好不到哪里去，虽然有过跟组的工作经验，但过了一阵安逸的日子，乍一这么折腾，也有些后继无力。

好在这几天傅岫倒也很安生，充分展现了身为一个演员的职业修养之一——

把所有因为工作需要而必须和他有身体接触的剧组工作人员当作空气。

这里头就包括了陈遇青。

陈遇青不清楚他还记不记得那天的事，不过他既然缄口不提，她也乐得轻松。毕竟真要计较的话，离他远点儿，她还怎么完成工作？何况以前傅岫就是这个性子，话不多但也不至于阴阳怪气，陈遇青和他相处起来还挺有心得的。

于是两人就这么完美地保持了一个高高在上的大明星和一个默默无闻的小化妆师该有的关系——不熟。

他们所在的是《少年游》剧组，这个本子是近几年来难得一见的大型古装权谋剧，选角之初便闹得沸沸扬扬，别提陈遇青这种粉丝了，就是网上随便揪一个路人出来，也知道傅岫接下了这个剧。

与此同时，角色戏份比重极大的男二是一名叫孟清宵的青年演员。不过因为档期冲突，直到开拍的第五天，这位男二才姗姗来迟。

当时正在拍摄的是一场室内戏。

这种戏对陈遇青他们这种底层员工来说，无疑是最受欢迎的。毕竟屋子四角都放置了降温的冰块，再加上几台风扇呼啦啦地转着，只觉得空气中都透着丝丝凉意，再拉把椅子在旁边坐着，趁着演员不怎么出汗而不需要频繁补妆，还可以偷偷打个盹儿，简直是人间天堂。

但陈遇青他们也就是嘴上说说，真让他们在导演眼皮子底下打瞌睡，是嫌命长吗？故而拍这场戏的时候，为了让自己精神一点儿，陈遇青坐都没敢坐。

剧组的生活并不有趣，每天要做的事情都是机械重复的，碰上一些零碎的休息时间，比如给演员补妆的间隙，不同的人都有不同的打发时间的方法。像以前陈遇青遇到的一个生猛师姐，她就是趁着这些时间，和剧组里不同的男同事打闹逗趣，甚至有时还会勾搭一些番位不大的小明星，日子可谓是有滋有味。

陈遇青就比较朴实了，她也就是发发呆，趁着演员们忙着演戏，垂涎一下他们的美貌。

《少年游》是权谋戏，男性角色多，剧组选角又好，所以眼下这济济一堂的，个个都是唇红齿白、目若朗星的帅哥。当然，对于有粉丝滤镜的陈遇青来说，这群人里又数傅岫最好看。

虽然陈遇青面对傅岫的时候怕得不行，但如果把两人的身份框定在偶像和粉丝上时，陈遇青是很喜欢傅岫的。她喜欢傅岫在舞台上万众瞩目的模样，也喜欢他一丝不苟地对待自己饰演的角色的态度，还喜欢他接受采访的时候跟死人一样面无表情的样子。

说白了，傅岫是月亮，纤尘不染地悬在天上，而她是抬头看月亮的人，脖子仰酸了也从未想过把他摘下来据为己有。

为什么？你见过哪个普通人登上过月球吗？

想到这里，陈遇青不免有些黯然。可见前男友太出色也不是什么好事，不比还好，一旦细细比较了，自己立马就被衬得像只灰扑扑的耗子，也太打击生活的积极性了。

陈遇青舒了口气，甩甩脑袋，打算让自己想想别的，谁知这一甩，脸颊撞上一个湿漉漉、冰凉凉的东西，顿时把她吓得一个激灵。

“叮，您的‘百香果双响炮’已送达，请接收哦。”

陈遇青扭头看了眼来人，把他手上挂着的冷饮夺下来，没好气地道：“我说宵哥，你就不能不要这么吓人？”

孟清宵很是理直气壮地道：“这么久没见了，不得给你点儿惊喜？”

“只有惊没有喜，好吧？”陈遇青翻了个白眼，把吸管从盖子里插进去，贫道，“你也是的，喝的都买了，也不说再带点儿蛋糕什么的，刚好凑个下午茶啊。”

孟清宵无语，说：“这位大姐，没见过谁下午茶是果茶配蛋糕的。”

陈遇青愤愤地吸了口饮品，回道：“那我喜欢吃不行啊！”

认识孟清宵，是陈遇青刚从化妆培训学校毕业的时候。那时孟清宵也是刚入这行，热腾腾的新人，和陈遇青年纪又相仿，于是虽然行业不同，但新人之间惺惺相惜，两人就这么成了朋友。

《少年游》的演员阵容一早就在网上公布过，陈遇青确定要留在剧组的时候，还给他发短信，问过开机仪式的时候怎么没见着他人，今天这人又专程打电话过来，告诉陈遇青他今天进组。

所以对于孟清宵的出现，除了被他吓了一跳，陈遇青还是挺平静的。不过孟清宵显然情绪高昂，手里拎着杯没送完的冷饮，就往陈遇青身边一站，一副要和她唠嗑的架势。

可已经发了一会儿呆，眼见着一条已经要拍完的陈遇青哪有这个闲工夫，满心只等着导演一声“卡”落下，自己好立马冲上去给演员们补妆。

哪想这声“卡”落是落下了，孟清宵反而比陈遇青冲得更快。眼见着那杯没送出去的冷饮即将被他戳到傅岫脸上，一声“小心”已经冲到嗓子眼了，结果在傅岫对孟清宵的冷冷一瞥中，又被陈遇青默默咽了回去。

嗬，这眼神一看就知道心情不好，孟清宵这回是撞枪口上了。

陈遇青也自觉地不去触那个霉头，先给其他演员把妆补好了，估摸着那位大佬情绪应该平复了一些时，才慢吞吞地往傅岫那边凑。

孟清宵显然也是被傅岫那一眼吓到了，清楚这位好友的脾性，登时不敢再造次，捧着那杯冷饮，嘟囔道："哎呀，我这不是没碰到你吗？就别生气了……"傅岫没理，低头整理着自己过于宽大的袖袍。

两人的关系瞧着还挺好的，陈遇青有点儿分神。

结果孟清宵这边吃了瘪，扭头看到一边努力想要降低存在感的陈遇青，想着从她那儿寻找慰藉，便凑过去附在她耳边小声嘀咕道："平时也没这么小气啊，他今天是怎么了？拍摄过程中遇到什么事儿了，还是我哪里得罪他了？可我寻思我也才刚到啊……"

这陈遇青哪儿能知道啊，她只知道自己再和孟清宵磨蹭一会儿，她就得被傅岫往这个方向瞥过来的目光里的冰碴子砸成筛子。

"估计是天太热了吧。"陈遇青敷衍道，接着不等孟清宵接话，当即迈腿小跑到了傅岫身边。

傅岫的皮肤好，不吃妆，就是爱出汗，时不时就得补。

陈遇青现在已经在面对面给傅岫补妆这件事情上麻木了，当捏着刷子扫过他高挺的鼻梁，甚至有时得踮脚，用小指抹匀他脸颊边的定妆粉，而不小心和他有片刻的呼吸交融时，她都能做到内心毫无波澜。

当然，前提是在傅岫不搭理她的情况下。像是现在，傅岫突然开腔，陈遇青就只觉得心肝一颤，手里的粉扑险些盖到他眼睛上。

"你们认识？"

"嗯。"陈遇青斟酌着回道，"几年前在一个剧组工作过。"

傅岫紧接着又问了第二句："你刚才和他在说什么？"

"呃……"陈遇青咬了咬唇，有些犯难。这让她怎么回答？难不成告诉他"我们刚才在讨论你"？本来就是不尴不尬，甚至有点儿火药味儿的关系，这句话要是真说出口了，陈遇青都能想象出傅岫拿眼刀剜她的场景。

于是她打了个寒战，总结成三个字：“没什么。”

话音一落，陈遇青明显感觉到周遭的气压低了好多……

3. 他不见得会想要她

因为今天没有安排孟清宵的戏，所以他来露了个脸就闪人回酒店备戏了，不过临走前倒是好心地给陈遇青点了午餐。

剧组规定的午休时间是从中午十二点到下午两点，为了午觉能够多睡一会儿，大家吃饭已经养成了风卷残云的速度，所以尽管孟清宵送的东西再精致再好吃，陈遇青也没工夫细细品味。

小师妹来蹭饭，囫囵含着一口寿司跟陈遇青八卦：“姐，傅岫老师今天是不是不开心啊？”

陈遇青吃得差不多了，困意渐生：“问我干吗？我哪儿知道？”

“你不是负责他吗，难道就没察觉到什么？”

陈遇青打了个哈欠，和小师妹背对背坐着：“我又不是只负责他……”

小师妹又皱着眉思索道：“也不知道是不是我看错了，我总觉得傅岫老师是看到你和孟清宵老师说话的时候，突然不开心的。哎，姐，你是不是和傅岫老师认识啊？”

等了一会儿，没人回答，小师妹又叫了一声：“姐？”

哪想身后已经传来了绵长均匀的呼吸声，原来人早不知道什么时候睡着了。

下午拍的是室外戏。这戏可就有些要命了，毕竟正值初夏，外头太阳渐炽，一晒就跟火燎似的。

按理，这种室外戏应该放在早上拍，可上午那场室内戏邀了一个大咖客串，人档期只有这一上午，没办法，就只能把室外戏排到了下午。

不过亲身上阵的演员们都没抱怨什么，陈遇青他们至少还可以在凉棚底下遮阳，就更没什么话说了。

这场戏明显比上午那场要劳碌许多，开拍不过一个小时，陈遇青就至少给每个演员补了两次妆。

傅岫就更不用说了，陈遇青暗自在心里算了算，这已经是她第五次给他画眉毛了。

因为傅岫这个角色横跨了少年和青年两个时期，每个时期的眼妆会略有不同，所以一旦傅岫蹭掉了，导演都会立即喊停，让陈遇青上去补。

一开始还好，次数多了，想是被热得迷失了心智的陈遇青也忍不住狗胆包天地说了两句："你就不能不拿手蹭眼睛吗……"

不过再包天的狗胆，最终说出来的话还是软绵绵的，没什么力道就是了。

傅岫正坐在凉棚里的一把塑料椅上，眼尾的位置被陈遇青的小指骨节轻轻抵着，有些微微发痒。

他微蹙了眉，说不清自己是想偏头躲开还是迎上去，只能按捺住那抹痒，冷着声气回道："我不擦，等流进眼睛里了，你再来给我擦？"

陈遇青顿时闭嘴。

这差事她可不揽，她刚刚什么都没说。

傅岫见陈遇青不接话，也没再开口跟她说话了，只在她给他补完妆后，掀起眼帘慢悠悠地扫了她一眼，说："看你这胆小样儿。"像是在嘲笑她。

陈遇青眼观鼻，鼻观心，装作没看见，没听见。

胆儿小怎么了？能给她省多少事儿啊。

天气带来的影响还是比较大的，具体可表现在三四点太阳最毒辣的时候，一场戏来回重拍了七八次才拍好。

这不只是一个演员失常造成的，场上每个人的发挥或多或少有些失常，但也没办法，天气和状态都是不可控因素，想要追求更好的质量，便只能一个场景翻来覆去地拍，直到拍好为止。

演员们都没下戏，陈遇青这些毫无话语权的小员工也只能陪着熬，于是原定计划应该是晚上九点收工的，最后一条戏拍完时已经快午夜十二点了。

陈遇青又饿又困，恨不得两腿一软直接去会周公。和小师妹相互搀扶着，好不容易才挪到沈君白停在外头的私家车旁边，正准备上呢，便觉得背后飕飕地射来一道冷光，回头一看，傅岫正和导演并排走着，不知道在讨论什么。

这处是停车场，各家的房车都停在这儿，看见傅岫也不奇怪，就是这睨她的眼神是怎么回事？又凶又冷的，他这些时日不是一直不怎么搭理她吗？难道是暴晒后遗症？

陈遇青也没细想，对软座椅的渴望已经达到极限，于是在傅岫第二眼看过来之前，她已经跟条泥鳅似的钻进了车子，摆出了和小师妹同款的“葛优躺”。

沈君白看了看两个姑娘没什么形象的坐姿，摇头无奈地叹了口气。

师徒三人有规矩，每天收工后得总结一下当天的工作，最后再由沈君白指出她们没有做好的地方，来个收尾。

陈遇青这做牛做马累死累活的，就为了学技术来的，她错过什么也不能错过这小会啊，所以一听沈君白的叹息声，立马就往自个儿大腿肉上一掐，疼得一个激灵，两眼泪花，强打着精神开始做总结陈词。

沈君白在前头开车，仰头的时候，通过后视镜看到陈遇青的动作就忍不住扬唇笑起来。

其实最开始若按他的本意来，他并不打算招两个女孩子做助理，毕竟他一个男人，带着两个小姑娘总归不是那么方便。只是朋友都找上门来，言辞恳切地将俩姑娘托付给他，他不好推拒，想着顶多就是自己劳累些，也不打紧，最后便收下了。

起初，沈君白有些不放心，借着交情还悄悄跟导演提了两句，让人多担待着点儿，有什么事就来找他，但如今看来，服化道组的三位组长里，他反倒是最轻松的。

看俩姑娘在后座歪歪斜斜地相互靠着，沈君白将车载空调的温度往上调了一些，轻声道："要是太累，可以先睡一会儿。"

小的那个差不多已经困得恍惚了，抱着陈遇青的胳膊哼哼唧唧。陈遇青倒还撑着，空出来的那只手用力揉着眼睛，瞧着像是要把眼珠子揉出来的架势："不行，我怕我一觉醒来就忘了自己都干了什么活儿了。"

今日的工作量确实很大，早上四点半起来，中午休息了两个小时，傍晚花了一个小时草草解决晚饭，其余时间都不得闲，就是没什么事干的沈君白，都觉得有些疲惫。

他食指在方向盘上轻轻点着，眼睛又往后视镜里看了一下，道："没关系，我记着呢。"

陈遇青感动不已，咽下一个哈欠后，泪眼汪汪地拍马屁："沈老师，沈老师您可太好了。"

沈君白此人，说句"有匪君子，如切如磋，如琢如磨"也不为过。他通身都是如玉一般温润的气质，眉眼沉静和善，说话也不疾不徐，总给人安稳妥帖的感觉，像凡尘俗世里的一尊玉菩萨。眼见这尊"玉菩萨"又被她逗笑，不得不说，陈遇青还是很有成就感的。

不过陈遇青透过后视镜，瞧了瞧这位年轻有为的老师，小声道："沈老师，现在没有外人，其实您也可以休息一下的。"

沈君白明显地愣了一愣，继而眼神中带了些犹疑，但面上仍是不动声色地道："我今天一直在休息啊。"

陈遇青有些不好意思地挠了挠头，说："也不知道为什么，我就是觉得您看起来挺疲惫的。沈老师，您要有什么事儿的话，可以随时安排我去做的，千万不要觉得不好意思啊。”

沈君白从后视镜里看了陈遇青一眼，眼中的犹疑变成了惊喜，一闪而过。他轻轻弯了弯唇，回道：“好。”

从影视城到酒店约有二十分钟的车程，临近酒店门口的时候，远远瞧见一个身形略有些庞大的人，沉浸在莫名喜悦中的沈君白这才想起了一件事，扭头道：“对了，小陈，有件事我得问一下你的意见。”

陈遇青这时已经快睡着了，迷迷糊糊的，只会发单音节：“嗯？”

“是这样的……”沈君白的手指又在方向盘上轻轻点着，像是在斟酌着怎么开口，“傅岫先生明天要去参加一档综艺，但是他们的专属化妆师临时有很急的事情，所以宋桥想找我帮一下忙，借你……用一天。”

事实证明，对于已经困得找不着北的陈遇青来说，“傅岫”两个字绝对比风油精还好用，上一刻还软绵绵地靠在椅背上的人，下一刻就见她猛地坐起来了。

只是临到头了，估摸着也觉得自己闹的动静太大，于是陈遇青讪讪地笑了两声，干巴巴道：“沈老师，这不合规矩吧，我走了，我的工作谁来做？”

车稳稳停在酒店门口，沈君白一边解安全带一边解释道：“其实也就是半天的时间，他们下午出发，晚上就回来了，你的工作我可以顶着。我其实是想让你去锻炼一下的，因为我认为你适合更大的舞台。”

说到这里，沈君白转身看着还有些愣神的陈遇青，温温柔柔地笑了一下：“当然，去不去还是你自己做决定。”

说是这么说……

陈遇青垂了头，神色隐在幽暗的车灯中，晦暗不清。

车窗外是等候了半天的宋桥，年画一样喜庆的脸上充满了期待，陈遇青想了想，探出头跟他开门见山：“宋先生，你找我做傅岫的临时化妆师，他知道这件事吗？”

像约化妆师这些事情一般是经纪人一手操作的，很少会事先和明星报备，不过见陈遇青如此郑重其事地提出来，他也正色道："傅岫还不知道，不过陈小姐是沈老师一手在带的，实力肯定没话说，而且我想着你们是校友，沟通起来也方便。"

白日里太阳的余温还未散去，混在晚夜的风中，有一丝丝燥热。

陈遇青压了压被风吹得翘起来的发梢，藏在身后的右手蜷起来，指甲又掐上了指腹。她犹豫道："嗯……那你还是得问一下傅岫的意见。"他不见得会想要她。

第二章
惹祸上身

1. 他有什么好生气的

直到坐进傅岫的保姆车，被宋桥塞了一瓶冰可乐在手里时，陈遇青还没有反应过来——

傅岫究竟是怎么同意她当他的临时化妆师的？难不成是宋桥诓了她，压根没跟他提来的人会是她陈遇青？

陈遇青拇指摩挲着铁皮罐上沁凉的水珠，偷偷觑了眼坐在她旁边看书，跟她就隔了半米不到的人。

嗯，很有可能。这个宋桥，可能是怕影响自己的业绩，怕被这个黑脸男人骂，所以打算生米煮成熟饭——呸，是打算先斩后奏，把人塞过来再说。

这种完全不顾她死活的做法……陈遇青愤愤地想着，等这次事办完了，一定要狠狠讹他一顿！

不过再怎么样，也总不好伸手打笑脸人，陈遇青瞧着一脸感激地又是给她塞饮料又是给她塞零食的宋桥，也扯了抹笑出来，嘴里客套着："宋先生不用这么客气，我也非常感谢你对我的信任。"

“哪里哪里，是陈小姐实力出众。”

“过奖过奖，我也就是三脚猫的水平。”

傅岫一个冷冷的眼刀剜过来。

陈遇青和宋桥齐齐缩了缩脖子。

行吧，她也知道这话虚伪得恶心，不过成年人的世界，不就是这么你来我往地虚伪吗？陈遇青心里微微不服气，略低了头，斜着眼往傅岫那儿一瞟，想趁他不注意把那记眼刀还回去。

哪想眼珠子刚转了一下，瞪的动作还没来得及施展，就被人逮了个正着。怎么说呢，就像是偷东西被人赃并获了的小偷，起先是面红耳赤，接着才是心慌意乱。

陈遇青欲盖弥彰地摆正身子，一副正襟危坐的模样。

只是余光里瞄见傅岫似乎已经放下了书，脸未偏却像是在往她这边看时，她顿时便有些慌了，手脚都不知道该怎么摆，慌慌张张地将可乐罐的拉环一拉，伴随着响亮的一声“刺”，褐色的液体飞溅，欢快地溅到对面去了。

傅岫低头看了看自己的手，不悦地蹙眉。见他这个样子，陈遇青咽了口唾沫，不敢开腔。

宋桥带了包湿纸巾赶来救场：“嗐，没事儿，就溅了一点儿，擦干净了就好。陈小姐，你别一副快哭出来了的样子呀，我们傅岫脾气挺好的，哈哈，是吧，傅岫？”

傅岫被宋桥捅了下胳膊肘，却还是没什么反应，只冷着脸低头擦拭着手背上的褐点儿。

车厢狭窄，被封装在铁皮罐中的二氧化碳弥漫开，带着未来得及褪去的甜。闻着还是挺不错的，就是气氛有些凝滞。

宋桥一直在边上使眼色，眼睛都快抽过去了，傅岫这才放下纸巾，冷哼了一声：“怕什么，我会吃了你吗？”

宋桥一噎。这届艺人不好带啊，当面打他脸都不带手软的。

“傅岫，你怎么跟人陈小姐说话呢？上次你生病了，还是陈小姐帮忙照顾了你一会儿呢！”

真是哪壶不开提哪壶，陈遇青见傅岫脸色明显一沉，自己只得干巴巴地笑了两声，僵硬地想要转移话题：“这个可乐好像不太冰？”

宋桥胖手一挥，正义凛然道：“陈小姐，你先等会儿，我今天必须得好好说说这小子。你最近是怎么了？你明明以前对女士不会这么失礼的，就算陈小姐是你的高中校友——”哎，这话一出，陈遇青一时都分不清宋桥这到底是想帮她还是害她了。

“她跟你说的？”傅岫不等宋桥继续发表长篇大论，手指缓缓摩挲着膝盖上纸皮书的封面，问，“她跟你说我们是高中校友？”

宋桥没跟上他的思路，一愣一愣地问：“对啊，不是吗？”

旁边传来傅岫的一个字一个字往外蹦的话，似乎是咬着牙，藏着山雨欲来似的怒气：“是啊，校友。”

陈遇青目不斜视地看着前方司机的座椅背，顺道还啜了一口可乐。好嘛，可乐又冰了，她自个儿都快被那芒刺在背的目光冻成冰坨子了。

之后的一路上，两人没有再说过话。

不过又是忙着和傅岫对台本、讲流程，又是告诉陈遇青注意事项的宋桥，倒是一路上都在拿小眼神儿觑她。不管陈遇青怎么装作没看见，他那架势，一看便知等综艺开始录制的时候，他是一定会找她问清楚这到底是怎么回事儿的。

这次他们是去H市录一档访谈类的节目，H市离T市很近，开车过去只需要两个小时的时间。

到的时候便有知悉了行程的粉丝蹲守在那儿了。车门刚一打开，粉丝们热情的叫喊声便涌了进来。陈遇青不由得有些感慨，毕竟以前她都是混在狂呼乱叫的粉丝堆里的，这回身份大转换，她竟成了接受粉丝欢呼的这一拨儿了。真的是十年河东，十年河西啊。

眼见两个黑衣服的彪形大汉站在车门两旁，用肉体硬生生辟了一条道儿出来，傅岫腿长手长，很快就走前面去了。第一次面对这场面的陈遇青生怕跟丢，抱着自己的化妆包，脑袋一低，只顾紧跟着走。

她戴着一顶帽子，嘴上也套着一个黑色口罩，这打扮一般是明星工作人员的标配，是故也没多少人注意她，只七手八脚地给前头的傅岫塞信塞礼物。

人一多，局面就容易乱。前头有两个保镖开路还好，但是后头人潮合拢的速度太快，没多久，势单力薄的陈遇青就被分割出去了。

傅岫高，站那儿跟人形标杆儿似的，于是被越挤越后的陈遇青，就这么眼睁睁地看着那标杆儿即将跨入电视台大楼，一着急眼泪都快飙出来了。

“傅岫！”本来陈遇青也就试着这么喊一声，不指望他能在这喧嚣声中听见，可谁知前面噔噔走着的人竟然一瞬间停下了。

陈遇青顿时大喜，伸手在人群中朝他挥了挥，示意自己在这儿。

哪想粉丝们一看傅岫停下来，还转过身面朝着她们，顿时又激动了，纷纷往前涌，想要近距离再看看自己的偶像。

于是一只手还挥着，一只手又提着包的陈遇青就悲剧了，直接被人群裹着朝前走了两步，然后被电视台的石阶一绊，膝盖狠狠磕在了上面。

痛感瞬间传递到大脑，泪腺唰地被激活，这回陈遇青是真哭了。不过眼泪没能掉几颗，身边群情激昂的粉丝霎时安静下来，跟中了定身咒一样。

陈遇青这还没弄清楚怎么回事儿呢，泪眼模糊中，跟前有人单膝跪了下来，沉声问：“能站起来吗？”

这声音其实并不温柔，细听还有一丝焦躁，可配上他微蹙的眉，陈遇青倒是能读懂他觉得她麻烦的潜台词，但粉丝……

粉丝又疯掉了——

“啊——岫哥好温柔！”

“完了，我好嫉妒，我好想此刻摔倒的人是我！”

“呜呜呜，傅岫，傅岫你看看我，你老婆在这里！”

陈遇青沉默了会儿，想当初她也是这么追傅岫的，如今听来，略微有一些羞耻呢。

“哭什么。”混乱中，眼前这人低声又来了一句。

合着摔的不是他呗！陈遇青想顶嘴，可一看他蹙得更深的眉，嘴巴一闭，自个儿委委屈屈地把眼泪抹干净了。最后陈遇青是被宋桥扶进去的，进去的时候一路顺畅，就因为傅岫冷着脸说了一句话：“再乱挤害别人或者害自己受伤的话，下次就不要来看我了。”

当时粉丝们就道歉了，个个乖得跟等发糖的小学生一样，喊着：“哥哥，我们错了。”

陈遇青在心里腹诽，瞧瞧这说话的艺术，加了个“害自己”，顿时就成了关心粉丝才生气的温柔偶像了。遥想当初，自己也是那排排站的“小学生”里的一员，可如今……

一瘸一拐的陈遇青这回终于找到机会，悄悄瞪了傅岫一眼。有句话怎么说？距离产生美。现在的傅岫，可真是太讨厌了！啧，不过他有什么好生气的？又不是他摔了。

陈遇青原本以为今天的倒霉事就到此为止了，哪想更倒霉的还在后头。

进入电视台后，他们一行人被领到了接待室。前来接待的是这次访谈的主持人之一，叫陈颂金，是H市当地电视台的台柱子，在国内也算小有名气。

估计他和傅岫有私交，一见着傅岫后，也不客套寒暄，当即便开门见山地说了自个儿为什么会在这里。

“没想到会引起这么大的骚动，所以事前只雇了两个保安，当然，也是我们思虑不周，害这位小姐受伤实在是很抱歉。”

陈遇青也就一小人物，能得到这位台柱子的亲自道歉，也全是看在傅岫的面子上。她心里通透，自然不会拿乔，见陈颂金递过手来，便准备从沙发上起身去握。

这一动，不免又牵扯到伤处，陈遇青没控制住，轻轻地“嘶”了一声。

傅岫本来低着头在摆弄手机，听到这声轻呼后当即嗤笑一声，嘲讽道：“我以为你不知道疼。”这话顿时让接待室的气氛陷入了凝滞。

当然，凝滞的不是陈遇青，而是陈颂金。打从陈颂金进门开始，不是宋桥赔着笑，就是陈遇青配合着演，傅岫压根儿没接过他的话。

宋桥给出的理由是傅岫本来性子就寡淡，再加上拍戏累，所以更不想动嘴皮子。

陈颂金也知道傅岫的脾性，自然接受了这个理由，结果哪想他这叨叨了半天呢，合着还不及人家一个语气词？

这姑娘是谁？陈颂金眼珠子一转，盘算起了陈遇青的来头。

傅岫像是知道陈颂金心里在想什么，食指在已经暗下去的手机屏幕上叩了叩，半开玩笑地道：“陈哥有空在这里耍嘴皮子功夫，不如多拿几个冰袋来给人敷。”

而后，他又朝陈遇青扬了扬头，竟破天荒地笑了起来：“喏，沈君白手把手带的徒弟，我家宋桥千求万求，好不容易求来帮我一天的。结果人被你们弄成了这样，你让我回去怎么跟沈君白交差？”

只是没人觉得他这笑是代表他心情好，相反，大家都瘆得慌。

整个接待室又重新陷入诡异的死寂当中。

宋桥心想，其实也并没有千求万求，但既然是他开工资，那么他说的都对。而陈遇青则觉得傅岫这顶突如其来的高帽子，压得她稍微有些喘不过气。只剩陈颂金无言泪千行。

没错，保镖是雇少了，但那些粉丝都是奔着谁来的？话是这么说，可在场的三人谁敢反驳？

陈遇青悬着条废腿，偷偷地觑了觑另外的两人，心理平衡了。哎，也不是她一个人怕傅岫嘛。

距离正式的录制还有不少时间，电视台又安排了陈颂金带傅岫他们一行人去吃饭，于是剩陈遇青独自待在接待室里。她满心以为会有专人给她送饭，哪想等到了快五点的时候，才等来了“送餐小哥”傅岫。

当时陈遇青睡得四仰八叉的，整个人就跟只四脚朝天的青蛙似的。估计那一瞬间傅岫也是这么想的，所以才会将一包冰袋直接盖在了她的眼睛上。

“起来。”

陈遇青本来还在气愤，想着谁这么没礼貌往人脸上扔冰坨子，一听这比冰坨子还冷的语气，当下就猛地弹起来，双膝并拢，双手摆在膝头，一副小学生听课的标准姿态。

傅岫瞥了她一眼，然后打开手里拎着的一个塑料袋，掏了个便当出来往她怀里一塞，言简意赅地命令道：“吃。”

陈遇青岂敢多言，偷偷地舒展了一下自己的腿，掀开便当盒便乖乖准备动筷。哪想刚往嘴里塞了口莲花白，本来还站在她面前的傅岫，突然就蹲了下来，把陈遇青吓得一个激灵，以为是他的什么东西掉了。于是她往后一仰，正打算给他腾出空间来，谁想这人一言不发地卡住了她的脚踝。

和傅岫这冷冰冰的性格不同，他手的温度是很热的。陈遇青本就吹了很久的空调，膝盖也一直敷着冰块，所以她的体温反而比较低，眼下傅岫的整个掌心覆上来，肌肤相贴处冷热相触，眼前这男人的存在感瞬间被放大，陈遇青顿时便僵住了。

她想起了以前的一件事。

那件事就发生在她被泼了豆浆，傅岫好心借给她校服那天。

说来也怪陈遇青冒失，那天上了两节课以后，她自己的衣服干了，便寻思着把傅岫的衣服还回去。只是出于少女一点儿隐秘可耻的虚荣心，陈遇青是想着找到傅岫当面还校服，并道谢的。只是找到人的时候，身为数学课代表的傅岫刚从一楼抱了一摞作业上来。当时陈遇青也不知道是怎么想的，就这么几步楼梯的时间都等不了，抱着傅岫的校服“噔噔噔”地朝他跑过去了，然后脚底一滑往前一扑——就这么和他、和全班的作业本摔成了一堆。

最后的结果是，傅岫磕破了胳膊肘，陈遇青扭伤了脚。上课铃声响起的时候，所有的人都在往教室走，就他俩一个沉着脸一语不发地走在前面，一个一瘸一拐且唯唯诺诺地跟在后头，在无数人的注目礼下，走去了医务室。

想必那天陈遇青命犯扫把星，他俩到医务室的时候，校医刚好没在。

两人一左一右隔老远坐着，等了差不多有五分钟。其间，傅岫还是一句话也没说，他不说话，陈遇青自然也不敢吭声，只时不时地往他的方向偷偷觑一眼。

五分钟后，校医还是没影儿，傅岫似乎也等得不耐烦了，拧着手皱眉看了一下自己血迹斑斑的胳膊肘，然后径直起身，在校医的工作台上翻找了一会儿，开始自顾自地处理起伤口来。

对比傅岫的这份镇定和果断，陈遇青就要显得茫然无措多了，只隐约记得扭伤了是要热敷还是冷敷来着，结果没过一会儿，她这里还没想起来，傅岫那边便已经收拾完，打算回教室了。

当时陈遇青坐在门边的蓝色小圆凳上，傅岫走的时候，她下意识便看向了他，眼巴巴的，裤脚半挽，露出肿得老高的脚踝，可怜中又带着些许尴尬。

傅岫朝她的方向瞥了一眼，皱了皱眉，像是在嫌她麻烦，而后又四下环顾了一下，接着从陈遇青的怀里抽走了他的校服，冷着一张脸出去了。陈遇青以为他不会再回来了，谁想没过两分钟，男孩拎着浸湿的校服去而复返。

打那以后，陈遇青知道了，扭伤要先冷敷。

思绪回笼，封存在她记忆里的少年和眼前的男人重叠，让陈遇青有片刻的恍惚，好像他们没有经历过后来的那些事情，跨过了时间的鸿沟，仍然停留在青涩懵懂的青春里……

陈遇青抿了抿唇，轻轻舒了口气出来，食指往拇指上抠了抠，试图缓解眼下有些凝滞的气氛。

“你还记得吗？高中的时候我也崴了脚，当时校医没在，是你用水浸湿了校服，绑在我扭伤的地方，帮我处理的。”

傅岫正捏着一管药膏在给陈遇青上药，药膏是褐色的膏体，味道刺鼻，得要先在掌心涂抹开了才能上在伤口处。听到陈遇青的话后，傅岫的动作顿了顿，他原本干净的掌心摊在空气里，褐色的部分有些刺眼。

陈遇青没察觉他的不对，又道：“说来还得谢谢你，要不是你帮我冷敷，我可能就疼死了。不过你后来帮我处理完一走，校医没多久就回来了，你说巧不巧？”

在社会这个大熔炉里摸爬滚打太久，以至于让陈遇青在说话时，都不自觉会带一些技巧，比如适当开个玩笑，在结尾发起反问，或者通过自贬来愉悦对方。对大多数人来说，这些技巧能起到奇效，但对傅岫，不过是朝他显露出其中虚伪的本质。

他冷冷地哼了一声，嗤道：“有什么巧的。”

而后，他将掌心的药膏往陈遇青膝头一摁，讥讽道：“校医是怎么回来的，你不知道吗？陈遇青，这么多年了，你别的长进没有，跟人虚与委蛇的本事倒是学得好。”

陈遇青愣了一瞬，反应过来他说了什么后，顿时沉默下来。

他所说的没错，她其实活得挺虚伪的，可没办法，各行各业都是站在金字塔尖的人风光，像她这种要权没权、要钱没钱的人，光是应付生活，就很费力了……

药膏的气味还未散尽的时候，宋桥他们也陆陆续续回来了，之后没多久，便开始进行彩排。

傅岫彩排的时候没有带妆，当然这是他自己要求的。陈遇青只以为他对她有抵触心理，想着也就一个彩排，带不带妆都不打紧，所以也没怎么放在心上，等接待室无人的时候，还掏出了手机玩儿。

打从进了剧组以后，玩手机成了件奢侈的事儿，手机揣在身上，平时无非是看看时间，跟个古早老人机没什么区别，所以如今好不容易有机会玩儿了，陈遇青还是挺激动的。

她第一件事就是打开了微博。

陈遇青有个专门的小号，叫作“云出岫”。里头互粉的都是傅岫的粉丝，其中一些还挺熟，见她平时挺活跃一人不声不响地好几天了，还特意发私信问她。

陈遇青找了个借口一一回复了以后，第二件事就是去傅岫的超级话题里面逛逛。虽然跟傅岫面对面的时候，她虚得不行，但见不到面的时候，看到粉丝们发的那些照片，就觉得还是挺好看的。

陈遇青点赞了几张傅岫的精修图，正准备继续看，不想一条新发在超级话题里的微博，让她心底顿时一凉。

那是一个刚注册的小号，博主的微博名尚且是一堆让人眼花缭乱的乱码，可他发出来的东西就让人精神大振了。

他就上传了三张照片，一张是把关键信息隐去了的能证明自己身份的H市电视台工作证照片，一张是傅岫没有带妆彩排的照片，一张是从接待室窗户外照的、陈遇青跷着腿歪在沙发上玩手机的照片。

配文：据说是傅岫身边的化妆师？然后加上一个特别无辜的、疑问的表情图。

就算不上台，可为了应付随时随地的偷拍，明星一般会化日常妆容。陈遇青把她的那张照片看了又看，心想，多大仇啊，找这么一个角度，把她拍得跟成天只知道瘫在床上吃的大妈似的。

但凡把她拍得好看一点儿，她就大大方方跳出来承认这是她了。这不，微博底下的评论简直不能看了。

“这哪个村来的？快回去养猪吧！”

“我有朋友混化妆界的，她说她从没见过这个人，别不是通过了什么见不得人的手段，被公司硬塞到哥哥身边来的吧？这一看实力就不咋样啊。”

还有估计是来过现场的粉丝，上传了陈遇青摔倒，傅岫单膝跪在她面前的照片，然后附文：难怪戴着口罩，原来是丑人多作怪，我看她没准是故意摔的，离我哥哥远一点儿！

陈遇青一条一条地翻，一条一条地看，只是评论的人越来越多，这条微博不断被顶上去，每次刷新都会重新涌现出几百条评论，很快陈遇青就不知道自己哪些看了，哪些没看。

她只知道，闻到味儿就会冲过来的各大营销号复制了这条微博，打上新的标签：“傅岫化妆师失职”。

陈遇青明白，这个话题冲上热门是迟早的事情。就在这时，门锁被扭动，把陈遇青吓得一哆嗦，第一反应就是把手机扔到背后。只是这动作太大，被率先进门的傅岫一眼看见了，他沉着一双黑漆漆的眸子，也不说话，就这么直直地看着陈遇青。

这表情陈遇青可熟了，打从认识傅岫以后，陈遇青每回考试考差了想蒙混过关，他都是这种表情。

好嘛，现在旧景重现，连那种让她心底发虚打战的感觉都回来了。她扯了抹笑出来，试图扯谎：“刚好翻到了一张恐怖图片。”

傅岫身后的宋桥习惯性地圆场接话：“嗐，把恐怖图片放网上的人，也不知道脑子在想什么，我——”

宋桥的话没说完便被打断。

傅岫冷道：“给我看看。”

陈遇青慌张道：“什、什么？”

“你不是说看到恐怖图片了？我看看有多恐怖。”

“也没有多恐怖，我就是胆小。”

傅岫的音调又沉了几个度：“给我。”

陈遇青企图负隅顽抗：“我退出那个网页了，可能找不到了……”

“陈遇青！”傅岫咬牙，似乎是想要发火，临到头了，却又平静了下来，清晰吐字道，“究竟发生了什么事？”

谁都知道这只是暴风雨来临之前的平静，其实在他叫陈遇青全名的时候，陈遇青就有些扛不住，想全招了。但下意识地，陈遇青就是不想告诉他，不想让他掺和这些糟污事。

月亮是好好儿地悬在天上发光的，怎么能为她落入俗世？于是她咬死了不松口：“没什么，我自己能处理。”

傅岫气笑了，连连点头，语气冷得能掉冰碴子：“行，可以，你能耐。”

事实上，这件事情陈遇青并没能捂多久，在他上台前，公司管理层那边的人就给宋桥打了电话，质问他究竟是怎么一回事儿。

其实单纯就这件事而言，能给傅岫带去的负面影响真的不大，只是早前傅岫不止一次被爆出和现在的公司不和，有意解约，所以这波操作，其实对傅岫背后的经纪公司冲击力还要更大一些。

毕竟对于那些吃瓜群众而言，找一个啥事儿不会干的化妆师，不就是公司变相在打压傅岫？再阴暗一点儿的，可能还会想没准就是傅岫故意爆出来的，把舆论引爆，好以后能够成功解约。

回去的路上，车内又一次陷入了沉默。只是这次宋桥都不敢来救场，坐在副驾驶的位置，只敢眼巴巴地透过后视镜觑着后排的两位祖宗。

录制完节目已经是半夜十一点，高速公路上的车流量明显减少，夜风划过半开的车窗，呼呼作响。

傅岫便将手肘撑在车窗上，视线往外看去，窗外万千灯火跃动着从他脸颊疾驰而过，映照出他冷漠的表情。而陈遇青则低着头，手里握着已经黑了屏的手机，不知道在想什么。

宋桥想了想，偷偷摸摸地掏出手机发短信："陈小姐，你不用担心，傅岫也就是气话，这件事我们会解决的。"

宋桥这话自然不是单纯安慰，毕竟不管傅岫愿不愿意，这件事都牵扯到公司了，他必须要出面的，何况傅岫出面澄清的话，解决真的是分分钟的事情。

只是很快陈遇青回的消息便来了："不好意思，今天给你们添麻烦了，这件事我会尽我努力把它处理好的。"宋桥看到这话颇有些不是滋味。

虽说后来是经过傅岫答应的，可这人最初还是他要来的，结果没有看顾好，差点儿摔残了一条腿就不说了，哪想后面还从天而降一口大锅，稳稳砸在了人姑娘的头上，傅岫那小子就为了置气，还下令不让他插手？

越想越觉得愧疚，宋桥一个没忍住，还扭头瞪了傅岫一眼。

回到剧组酒店已经凌晨了。

陈遇青不知道什么时候睡着了，脑袋歪靠在椅背上，头顶发旋儿的位置顽皮地翘起了几缕短发。

宋桥扭身刚想叫醒她，便见一路上都看着窗外，仿佛外头是什么绝世美景的傅岫伸出手指抵在唇边，轻轻地，温柔地，跟他素日的个性一点儿也不相符——

"嘘。"

宋桥顿时打了一个激灵，嘘什么嘘，瞧把他吓得一身鸡皮疙瘩！不过……

“哎，你等下，你干吗——”

傅岫冷冷地剜了他一眼：“闭嘴！”宋桥条件反射般闭上了嘴，只是这并不妨碍他瞪大了眼睛，看着那冷脸了一路的男人皱着眉，像是嫌弃却又动作温柔地躬身把那沉睡的姑娘从车里抱了出来。

宋桥此刻的内心是崩溃的，到底是怎么一回事儿？说好的高中校友呢？不行不行，不能让别人看见！他四下观察，没有狗仔吧？应该没有。这个时间点儿大家应该都睡了，啊，不对，陈小姐好像是和一个小姑娘一起住的，他怎么才能让她封口？

不行，不能动手！他好难啊。

2. 你以后……离我远一点儿

傅岫回到剧组后，也没有歇，还是按往常的时间点起床化妆拍戏。

倒是陈遇青，在酒店柔软的大床上一觉醒来，天光已经大亮，捞过手机一看，已经快十二点了。

手机里有条未读短信，点开，是沈君白发过来的信息：“剧组这边不用担心，休息好了再过来吧。”陈遇青感觉窝心得很，昨天积攒下来的浮躁心烦霎时消散大半。

中午十二点到下午两点是剧组的休息时间，因此陈遇青醒来后也不急，慢悠悠地打理好了自己，又去酒店的小餐厅找了些吃的，一看时间差不多了，这才打车去往剧组。

从酒店到影视城要二十分钟的时间，陈遇青将出租车的车窗摇下来，手撑在车门上，看着外头刺目耀眼的光，开始整理思绪。

在酒店吃东西的时候她刷了刷微博，昨天的“傅岫化妆师失职”这一话题的热度已经降下去了，想必是傅岫公司用了一些手段，只是其他的，诸如“傅岫化妆师是谁”“傅岫解约”这些新的话题热度又很快起来。

其中比较醒目的是“KI 公司发声明”这一条热搜。

KI 公司是傅岫所属的公司，不大，跟小作坊似的，运营这么些年也就只出来一个傅岫。

傅岫刚火那阵子，为了充分利用他的价值，每天都给他排满行程就不说了，还捆绑自个儿旗下别的艺人，妄图让他们也乘傅岫这股东风火一把。乱七八糟的操作一套一套的，可把傅岫的粉丝们气得不行，纷纷跑去 KI 公司的官方微博下大骂。

实不相瞒，当年陈遇青也去贡献过自己的一份力，不过她不会骂难听的话，也就说了一句“KI 公司太小家子气”。如今看来，倒是一语成谶。

看看这声明发的，上来就是否认三连——不认识，不清楚，没解约。

这急吼吼地想把自己摘出去的样子，陈遇青看着都嫌丢人，可关键是这说了半天，粉丝们最关心的傅岫身边为什么会出现这个化妆师的问题，依然没得到解决。

公关能力真是令人头疼。

二十分钟说长也不长，陈遇青大概有了个解决问题的思路后，出租车便稳稳当当地停在了影视城门口。

离下午开工还有十来分钟，陈遇青先去休息室找了沈君白。

其他组的组长，像主造型师、主策划都在，陈遇青一进去，便迎接了几道直勾勾的目光，顿时让她有些紧张起来。

这些人不像累死累活的陈遇青，都挺闲的，没事干的时候把该看的微博都看了，八卦一个没落下，甚至连陈遇青放言要自己解决这件事儿都知道了，所以他们都在这儿等着，想看陈遇青到底会使什么雷霆手段。

好在沈君白足够温和，一见陈遇青来了，便主动迎上来了。

因为年纪也没有长陈遇青多少岁，所以沈君白身上没有那种老师对学生颐指气使的态度，反倒是更像和善的大哥哥，给人沉稳可靠的感觉。

“你可以再多休息一会儿的。”沈君白笑道。

“不用不用，我休息好了。”陈遇青压力顿消，她挠了挠头，压低声音，“沈老师，我跟您说的那件事，如果麻烦的话……”

“嗯？不麻烦的，如果你需要的话，我直接把账号密码给你？”

嚯，够大方的。

“别呀！”陈遇青连连摇头，又有些担忧，“这件事会不会影响到您的声誉啊？”

“哪里，我也就是说实话而已。”沈君白打开手机，笑着将手机递到了陈遇青面前。

手机界面是经过微博认证的沈君白的账号，最新的一条转发配文是这么写的——“劳大家费心了，这位是我很器重的学生哦。”事情似乎就这么解决了。

陈遇青注册了一个新微博，详细地解释了事情的来龙去脉，并且放了一张她膝盖大面积瘀青的照片，然后再请沈君白转发为她正名。网友们不是想知道她是谁吗？既然如此，她就亲自告诉他们。

于是，事实有了，惨也卖了，还拉了一个强有力的后台，之前一边倒的舆论终于出现了反转。因为陈遇青和沈君白的措辞都很和气委婉，所以这反转的声势也并不浩大，软绵绵的，渐渐地才成了气候。

紧跟着的另一条微博，将这次的事件推向了最高潮——傅岫发微博，甩了一段只有四十几秒的录音出来，然后配文：“关于我为什么要另雇化妆师。”录音内容有些不堪，是一个女人故意吊着嗓子说了一些充满暗示的话。

很快，下午两点整的时候，H市电视台的官方微博便火急火燎地发了一条声明，称驻台女化妆师违规操作，涉嫌利用职务之便，骚扰艺人以及偷拍，侵犯别人隐私，现已将相关人员交予警方处理。

本来还不知道骚扰傅岫的是谁，但结合后面的偷拍，有点儿脑子的都知道枪该往哪儿打了。于是针对陈遇青持续了快两天的这么一场闹剧，终于轰轰烈烈地落下了帷幕。

只是对于傅岫这种近乎得罪H市电视台的回复，陈遇青没有看到，因为做完这一切后，她自觉事情解决得差不多了，回复了几条朋友关心她的短信，然后就关了手机，安安心心地开始了她盯现场的工作。

孟清宵和傅岫两大男主成功对接后，陈遇青的工作量翻了一倍。

主要是孟清宵太能闹腾，大夏天的活蹦乱跳，跟尾刚出水的鱼似的，妆容隔十来分钟就要小补一次，隔上半个小时就得大补一次，这让本来还满心期待他来，好活跃一下她和傅岫之间凝滞气氛的陈遇青悔恨不已。

早知道就该求他再晚几天来了。

当然，她也就嘴上抱怨，但心里还是因为有孟清宵在而松了一大口气的。

毕竟现在傅岫的情绪似乎不大好。

宋桥不知道在唠叨什么，反正一有空隙就愁着一张脸黏着傅岫说话，说话的声音还低，即使陈遇青就在不远处给孟清宵补妆，也愣是啥也没听清。

当然，陈遇青也没那么大的好奇心，只是宋桥在那儿每说两句，就抬头看一眼陈遇青，着实让她有些不自在。

连一向粗神经的孟清宵都察觉到了不对劲儿，问她："宋桥哥看上你了？"

陈遇青拿粉刷手柄敲他，没好气地道："瞎说什么！"

孟清宵"哎哟"一声，八卦之心仍熊熊燃烧："那他这一看三回顾的架势是要做什么？"

"我哪儿知道？"她也纳闷呢。莫非是宋桥不满意她解决化妆师事件的方法？可这已经是她能想到的最优方法了。

把傅岫完完整整地从这件事中摘出来，不用他出任何面，表任何态，简直完美不是吗？

陈遇青补完孟清宵的妆后，朝傅岫走过去。宋桥一见她过来就立马住了嘴，客客气气地让出一个位置来，瞧着不像是要追究的样子。

陈遇青本来还满肚子疑惑，追着宋桥看了两眼，结果转头撞进傅岫漆黑沉静的眼眸里时，心胆一颤，顿时什么疑惑都没了，专心致志地给傅岫补起了妆，想早补完早走。

影视城里头有一棵高大的黄桷树，据说有好几百年的历史了，枝叶伸展开，一片浓荫覆地，都不用特意搭棚子，树枝上还系了好多红丝带，都是历年来在这儿拍戏的剧组留下的。

微风轻拂的时候，丝带随着透过绿叶筛下的光斑一起晃动，夏日的燥热喧嚣都仿佛被隔绝在外，耳边只余树叶摩擦的沙沙声，反正就还……挺有感觉。

陈遇青本来心无旁骛地在树底下给傅岫上妆，上着上着心底便似乎柔软起来，唇畔不自知地染上了笑。

“很开心？”傅岫冷不丁地开口。

陈遇青还沉浸在当下的气氛中，下意识地乖顺地回了一声：“开心什么？”

傅岫顿了顿，似乎没料到陈遇青这回应得这么乖，原本积压在眉目中的戾气稍稍散去：“你不愿意让我帮忙，是不是一早就存了去找你那沈老师的念头？”

陈遇青愣住了。好好的怎么突然扯到这上面来了？

偏傅岫不依不饶，似乎非要从她口中得到答案，原本垂在膝头的手抬起，准确无误地捉住陈遇青的手腕，声音冷然，带着咄咄逼人的气势：“说啊。”这是重逢以来，陈遇青印象中傅岫第一次碰她。

交往的时候，他们也牵手过、拥抱过、接吻过，但那些触碰，都带着情侣之间的悸动和信任，可眼下的傅岫，隔着近六年的光阴，让她陌生得害怕。

“傅岫……”陈遇青不敢有太大的动作，怕引来他人注目，她只敢小幅度地挣扎着，试图将手抽离，“你别这样！”

可傅岫越抓越紧，掌心那灼热的温度烫着陈遇青手腕的那块肌肤，像是恨不得从那里开始，把她整个人烧成灰烬。

“在你看来，我算什么？”树叶筛下的明亮光斑在他眼尾跳动，可他眼中翻涌着沉沉郁气，“一个随时可以抛弃，转头又可以毫无芥蒂地出现在你面前的高中校友？”

这话像一个定身咒一样让陈遇青顿时安静下来，她垂眸，声音发涩地说：“对不起。”

进组这么几天，陈遇青也看出来了，傅岫对待旁人的时候，是没有这么喜怒无常的。他就是话少，不大爱跟人打交道，可若真碰上不得不接触的人，他也是礼貌非常，进退有度的。

也就是在面对她的时候，像是一个气阀碰到了它的开关一样，那简直是随时随地都在生气。

陈遇青对这态度能做出的唯一解释，估计就是他见不得主动甩了他的前女友过得舒坦。眼下这情况也正好证明了事实果然如此。

陈遇青也是真没想到，他会对以前那件事儿执念这么深重。可如今除了道歉，她好像也做不了别的，总不能说要不咱俩再交往一次，这次让你甩我？

别说傅岫了，怕是宋桥就能立马来一句：“你做梦！”所以在陈遇青道完歉以后，两人便陷入死一样的寂静当中。

陈遇青主要是真没话说了，至于傅岫，似乎是觉得没必要再说什么了，他原本紧攥的五指骤然松开，脱力一般垂下：“陈遇青，你以后……离我远一点儿。”

这是傅岫第二次跟她说这样的话，第一次是在他们刚见面的那天晚上，他发烧说胡话时说的，第二次是在眼下，他清醒着。由此可见，这其实就是傅岫的主观意愿，他是真真切切地想要让陈遇青离他远远的。

陈遇青也说不好她现在是什么心情，难过？好像也没有多难过，大抵还是释然多一些。

离他远点儿也好，毕竟哪个看月亮的人不是离月亮十万八千里呢？

所以陈遇青笑了笑，语调松快地回道："好的，傅岫先生，在做好我本职工作的情况下，我会尽量不出现在你眼前。"

3. 我不喜欢她

《少年游》这部剧统共拍了差不多四个月，陈遇青他们六月底进组，一直到金秋十月，才在T市下辖的一个小镇上，把最后一场需要荒山和滩涂的外景取完。

虽说是最后一个外景，但是把几场取景差不多的戏都排在了一起，所以尽管接近了尾声，所有人还是不得闲。

从早上八点，晨露差不多散去，一行人扛着器材进山后，一直到中午都没能出来。

午饭是在山里解决的，就每人发了几个冷馒头和包子，不过可能是临近收工，大家的心情都还挺好的，并没有因为这简陋的条件而埋怨什么。服装组有个小助理机灵地带了香菇酱，顿时就成了剧组最受欢迎的人，连总导演都去他那儿讨了一口酱吃，姿态卑微得让大家都忍不住笑。

陈遇青心情也好，从孟清宵嘴里抢到了最后一口香菇酱后，欣赏了一会儿他气急败坏的样子，转头笑眯眯地给了沈君白。

毕竟沈君白前两天刚答应可以在《少年游》拍摄结束后继续带她，她自然得抓住机会献献殷勤。

不过沈君白肯定是不会要的，温温柔柔地道了谢后，便将裹着酱的馒头一掰，喂崽似的，给陈遇青和齐小师妹一人分了一半。

等戏的孟清宵站在不远处看着这一幕，咬着干涩的馒头，跟咬陈遇青的肉似的，愤然道："枉我认识了她这么多年！以前还帮她搞过小人，如今为了这便宜师父，连口酱都不肯给我！”

傅岫没拿东西吃，半躺在他旁边的一张折叠椅上假寐，脸上没什么表情：“帮什么？”

孟清宵也没心眼，当即头发一撩，嘚瑟道：“就是前几年我跟她在一个剧组，他们化妆组的大助理暗地里欺负她，让她背锅。我一正气凛然的好少年，自然见义勇为，出手相助啦！”

“哦。”傅岫口吻凉薄得跟这山间的白露似的，似乎刚才也就是随口一问，“人家的心不向着你，就算跟她认识得再久，又有什么用。”

孟清宵一噎，灌了几口水顺了顺嗓子后，想起什么，道：“对了，你是不是不喜欢陈遇青啊？”

傅岫原本横在眼睛上当眼罩的手微微动了动：“怎么看出来的？”

“我也是拍过好多部戏的人了好吧，我还没见过哪个演员和主盯他的化妆师会像你和陈遇青这样一句话都不说的。”

“嗯，你没看错，我不喜欢她。”傅岫将手挪开，任由目光四散，看向虚空的不知哪一点。

而一旁，听完了全部对话的宋桥，借着被肉挤得只剩一条缝的眼的方便，利索地翻了个没人看得出来的白眼。这话也就骗骗孟清宵这种傻大个儿了。

所有戏拍完是在下午五点。

因为途中遭遇了一场山雨，所以弄得大家都有些狼狈，回去的时候好多人没注意，踩上滑不溜秋的稀泥，一跤下去再起来，就跟泥猴儿似的。

陈遇青拎着一包瓶瓶罐罐，也差点儿中招，好在身后有人及时托了她一把。等她站稳了想道谢，回头一看，左边是沈君白，右边是傅岫。

傅岫面无表情，陈遇青想当然地认为帮她的是沈君白，自然开口就是“谢谢沈老师”。

哪想话音刚落，便见沈君白尴尬地指了指已经越过她径直走去前头的傅岫："小陈，是傅岫先生帮的忙。"

陈遇青噎住，一脸"你骗我吧"的表情。

落后傅岫几步又一次看清整个事态的宋桥摇了摇头："唉……"真是造孽。

不过这段尴尬的小插曲在当事人之一扭头走掉后就落了幕，陈遇青为了防止此类事情再次发生，之后的山路也是走得战战兢兢，如履薄冰。

很快，大约六点的时候，一群人终于浩浩荡荡却拖泥带水地回到了小镇上。

镇子不大，统共就横竖两条街，街上只有一家酒店，叫"八天酒店"。

说酒店显然是抬举这个地方了。从锈迹斑斑的大门，到充满了油垢的前台登记处，再到已经泛着黑的窗帘，无一不彰显着这充其量就是个四十块钱便能住一晚上的小旅馆。

不过大伙儿也没打算在这儿过夜，也就是一行人太狼狈，打算借这地方收拾收拾，暂作修整。

陈遇青照样和小师妹共开了一间房，在二楼。趁着小师妹先去洗澡的时候，她跟她打了声招呼，下楼去找前台。

十月，秋分已过，说是蛰虫培户，但总有那么几只英勇不屈的，潜伏在林间的枯枝败叶中祸害人。陈遇青挽了半边裤脚，本来光洁的小腿上现下已经被挠得红肿了一片，看起来触目惊心。

也怪她大意，以为入了秋，蚊虫便全部藏匿起来了，即使知道这次出外景要上山下河，也没备好驱虫的药。剧组里虽然有女演员，可因为不大熟，陈遇青也不好意思去借，让她去买，人生地不熟的，她又懒得动弹，所以打算来前台这儿问一问，看能不能找到止痒消炎的药。

前台是个四五十岁的阿姨，人倒是挺热情的，就是只会说当地方言。陈遇青跟她比画半天后，反正她是没听懂阿姨说的什么，然后被安排着坐到了角落的一张藤椅上，阿姨自个儿则转身进了隔壁的一个房间。

藤椅靠窗，是那种江南木屋特有的小窗格，不高不低地开在木墙壁上，被木条分割成一小块一小块，稍微伸长了脖颈，目光便能随便透过哪一块窗格，看到外头的景色。

小镇安宁，日暮时分已经没有多少人在街上走动。天际浓云翻涌蔓延，倦鸟早已归巢，那场雨的水汽还未消退干净，暗淡下来的光，又给周遭的景物都镀上了一层朦胧之感，一切都像是在梦中。

可窗外咫尺之隔的一星烟火是清晰的，那升腾起的白色烟雾勾勒出执烟人的轮廓，陈遇青看着，有片刻的失神。她一直知道，傅岫很好看。

而且是那种不落俗套的好看，眉眼不自藻饰，天然蕴着一段风流，骨相绝佳，流畅中又自有他的棱角，委委佗佗，如山如河，整个人随便往那儿一立，笑也好冷也罢，动静皆宜，风华自成。

这是他的资本。

当然，傅岫也不止这一个资本，不靠脸也能吃饭说的就是他。

陈遇青又想起了他们高中那会儿。

那会儿傅岫可出名了，市中的全部师生基本知道他，文理分班那会儿，带了文科班的班主任企图忽悠他学文，还差点儿跟物理老师吵起来，结果最后这俩都没捞着，人直接被火箭班的老师领走了。

当然，最令人印象深刻的，还是当年不仅女孩子为他痴狂，连市中的一群男生也把他奉为大佬，崇拜得不行，简直跟如今的追星族不相上下。

那个年龄段的男孩子，会崇拜一个同龄人，无非是因为一方拥有“绝对武力值”。说来，这缘由倒也和陈遇青有关。

她记得也就是刚分完班那会儿的事。因为有豆浆事件和医务室事件在前，陈遇青自觉和傅岫的关系亲近了不少，所以尽管不在一个班了，她也总是厚着脸皮，在晚自习结束后和傅岫结伴回家。

当时市里在修地铁，所以线路整改，他俩常坐的那趟公交车不在学校门口停了，改在距离学校两条街外的一个站牌。

规规矩矩按明道儿走需要二十分钟，所以他俩一般是抄近道——

一条路灯半坏的昏暗小巷。

小巷外有家小卖部，夏天的时候陈遇青会习惯性地去买支雪糕，而傅岫一般不会等她，总是陈遇青买完后自个儿嗒嗒地追上去。

那次也是。等陈遇青从小卖部出来后，他俩已经落了一段距离，不过她也不慌，看着少年那披着路灯昏黄黯淡光影的颀长背影，慢悠悠地撕开了雪糕包装吸了一口，而后才品尝着舌尖上沁凉甜蜜的感觉准备追上去。

哪想步子还没来得及往前迈几步，陈遇青便觉得肩头被人往后一扯，接着，她手里刚舔了一口的雪糕就这么“啪”的一声掉到了地上。

“小姑娘，就你一个人啊？”

她身后是三个估摸有三十来岁的男人，都没个站相，插兜，抱胸，歪歪扭扭的，眼神带着轻佻和戏谑，一张口就是扑面而来的浓郁酒气。周遭不是没有过路人，可被那几个一瞪，大家不约而同地都秉承着明哲保身的原则，头一埋就匆匆离去。

学校附近是明文规定不准开设娱乐场所的，是以这一带一向太平，陈遇青也从没见过这种场面。她不知道这些酒鬼究竟是从哪儿冒出来的，但她的第一反应就是害怕，站在原地瞧着他们，哆哆嗦嗦半晌，嗓子里发不出一丝求救的声音。

因为那个时候，陈遇青心里压根儿没想过傅岫会折回来救她。所以，在其中一个男人说完“小妹妹要不要一起去玩儿”，并且伸手想来揽她的肩膀以后，生了急勇的陈遇青便狠狠往那人的小腿骨上一踹，然后趁他吃疼，拔腿就跑。

对方三个男人，虽然身材臃肿，手脚也在酒精麻痹下不甚灵活，可逮一个陈遇青还是绰绰有余的，甚至一个没控制好力道，拽住陈遇青的手腕将她往回拉的时候，直接便将小姑娘摔在地上了。

巷道不常打扫，是故堆积起了许多粗粝的小沙砾，平时没觉得什么，但眼下女孩子娇嫩的掌心往上一搓，瞬间就冒出了无数血珠子来，疼得陈遇青的眼泪一下子飙了出来。

眼中蒙着一层泪膜，加上巷子里本就很暗，还有被陈遇青踹了一脚的那个人骂骂咧咧地欺过来的声音，所以当时陈遇青并不清楚傅岫到底是什么时候折回来的。只是听到了拳头划破风，揍到肉上的声音时，她才反应过来，傅岫和那几个人打起来了。

等陈遇青从那阵疼中缓过劲儿来，本来还想找个东西去帮傅岫的，结果她这刚找着半块板砖，那头的“战斗”便已经结束了。陈遇青最后只来得及看清楚，本来酒气醺醺，走路都七倒八歪的三个男人，突然健步如飞逃窜的背影，以及镀了一层暗黄的光的傅岫，过于冷漠和阴沉的眼神。

不得不承认，那一瞬间陈遇青是有些怵他的，甚至要比刚才被那三个人堵住还要怵，所以在他捡起书包拍了拍，又伸出一只手预备把陈遇青从地上拉起来时，她下意识地往后缩了缩。

傅岫起先有些疑惑，语气稍有些冷淡地朝陈遇青问了一句：“没事吧？”

又见她大睁着眼看他，傅岫便像是察觉到了什么。他瞥了陈遇青一眼，而后拢起的眉头竟松缓下来，表情有片刻的柔和，轻声说了一句：“走了。”

后来，这件事过去了很久，陈遇青才通过一则布告知道，原来学校附近，那条陈遇青和傅岫放学常走的小巷里，有家住户阳奉阴违地私自在家中开设了棋牌室，那些人就是在棋牌室里喝醉了出来的。

不过那个时候，傅岫以一敌三这件事已经被传了出去，傅岫的出名程度再度上了一个台阶。自此，市中的那帮男生私底下说起傅岫，都会不自觉地叫上一声“我岫哥”。

回首往事，陈遇青没能忍得住，轻轻地笑了一声。哪想就这一声，便把外头的人惊动了。

傅岫回头，面无表情地看了眼窗那边的陈遇青，而后，抬手，将滤嘴送到嘴边，缓缓吸一口，吐出白色的烟雾，然后隔着缭绕烟雾冷冷地睨了她一眼。说实话，这动作还挺撩人的，但陈遇青知道，傅岫这不是在撩她，他是在挑衅她。

陈遇青一直不喜欢烟味，她跟傅岫说过，显然他记住了。陈遇青偷偷撇了撇嘴，不让她靠近，他自个儿反倒朝她挑衅？真是幼稚。

傅岫后来出面帮她那事儿，陈遇青其实隔了不久便从宋桥那儿知道了，当时宋桥愁眉苦脸地来找陈遇青的时候，先是问她：“陈小姐，你和傅岫不是普通的高中校友关系吧？”

陈遇青对宋桥这位跟老妈子似的话痨经纪人还是挺有好感的，再加上没有哪种普通高中校友的关系，会像她和傅岫这般奇怪，便没再瞒着他，把她和傅岫的关系如实说了。

宋桥听完以后，倒是没流露出什么惊讶的神色，反倒是一副“我就知道是这样”的表情，说：“陈小姐，我有个不情之请，因为傅岫大小也算个名人，加上前段时间他又为你出头了，所以为了你们两人着想，这段关系，能不能请你瞒着？”

“这个自然。”毕竟她也不想过被人围观的生活。

宋桥说完这话以后，显然不打算结束话题，苦兮兮地搓着手好半天，又憋了一句出来：“还有就是，你以后……能不能离傅岫远一些？”陈遇青沉默了一下。

这话傅岫跟她说过两遍，现在宋桥又跟她说了一遍，搞得她像个只会感染傅岫的瘟疫源一样，一靠近，傅岫就会马上感染致死。

她虽然本就这么做了，宋桥说不说其实都不打紧，但为了让宋桥安心，当时陈遇青还是拍着胸脯保证：“你放心，宋先生，别说靠近了，以后我瞟都不往有傅岫的地方瞟。”

而就在刚才，她跟傅岫对视了。真打脸，陈遇青生硬地撇开视线，好在这时前台阿姨终于从房间里握着一管东西出来了。哪想等她定睛一看——一管黑人牙膏。

怎么说呢？这确实又消炎又止痒，看来阿姨还是听懂了她的话的，就是这味儿还有这敷在腿上时黏糊糊的触感，有些一言难尽。

小师妹已经打来电话说她洗好了，陈遇青想着待会儿剧组就要走，也不敢耽搁，于是一只手握着阿姨死命要塞给她继续用的牙膏，一只手拎着裤脚不让布料沾上那白色膏状物，然后以一种极别扭的姿势上楼。

上到拐角的时候，傅岫正抽完烟进来，他将空了的烟盒往垃圾篓里随手一扔，眼也没抬就直接进了一楼的房间。

黑人牙膏还是有奇效的，就敷了这么一小会儿，陈遇青洗完澡出来后，虽然没消肿，但已经不那么痒了。

不过她也没敢继续敷。

这次出外景，沈君白没开车，陈遇青和小师妹都是和其他组的人挤一辆面包车来的，她这要是敷上一管牙膏，等上车后，车里的味儿就不能闻了。

这么想着，她便直接把牙膏塞进了行李里。

小师妹在吹头发。小姑娘知道这是最后一天拍戏，特意找了条裙子带来，眼下换上了，细细的带子吊在伶仃的锁骨上，还怪好看的。

当即陈遇青便夸了一句，小姑娘顿时不好意思起来，扭扭捏捏地靠近她，问：“遇青姐，你觉得傅岫老师怎么样啊？”

陈遇青有些惊讶。

打从上次跟着傅岫从电视台回来以后，这小师妹便不知道怎么回事，话少了不少，还总会莫名其妙盯着她看，一副欲言又止的模样。

起初，陈遇青以为是她不满沈君白的安排，对那次去电视台也有意，但现在这个情况……莫非让这小师妹有意的其实是傅岫？

“那个，小师妹啊，”陈遇青蹙眉，斟酌几番，“你是第一次进组，可能还不具备这方面的经验，但是作为师姐，我还是得告诉你，咱……咱不能把目光放得那么高。”

不对，这话怎么听起来像夸傅岫呢？

她又改口：“我的意思是，我们就是个小化妆师，大明星什么的，我们远远地看看就行了，啊？”

小师妹听得一脸蒙：“遇青姐，我就、就是问问你觉得傅岫老师怎么样……”

“我怎么觉得不重要，重要的是你怎么觉得——”陈遇青还想苦口婆心劝一劝，便听房门被叩响三声。

门打开，外头是清隽温和的沈君白。

“我听小齐说你被虫子咬了，所以刚刚出去给你买了瓶药。”说罢，他顿了顿，带着略微的疑惑看向右手上的东西，“但是敲门的时候在门边发现了这个，是谁送给你的吗？”

右手上也是一瓶药，和沈君白买的那瓶一样。陈遇青摇头，将两瓶药接过来看了看。都是崭新的，没有人用过的。会是谁送的呢？

傅岫吗？可他在窗外压根看不见她的腿，进来的时候也没看她，怎么可能知道她受伤了？

陈遇青垂眼，手指在碧绿色的药瓶上细细摩挲着，应该不是他吧。

将近晚上八点的时候，全剧组收拾整齐，清清爽爽地返回T市。先回到酒店将所有东西放下后，十点，一行人又热热闹闹地去了市中心吃夜宵。

这顿是制片方请，俗称杀青宴。

尽管途中已经陆续有演员戏份杀青而离开，可全剧组最后剩下的人，还是占满了一整家烤肉店。都最后一天了，大家也不拘着了，该吃吃该喝喝，推杯换盏，酒水上了一打又一打。

这家店是韩式装修风格，桌椅的摆放也和韩国电视剧里烤肉店的摆放差不多，几张桌子连在一起拼成大长桌，够坐满二三十个人。

起先是总导演、制片，各主创和各小组组长坐在一起的，后来大家也吃嗨了，端着杯子这儿敬一杯，那儿干一杯的，渐渐地便越坐越乱了，等陈遇青发现的时候，孟清宵不知道什么时候拉着傅岫坐到了她的对面。

陈遇青本来想走，可举目四望，这儿倒一个，那儿趴一个，乱得不成样子，也没办法容她再找一个落脚的地儿。再者她这小师妹，平时大大咧咧的，偏有一颗伤春悲秋的心，一想到这顿饭吃了大家就散伙了，闷闷地灌了好几大杯酒，愣是把自个儿灌趴下了，她要是为了躲傅岫，把她一小姑娘直接扔这儿，多不厚道。

所以尽管陈遇青如坐针毡，最后还是忍了下来。她想着宋桥防她跟防贼似的，指不定过会儿就出现了。

于是陈遇青等啊等，低头把眼前小碟子里的花生米来回数了两遍，宋桥没来。她又等啊等，筷子夹着花生米一分钟往嘴里放一颗，结果这一碟子都快被她吃完了，宋桥还是没来。

陈遇青无语。

这宋桥怎么搞的，她吃花生米都快吃吐了！可她哪里想得到宋桥跟孟清宵的经纪人互吐苦水，眼下也双双在隔壁桌趴着呢。

孟清宵俨然是醉了，左手扶着傅岫的肩膀，右手抓着一个空瓶子，一直在往他身前的杯子里倒。

傅岫应该也是醉了的。他眼尾发红，鼻尖沁出汗来，双手交叠在膝上乖乖地坐着，酒品好得很，不像孟清宵那样胡搅蛮缠。

陈遇青是看过傅岫醉后的模样的，但不是在他们还在交往的时候，而是分开了几年，傅岫刚进娱乐圈的那一阵。陈遇青记得傅岫那时通过选秀成团出道，出道仪式结束那天，几个半大小伙子瞒着经纪人喝酒庆祝，结果回来的时候被粉丝拍到了。

这事儿在当时还引起了不小的轰动，就偶像该不该喝酒这件事，掀起了一阵讨论热潮。也因为这件事，给他带去了不少负面的关注，导致傅岫他们团队始终处于一个不温不火的状态。

当然，要真喜欢他们几个的，也不会在乎这些破事儿，该粉照样粉，就拿陈遇青来说，视频一爆出来，她的第一反应就是喝醉了的傅岫可真乖。

眼尾压着醉酒后染上的一抹猩红色，双手乖乖地交叠在身前，背脊笔直得跟小白杨似的，跟他平日的冷淡禁欲全然不同，让人忍不住想招惹、想欺负。

当然，陈遇青也就是想想，像现在，喝醉了的傅岫不就坐在她面前？可让她上去招惹欺负，她敢吗？

她不仅不敢，而且被那直勾勾朝她看来的目光看得浑身不自在，想随便拿个什么东西给他遮上。但陈遇青没那个狗胆，所以她又低头去数花生，假装不知道。

过了一会儿，孟清宵开始哼唧，他叫陈遇青："小青！"陈遇青没理，一个酒疯子，理他才怪。

孟清宵又叫："青青——"

陈遇青咬牙，想把抹布塞进他嘴里，怎么办？

一边乖乖坐着的傅岫似乎是听到了她的心声，竟真拿起他面前的一包纸巾塞孟清宵嘴里了，而后蹙眉，冷着脸凶道："不可以叫卿卿！"陈遇青本来还乐，闻言不由得一怔。

她高中的时候看闲书，发现很多书里的男主角都会给女主角取一个昵称，便缠磨了傅岫好几天，想让他也给她取一个，可他不肯开口，陈遇青便自己取了个"卿卿"。她也把这个名字告诉傅岫了，只是从来没听他开口叫过，后来被其他新鲜事物分了心神，陈遇青便渐渐把这茬忘了。

眼下陈遇青心绪有些复杂。

她觉得有些事情，和自己所想的似乎有偏差。

只是如今她也顾不上把这事儿捋清，毕竟对面的两个人，她要是再不去拉开，估计就要打起来了。

"怎么了？我在呢。"陈遇青先哄孟清宵，"你要我做什么？"

"头晕。"孟清宵哼哼。

"我也头晕。"傅岫不甘示弱。

陈遇青有些头疼道："好，行，你们先在这儿坐着，我去看看楼下有没有醒酒药卖。"

来的时候，陈遇青随便瞅了几眼，楼下正好有家药店，就是不知道现在还开不开门。

这么想着，她抽身准备走，哪想孟清宵又扯住她："钱，钱，给你钱。"

说着，往她掌心塞了一个钱包，接着一副"看我棒不棒"的样子。

陈遇青不得不继续哄："好，谢谢孟老板，你最棒了。"

哪想这一句说完，她手里又被塞了一个钱包进来。

傅岫还是坐得端正，睁着一双被酒熏染过的、似乎泛着水波的清凌凌的眼，安安静静地等着陈遇青夸。

陈遇青噎住，怎么夸？夸什么？夸得太肤浅敷衍的话，傅岫酒醒了回想起这一段会不会提刀来砍她？陈遇青觉得自己陷入了一个世界难题。

她垂头看傅岫的钱包，纯黑色的手工皮夹，纹路简单不花哨，外表跟主人似的透着一股冷淡的质感，也不知道里头是不是。

这么想着，陈遇青手指一翻，将这个钱包摊开——里头夹着一张照片。那张照片，是高二文理分班的时候，她硬拉着傅岫拍的合照。陈遇青的食指又不自觉地掐上拇指指腹，但疼痛并未让她从茫然中清醒过来，她抬头，对上傅岫的眼睛。

而傅岫在对上陈遇青慌乱惊愕的眼眸时，脑中似乎有根弦被拨动，让他霎时清醒过来……

第三章
再遇

1. 此情可待

剧组的工作结束以后，沈君白给陈遇青放了个小长假，说让她先好好休息。

陈遇青先给陈策打了电话。陈策如今刚升高三，在一所封闭式私立高中就读，成绩还算不错，和陈遇青感情也挺好，偶然得了什么好吃或者好玩的玩意儿，都会想方设法留到陈遇青过年回家给她。

上回傅岫化妆师事件闹得沸沸扬扬，虽然她被偷拍的那张照片模糊又失真，还没拍到正脸，但熟悉陈遇青的，就算一时没认出，结合她的身份一猜也就猜到了。

陈策当时就挺着急，还逃了课从学校跑出来偷偷给她打电话，结果被陈遇青好一顿骂。当然，陈遇青也是担心他出什么事，所以当时语气特别差，陈策被骂完后半个月都没再给她打电话，结果陈遇青忙起来也顾不上他，哪想这小孩暗戳戳地生完气了，又自己搭了台阶主动来联络了。

想起陈策，陈遇青也不自觉地笑得柔软起来。

这弟弟，怎么说呢？也算是她在那个家里唯一的支撑了吧。

例行问完陈策的学业后，陈遇青又随便闲扯了几句，然后给他转了两千块钱。

打从陈遇青出来工作以后，陈策的生活费便全是由她承担的。头两年陈遇青年轻，觉得凭啥，陈策又不是她生的，于是有一回便整整两个月没给他钱。

她本想着她不给，家里把儿子当心肝宝贝的爹妈总会掏的，哪想陈策不找她要，也没找家里要，后来王虹丽打电话让她除了生活费再多给陈策点儿零用钱，陈遇青才知道的。

从此以后，陈策的生活费她就再也没有克扣过了。

“姐，我长大以后会还给你的。”收到钱的陈策每次都会郑重地发一条短信。

陈遇青低头看着这条如期而至的回信，还是挺窝心的，也郑重地回复道：“好，我等你长大。”跟陈策联系完以后，她又回C市去找卿池。

卿池住在C市大学城附近，那儿有一家陈遇青和她合开的摄影工作室。

陈遇青不跟剧组的时候，便一直窝在这儿工作，卿池负责摄影，她负责化妆，本来生意还不错，哪想卿池这傻子在六月份的时候应邀去一同学的老家玩儿，结果爬人家的杨梅树，自己把腿摔折了。

伤筋动骨一百天，卿池没办法开工，陈遇青也不能干等着饿肚子，便联系了以前化妆培训学校的老师，打算重操旧业，卖身剧组做牛做马。

不过这牛马做得还是挺值的，毕竟赚了一个业界大佬做指导老师。

这么一想，原本两手空空的陈遇青这才停在路边，给人买了袋烤栗子。

卿池是个比陈遇青还能贫的人，打从认识她起，陈遇青就没见过有谁能说得过她，两人一起出去玩儿的时候，本来话也不少的陈遇青被她一衬，就显得特别文静。

之前她认识的一个朋友追了陈遇青很久，理由就是觉得陈遇青还挺文静的。

差点儿把两姐妹乐死。

陈遇青不是C市人，她是G市的，她大学也不是在C市读的，当年从化妆培训学校毕业后，家里人让她回去结婚，别在外头瞎折腾，她不乐意，揣着刚从第一个剧组领的几千块钱跑路了。

最开始本来没想在C市落脚，因为C市离她家太近，只用两个小时的车程。但她没钱，无奈之下才打算在C市停留一段时间，攒够了钱再走。结果这期间认识了卿池，被那张嘴一忽悠，就这么一直留到了现在。

卿池知道陈遇青今天过来，一早就拟好了菜单，说等她过来一起吃火锅。

肉片下到滚沸的红汤里，白雾蒸腾弥漫，窗外有桂花香涌动，纸袋里的栗子裂着口，露出金黄的肉。

卸下忙碌和疲惫以后，陈遇青这才意识到，旷远的秋天来了。

“哎，我说，你跟傅岫在剧组待这么久，连张签名照都没要来？”卿池囫囵咬了半颗牛肉丸子，问。

陈遇青含着一颗青菜，吞也不是，吐也不是。

得，真是哪壶不开提哪壶，刚酝酿出来的一点儿情怀直接被她问没了。

当然，这也不能怪卿池，和傅岫那档子事，陈遇青没跟卿池说过。卿池只知道这人是陈遇青喜欢的明星，平时天天拉着她卖安利，就差摁头让卿池关注了，所以如今她问这话，也合情合理。

但陈遇青下意识地不想提傅岫。

她记得杀青宴的那天晚上，她打开钱夹看到照片的那一瞬间，傅岫就清醒了过来。他并没有急着将钱夹抢回去，而是起身，用那双黑漆漆的没什么情绪的眸子看着她，以一种近乎嘲讽的语气道：“你看到了？有什么感想？”

陈遇青张了张嘴，却说不出任何话来。傅岫看着她这副模样，又扯了扯唇，语气讥讽凉薄：“看来是没什么感想。”

说罢，他朝前走了两步，伸出手将那钱夹子从陈遇青手里抽离，又在自己掌中将它摊开，把夹层的那张照片取出来，随手扔进一杯啤酒里，淡淡道：“纪念我第一次被甩而已，没什么特别的含义，不必在意。”

瞧着耍得一手好帅，陈遇青都想给他拍手鼓掌了。是，他照片一扔，丢下一句不必在意，那陈遇青真的就能傻到他说啥就是啥，完全没点儿想法了？

这种保留着和前女友合照的事情，怎么可能让人不在意啊！真是越想越气。

陈遇青端起啤酒闷了一大口，杯子搁到茶几上发出“砰”的一声，吓掉了卿池夹起来的另外半颗丸子。

“怎么了？合着没要到你偶像的签名这么生气？”卿池抽张纸擦了擦溅到脸上的汤汁，安慰陈遇青，“没事儿啊，这人不还在地球上吗？以后总有机会再遇到的。”

陈遇青有口难言。

快别说了，以后在电视上看看就行了，可别再遇到了。

哪想卿池偏还来劲儿了，起身从房间里抱了个礼盒出来，神秘兮兮地冲她眨了眨眼，道：“你生日的时候我不是在医院躺着吗？所以没能给你庆生，就想着补个礼物给你，猜猜看是什么？”

陈遇青心里“咯噔”一下，浮起一种不祥的预感。

她哆嗦道：“什、什么啊？”

“噔噔噔噔。”卿池掀开盒子，“ZERO 出道四周年演唱会门票！十月十五日，激情开唱！”ZERO 就是傅岫所在的那个男团。

陈遇青顿时一口气差点儿没提得上来。

偏卿池还一脸兴高采烈："开心吗？我半夜掐着点儿好不容易才抢到的。"

好友一片心意，陈遇青也不好辜负，吸了吸被红汤火锅辣出来的鼻涕，扯了抹苦兮兮的笑，说："开心。"

简直开心极了，呵呵。

演唱会是和卿池一起去听的，所以也没怎么让陈遇青纠结到底去不去。

不过这么一来，倒是让陈遇青把 ZERO 每一周年的演唱会都集齐了。

她记得举办一周年演唱会的时候，他们是在一个小体育馆里，人坐满了也就撑死三千来人。那个时候他们不火，票都不用抢的，陈遇青当时在一个剧组里给主化妆师当牛做马，忙得昏天暗地的，等想起来买票的时候，已经距离发票日过了快一周，可即便这样，点进官网也还剩了许多票。

那时陈遇青看了心酸，牙一咬，便用自己微薄的工资又买了两张票，送给了在自己面前夸过傅岫的朋友。结果后来一个临时有事，一个去了外地工作，都没能到场。

可事实就是这样，对于喜欢他们的人来说，追寻着他们发光发热就是意义，但对于不在意的人而言，花时间免费听一场演唱会都是一种浪费。

陈遇青记得那一年，傅岫流着汗，在演唱会的末尾随他的队友深深鞠躬，面对着没有坐满的体育馆，说感谢大家能来。

当时陈遇青就哭了。

但她不是为了傅岫，而是为了自己。

演唱会举办的时候，她在剧组的工作还没有完，她跟主化妆师撒了谎，说家里出事了才请假出来的。当时她的工资一个月不到三千块钱，请两天假一下就扣了三百，所以她跑去看演唱会的时候没舍得买卧铺票，连夜坐了十几个小时的火车，然后在火车站附近破烂的小宾馆里，花了五十块钱草草睡了一觉，醒来后又去宾馆楼下吃了份十块钱的炒饭。

炒饭并不好吃，饭粒硬得像一粒粒小石子儿，可那时陈遇青吃得很香。因为她知道自己吃不起更贵的炒饭，所以她很知足。

当然，也不是说她永远吃不起更贵的炒饭，像是现在，她就吃得起了，不然也不会知道十块钱的炒饭不好吃，但对于那个时候的陈遇青来说，十块钱的饭、五十块钱的旅馆就是她的极限了。

她永远知道自己的极限在哪里。

但傅岫和她不一样，别看他那个时候深深鞠躬，感谢这空荡荡的体育馆，但那远不是他的终点。

他永远值得更大更闪耀的舞台，也永远值得更好的人。

陈遇青哭了，因为那一刻她觉得，可能这一辈子，她都没有办法变成像他那样优秀的人。

四周年演唱会开始的前一分钟，场馆内所有的灯光瞬间熄灭，闹哄的人群随之安静下来，只剩下他们手中的荧光棒，在无声却热闹地发着光，如四处散落的星星一般，从右至左，汇聚成一条环形银河。

而银河中心，就是他们想要守护的那个宇宙。

宇宙从漆黑变得绚烂的时候，陈遇青才从那遥远的思绪里回过神来。周遭有女生在尖叫，歇斯底里地喊着他们的名字。陈遇青眯着眼，从遥远的看台上望过去，眼下正好是傅岫站到了中心位上。

所以，这就是为什么总有人说有机会一定要去现场了。震撼人心的音效先不说，单是这个氛围，就挺容易带动人的。陈遇青扶着看台的栏杆，使劲儿晃着手里的荧光棒，在人声鼎沸中开嗓：“傅岫看我，妈妈在这里！”

一时间，引得近处好几个姑娘纷纷侧目。

卿池连忙一个弓步上前，捂住陈遇青的嘴将她拉下来，咬牙道：“人家都是喊‘老公’，就你自称妈妈，丢不丢人？”

“你不懂了吧，我这叫事业粉，总在为孩子的事业操心。”吼了几嗓子的陈遇青有些喘，她拨开卿池的手，眼神微微发亮，“我啊，就希望他过得顺风顺水。”

卿池泼冷水：“你想他顺风顺水，他就一定能顺风顺水啊？要是不行呢？”

陈遇青沉吟了一会儿，隔着人海看向明亮的舞台，道：“如果不行，那就希望他健康平安。”

卿池投过来一个鄙夷的眼神：“你还真的是‘儿行千里母担忧’的心态呗。”

陈遇青“嘻嘻”笑了两声：“那可不，都说了我是事业粉。”

什么是事业粉，就是以后不管他属于谁，都能衷心地送上自己的祝福。

演唱会进行到后半段，有一个随机抽人和成员互动的环节，镜头扫向观众席。第一个被抽起来的是位男粉丝，大大咧咧地冲着台上的一个成员比了个“心”，逗得全场哈哈大笑。陈遇青所在的位置和那位男粉丝距离不远，本来也瞅着他乐呢，结果进行第二轮抽人的时候，镜头扫过来险些把她吓死。

陈遇青说不好傅岫到底看没看到她，反正当镜头在她面前停下来时，她第一反应就是捂着脸往卿池身后躲。最后是她旁边一个姑娘被选中了。

即便天气已经转凉，但连续唱跳了接近两个小时，成员们还是出了不少汗，尤其是傅岫，垂在额前的头发已经肉眼可见地被濡湿了。捡了陈遇青的漏，被抽中的那姑娘站起来深情剖白的时候，他还在低头拭汗。

陈遇青一边没出息地缩在卿池背后，一边又找了个角度偷看傅岫。也不知道是不是陈遇青的错觉，在他抬头望向那位女粉丝，用那种一如既往的冷然语气答话时，她总觉得傅岫不大高兴。

按理，粉丝得到回应以后便可以坐下了，工作人员也预备来收话筒，只是那姑娘紧接着又饱含期盼地说了一句："哥哥，你能不能现场唱一首歌？就是那首《此情可待》！"

话音一落，瞬间有无数道尖叫声响起。

关于这首歌，在傅岫这里是有说法的。也是前年那阵子，他因为一部都市爱情片火了以后，为了维持热度，片方隔些时间便会放一段花絮出来，其中有一段就是他抱着吉他自弹自唱这首歌。

后来据片方解释，那天是同剧组的一个工作人员为了向恋爱多年、历经坎坷的女友求婚，特地拜托傅岫录制的。

平心而论，这首歌他唱得中规中矩，好听是好听，但也没有到超越原唱的地步。让人为之疯狂的，是在视频的末尾，最后一个音符止歇后，那个工作人员突然问傅岫这首歌叫什么名字。

闻言，傅岫先是说了这首歌的英文名，而后似乎是想起了什么，手指轻轻拨了一下吉他弦，原先稍显冷漠的神色，忽地似春水乍暖，垂头抿出一抹一闪而过的、极轻极浅的笑，缓声又说了一句："也可以叫《此情可待》。"

那一瞬间，他的温柔仿佛浸入骨子里。从那之后，这首歌似乎就和傅岫捆在了一起，许多家媒体为了制造噱头，在采访的时候也经常请求傅岫再唱一遍，但无一例外都被拒绝了，拒绝的理由是统一不变的六个字——"不可以，没版权。"

从无线话筒里传出来的声音带着轻微的沙沙声，中和了不少男人语气里的冷硬质感。

原本沸腾的气氛像是兜头被泼了一盆冷水，全场有一瞬间的死寂。陈遇青现在可以确认了，傅岫是真的心情不好。

卿池趁着安静的间隙，附在忐忑不安的陈遇青耳边说话：“姐妹，你有没有觉得，这个傅岫的眼神，似乎是落在咱俩这个方向上的？”

陈遇青打了个哆嗦，惊恐道：“你在讲什么鬼故事！”

2. 你再说一遍

听完演唱会的第二天，陈遇青的假期便结束了，沈君白打来电话，让她跟着他去B市参加《时尚秀场》杂志的封面拍摄。

沈君白没说拍摄嘉宾是谁，陈遇青也没想起来问，结果到了碰面的时候，她才恨不得狠狠地扇自己两个大耳刮子。动动嘴皮子问一下不行吗？虽然问了他也可能会跟着来，但总不至于像现在这样措手不及啊！

陈遇青僵笑着和宋桥打招呼：“宋先生，好久不见。”宋桥也略有些不自在地回应她。

然后陈遇青才转头，冲着耷着眉眼散发着一股生人勿近气场的傅岫，笑得更僵地问候道：“傅先生，好——你好啊。”

她本来想继续说好久不见，临到头想起昨天指不定被他抓包了，怕眼下被他开腔嘲讽，于是话到嘴边又慌忙改了口。

傅岫自然也听出了陈遇青话里生硬的转折。他没说话，却抬起了眼眸，冷冷的目光从陈遇青脸上一扫而过，带着些散漫和嘲讽，像是洞悉了她心中所想。

陈遇青被他看得也很是心虚，还好一旁的沈君白往前一步，不知是有意还是无意的，挡在了陈遇青身前，恰好给她挡去了傅岫有些锋利的目光。他伸出手，温和地笑道：“傅先生，合作愉快。”

也就是对着陈遇青的时候，傅岫的冷漠中才会带着尖锐，对旁人，冷归冷，但他总还是礼貌的。即便眼下他对沈君白的突然出现明显不虞，最后还是伸了手，和沈君白简单地交握一下，似笑非笑地回道：“合作愉快。”

合作是得合作的，至于愉不愉快……陈遇青混在一行人当中偷偷觑了眼傅岫，暗自叹了口气，估计是挺难愉快的。

陈遇青身侧是沈君白，本来他正扭头和摄影师交流着什么，结果听到陈遇青的叹气声后，突然转头看向她，像是有读心术一样，出口就是轻言缓语地抚慰：“没关系的，小陈，我在呢，一会儿你在旁边看着就好。”

陈遇青沉默了一会儿，说：“谢谢沈老师。”这话听着是挺让人窝心的，就是这声“小陈”有点儿坏气氛。

和沈君白在化妆界的地位一样，这次负责拍摄的摄影师也颇为大牌，再配合上封面人物傅岫如今的热度，明眼人都看得出，这次《时尚秀场》想要搞票大的。但他们的负责人应该没有考虑过，人物越多，就越难伺候。

本来陈遇青还战战兢兢地等着傅岫在化妆时对她发难，谁想最后他竟然是在拍摄的过程中，和摄影师发生了摩擦。

当然，说句公道话，这次摩擦还真不是傅岫故意找碴儿。想来是杂志社为了聘请到这位大牌摄影师做出的退让，拍摄的服装以及搭配的模特都是交由摄影师来敲定的。杂志社的服装编辑没有任何发言权，以至于到了现场才知道，摄影师团队准备的服装不太妥当。

拿到衣服的那一瞬间，傅岫的脸就黑了一半，剩下的一半，在得知需要搭配女模特时，也黑了。

女模特也是大牌摄影师带来的，长相倒是清纯，只是穿了一件薄纱质地的贴身长裙，曲线毕露，于是这清纯也就变了味。

摄影师对此给出的解释是：“越是冷漠清纯的人，在展现与平时不同的一面时，才越是诱人。”

陈遇青对这话是挺赞同的，就是觉得这位摄影师要是继续让那位女模特搭着傅岫做出些不雅的动作，估计待会儿可能会收不了场。

拍摄是从下午一点开始的，到现在已经过去了整整两个小时。陈遇青的工作和在剧组时差不多，也是在现场跟妆，不过这个活儿可比在剧组时要轻松多了。她咬着奶茶的塑料吸管，站在布景外，有一搭没一搭地和《时尚秀场》的服装编辑小唐聊天。

小唐是个男孩子，刚从大学毕业，说话做事都还带着一股活泼劲儿。对于自己的工作被人顶替这件事，他完全不上心，甚至乐滋滋地和陈遇青讨论起拍摄场景来。

“啧，看看这两人，挨在一起真是养眼啊。不过我倒是觉得可以再亲密一点儿。”小唐手指摸着下巴感慨，末了，用肩膀顶了顶陈遇青，“姐，你觉得呢？”

陈遇青被他顶得趔趄了一步，一口奶茶差点儿呛出来，她弓着身子咳了一会儿，顿时吸引了好几道视线看过来。小唐也慌得不行，手忙脚乱地给她拍背，歉疚道：“姐，没事儿吧？”

陈遇青摆了摆手，示意自己还好，直起身子的时候，目光下意识地落到白色布景里——傅岫正背对着她，和那位女模特以国标舞的姿势交颈相贴。

就这还不够亲密？

陈遇青又端起奶茶喝了一口，软糯弹牙的珍珠在齿间被碾碎。她记得以前傅岫是不喜欢跟人有身体接触的，也不喜欢在陌生人面前裸露身体。上大学的时候，他一听说学校是公共澡堂，还没开学就在外面租好了房子。之前他俩重逢，傅岫让她离他远一点儿，陈遇青以为他的那些习惯没有变，但现在看来，或许是因人而异，她不可以碰，但其他人可以。

陈遇青心里有些泛酸，但很快便被自己这种心态吓到了，忙在心里默念了三遍“我只是一心盼着他事业有成的粉丝”，然后才端正了心态，冲小唐笑了笑，接着上一个话题道："你说得对，我也觉得应该再亲密一点儿，这样才更能突破两人的固有形象嘛。"

摄影师离他俩不远，听到两人的对话后跟遇着了知音一样，按下快门后扭头就冲陈遇青竖了个大拇指，大着嗓门道："陈小姐不愧是沈老师带的人，没关系，你有什么想法不妨直说！"

顿时，所有人的视线都被这道嗓门引到了陈遇青身上，包括傅岫。

她看了眼傅岫冰碴子似的目光，缩了缩脑袋，想解释一句她什么想法也没有，可那摄影师一来就捆绑着沈君白给她戴了顶高帽子，她要是不开口，沈君白也会跟着折面子。

陈遇青轻咬着唇纠结了一会儿，垂眼避开傅岫的视线，回道："我觉得可以试一下若即若离的接触和亲吻……"

话音未落，摄影师没开口，反而是傅岫的声音响了起来："你再说一遍？"

闻言，陈遇青抬头小心翼翼地觑了他一眼。傅岫正看着她笑，但那笑是冰冷的，不掺任何感情。傅岫笑着又说了一遍："不好意思，刚刚我没听清，陈小姐你能再说一遍吗？"

周围的人许是察觉到了此刻傅岫平静的表面下翻滚着的汹涌波涛，在这强大气场的威慑下，顿时没有人敢说话了，当然，这里头得除去那位大牌摄影师。

"陈小姐刚才说啊，觉得你俩可以再亲密一点儿，比如亲吻什么的。"他沉浸在自己的想象里，对傅岫濒临爆发的情绪毫无所察，"这一点陈小姐倒是和我不谋而合，我也计划了这个姿势，傅先生要不先来尝试一下？"

"我尝试不来。"傅岫慢条斯理地摘下手上的皮手套，在这个过程中，他敛起了笑，眸光像是凝了一层薄脆的冰，神情冷恹，"摄影师先生既然和这位陈小姐不谋而合，那你俩干脆拍一组算了，到时候想多亲密就能有多亲密。再不然，你想拍，我看陈小姐和她旁边那个男孩子好像也挺聊得来的，不妨让他俩尝试一下？”

说完，也不理会无辜“中枪”的陈遇青和小唐，他将一双皮手套往三脚架上一搁，径直离开了摄影棚。

一时间，大家都有些愣，等傅岫的助理慌慌张张地跟上去时，摄影棚里的一伙人才回过神来。

首先开口的是那位大牌摄影师，捧着挂在脖子上的摄影机，带着些火气道：“怎么？耍大牌？”

小唐忙干笑着和稀泥：“可能是累了吧，要不大家都歇一会儿？”

但谁都知道傅岫突然发难，不是因为这一点，所以那摄影师也不肯心知肚明地跟着和稀泥，而是将摄影机一摘，冷哼一声：“歇啊，正好我也累了，这就回酒店睡个觉再来。”

说罢，也撂摊子要走人。可怜小唐，顿时一个头两个大。

陈遇青缩在摄影棚的角落看了一场闹剧后，自己偷摸回了化妆间。

沈君白正在翻看一本时尚杂志，见陈遇青进来，冲她笑了笑，问：“拍完了？”

陈遇青摇了摇头，有些心不在焉地答道：“还没呢。”

沈君白心细，察觉到了她的不对劲，正要开口询问时，化妆间的门却被敲响了，还以为是谁，结果拉开门一看，外头站着的竟然是傅岫身边的生活助理。

“陈、陈小姐，能不能拜托你去劝一劝傅先生？”助理搓着手，苦着一张脸恳求道，“宋老大没在，去别的地方办事了，现在回不来，我刚跟他通过电话，他说我要是实在没辙，就来找你帮忙。”

陈遇青心想，你这哪是来找我帮忙，你这是来找我去送死的吧？

那助理见陈遇青犹豫，又道：“陈小姐，拜托你了，傅先生前段时间刚签了一个代言，合同里明文规定不让传出任何负面新闻，他这次罢拍，要是被媒体知道了，不定怎么写呢。”

陈遇青想起刚才傅岫看她时冷冰冰的样子，有些头疼道：“我刚才惹他生气了，你又不是没看到，我哪儿劝得动啊。”

“宋老大说了，只要是您去，肯定能劝动！”

得，尊称都出来了。

陈遇青虽然不知道这份肯定从何而来，也觉得涉及合约，傅岫肯定有办法能够自己解决，但人家把话都说到这份儿上了，陈遇青只能叹口气，硬着头皮接下了这桩差事。

沈君白知悉后，倒是说过可以陪她一起去，但陈遇青的直觉告诉她，沈君白要是去了，那她跟傅岫绝对是谈都没法谈，所以最后便拒绝了，自个儿战战兢兢地敲响了傅岫休息室的门。

“谁？”隔着门板，傅岫的声音显得有些闷。

陈遇青定了定心神，凑近门回道：“是我，陈遇青。”说完这句话，里头就没动静了。

“我可以进来吗？”她又问，只是回应她的是鸦雀无声。

正所谓一鼓作气，再而衰，三而竭。陈遇青吸了一口气，抬手准备最后再敲门试一次，要是还不回应，那她也能跟宋桥说爱莫能助了。不想手指刚敲下去，门蓦地被拉开，陈遇青收手不及，屈起的食指就这么敲在了傅岫的胸膛上。

陈遇青沉默了会儿，而后迅速地收回手，背在了身后，右手食指指甲又不自觉地搭在了拇指上。

傅岫似在垂眸看她，像是对她的这番举动感到好笑，一会儿后，才让开进门的路，轻嗤一声，讥道：“害什么羞，刚才那女模特摸我的时候，你不是在旁边看得挺起劲儿？”

陈遇青沉默，想拔腿就走。

只是那厢傅岫已经好整以暇地坐下了，支着腿斜靠在沙发上，整个人透着一股散漫和冷傲："找我干什么？"

陈遇青憋了又憋，找了个离他稍远的地方坐下，才正色道："是这样的，宋桥让我来劝——"

话未说完，便被打断，傅岫单手揉着脖颈，语气里满是疏离："陈小姐凭什么觉得能够劝服我？"

陈遇青看了他一眼，徒然张了张嘴："宋桥说……"

"说你一定劝得动我？"傅岫扯了扯嘴角，不留余力地嘲讽道，"宋桥搞不清状况，身为前女友的陈小姐也搞不清吗？你难道也觉得我会听你的，就因为我钱包里夹着的那张照片？"

陈遇青早料到自己来就是自取其辱的，只是没想到会被"辱"得这么厉害。她想反驳，可傅岫虽句句刻薄，但字字有理，所以她也找不到什么反驳的点，听了几句之后，便沉默下来，心里颇为讽刺地想，看吧，就知道不会合作愉快。

那么骄傲的傅岫，怎么可能任人摆布呢，又怎么可能给曾经抛弃他的人好脸色？看来自己还真是被皮夹子里的那张照片冲昏了头脑。

陈遇青觉得舌苔泛苦，摆在膝头的手指蜷了蜷，想让自己找回点儿勇气夺门而出。谁知傅岫像是说够了，突然话锋一转，问她："你刚才和那杂志社的人在聊什么？"

没懂他问这话的意思，陈遇青一头雾水，回道："没聊什么啊，就随便说了些话打发时间。"

傅岫的目光停在她脸上，像是在审视她是否说谎，好一会儿，才开口，又问："那你昨天在哪儿？"

陈遇青有些跟不上他的节奏，呼吸一窒，下意识地便扯谎道："在、在家！"

傅岫眯起眼，冷哼一声："陈遇青，青天白日的，你在睁眼说什么瞎话呢？"陈遇青噎了噎，看来昨天他果然还是看见她了。

室内静了片刻，傅岫揉着指骨不知道在想什么，一会儿后，才又开口问：“为什么去？”

陈遇青垂着眼，小声道：“陪朋友去的。”

“你哪位朋友？”

“你不认识。”

傅岫点了点头，似乎是接受了这个回答：“那好，不说这个。”只是紧接着他又问出了那个最致命的问题：“当时为什么不敢站起来？”

陈遇青一边像蚌壳一样紧闭着嘴，一边心道，这不明摆着的吗？去了都偷偷摸摸不敢让你知道，难不成还光明正大地站起来让你逮住？想归想，说却是不敢说。但见傅岫拧开了瓶水慢悠悠地喝，一副她不说便别想囫囵着走出去的架势，陈遇青的“蚌壳”终归还是开了道缝，不过脑子地吐出三个字：“我害羞。”

傅岫罕见地噎了噎，想来也是没料到陈遇青会这么说。

室内便又陷入了沉寂，好一会儿后，傅岫抬眼，目光从陈遇青脸上扫过，而后，竟蓦地软下了声气，说：“陈遇青，只要你说实话，我就听你的劝。”

话音一落，陈遇青垂在膝头的手指便倏地收紧，她的心脏开始突突地跳，有些快，有些急。

傅岫又问了一遍：“陈遇青，你告诉我，你为什么不敢站起来？”

陈遇青喉间有些发涩，舌苔根的那抹苦终于蔓延到舌尖，这让她想起了她曾经有一段连感冒药都不敢多吃，一旦病症减轻便总是将药片一掰为二当成两顿吃的时光。那个时候，被掰开的白色药片带着碎末，卡在喉咙的时候也会像现在这样，从舌苔根泛出苦来。

她腾地从座位上起身，强迫自己忽略傅岫语气中的那丝恳求和期望，视线没有着落地乱扫几下，胡乱丢了一句话出来后，便急急拉开门跑出去了。

后面陈遇青想起这句话，才惊觉这是一句语焉不详的、轻易便能让人误会的话。

她说："因为我害怕你。"

"我害怕你"，和"我害怕见到你"，这两句话的含义是完全不一样的。

3. 一场梦

从傅岫的休息室回来没多久，小唐那边便传来了重新开工的消息，听说是两边都各退了一步，傅岫愿意继续穿着那些花里胡哨的衣服拍，但不再搭配女模特。

小唐过来找陈遇青重新回去跟妆，说起这些时，表情跟解决了一个世纪难题似的。末了，他凑近陈遇青又小声道："待会儿我们交流可要小声一点儿，不然再被他听见，惹他生气，可就麻烦了。"

陈遇青心道这次应该不会，毕竟傅岫又不是那种没皮没脸的人，她话都说到那个份儿上了，他还愿意搭理她，那可真没道理。不像她，分手了还仗着人家不知道，死皮赖脸地做了人家的粉丝。陈遇青冲着小唐笑了笑，但实际心里乱糟糟的，也不知道接下来该做什么，或者该怎么面对傅岫，快走到摄影棚了，才想起自己的化妆包没拿，于是又折回化妆间去拿化妆包。

沈君白在里面看杂志，见陈遇青回来没头没脑地拿起桌上的化妆用品便往包里一顿乱塞，遂叹了口气，起身压住她的手，温声道："我去吧。"

"啊？"陈遇青反应有些迟钝，先是仰头看着沈君白愣了愣，而后才摆手，"不了，沈老师，您哪能做这些呢，何况这本来就是我的工作啊。"

沈君白不由分说地将她手中的化妆包拿过来，重新点了几样东西装进去后，才笑道："不要小看我，我以前当学徒的时候，也是干过这些活儿的。"

陈遇青有些讪讪道：“我听别人说，你刚出道那会儿就是知名化妆师了。”

“因为我不出名那会儿他们也记不住我的名字。”沈君白看了眼陈遇青，而后抬手，轻轻揉了揉陈遇青的发顶，“世界上其实没有那么多天才，所以我们才要努力啊。”

陈遇青怔了怔，倒不是排斥沈君白这略显亲昵的动作，而是眼角余光里，似乎看到傅岫的身影从窗边走了过去。

重新开工后，由于双方的配合，拍摄工作很快便进入了尾声。杂志社那边本来说要请吃饭，结果一个两个都行程忙，所以最后不了了之。

陈遇青跟着沈君白连夜飞回了他位于H市的“飞白工作室”，飞机落地已经是晚上十点，员工宿舍那边还没有收拾妥当，所以陈遇青便暂时住进了酒店。

酒店离沈君白的工作室挺近，步行过去十分钟便到了，沈君白先是帮她将行李拎上了楼，又安排了客房服务员送餐才离开，其间，都极为绅士地没有进过陈遇青的房间。

陈遇青洗漱好躺在床上的时候都还在感叹，她之前活的这小半辈子不走运不是没有道理的，她的运气看来都攒着，就为了让她如今能遇着这么一个上司兼老师。

不过她这还没感叹完，手机便骤然响了起来，陈遇青摸起来看了眼联系人，有心直接挂断，末了却还是接了起来，冷淡道：“钱我这个月月初才打的，没多的了。”

电话那头是王虹丽有些尖锐的声音，带着蛮横和不讲理：“陈遇青，你这什么态度？我这当妈的，还不能给你打个电话了？”

陈遇青懒得跟她掰扯，开门见山道：“有什么事您说，我工作了一天，累了，想尽早休息。”

“你就给人化化妆，有什么累的？”

陈遇青深吸了一口气，挤出最后一丝耐心："您再不说，我就挂了啊。"

大概是察觉到了她语气不对，那头这才嘟嘟囔囔地说了起来："你还记得以前我们住老房子的时候，有个老喜欢给你吃糖的刘阿姨吗？"

陈遇青盘腿坐起来，看着桌上没动过的蛋炒饭，懒懒地应声："嗯。"

"是这样的，你刘阿姨不是有个儿子吗？比你大不了几岁，现在在国企上班，有车有房的，前阵子传出消息说想找个女朋友，我紧接着就找你刘阿姨给你报了个名。你看你什么时候有时间，你俩见见面接触一下？"

之前本来没胃口，现在看着那盘已经变冷了的蛋炒饭，陈遇青突然便开始觉得饿，她舀了一口塞进嘴里，饭粒硬且腥，往下咽的时候噎在喉咙里，直犯恶心，陈遇青忙找水冲了一口后，才回道："大我十二岁，叫大不了几岁啊？"

"男人大点儿怎么了，成熟稳重，有什么不好？"

"都地中海了，啤酒肚都赶得上我爸了。"陈遇青轻轻"呵"了一声，"在您眼里，是不是觉得我就配得上这样的？"

电话那头一时没了话，不知是被气的还是怎么的，陈遇青也不想管，自顾自地说了一句"要见您自己去见吧"，然后便撂了电话。

蛋炒饭是吃不下去了，陈遇青躺回床上，被子扯过头顶，想蒙头睡一觉，结果翻来覆去半宿睡不着，索性又披衣去楼下的二十四小时便利店买了两罐啤酒。

明天还要去上班，她也不敢多喝，两罐啤酒一下肚，有了点儿微醺之意后，便又上床躺下了。半梦半醒之间，陈遇青做了个梦，梦里是高三上学期期中考试后。

那回陈遇青没考好，成绩下来后，年级前一百的人，直接跌到了三百名开外。偏成绩下来没多久便是家长会，陈遇青想瞒，也没能瞒多久，全校普通班家长会一结束，她妈就甩脸走人了。临走前，她还当着走廊里众多家长学生的面，大声骂了陈遇青一句“丢脸”。

陈遇青其实也觉得丢脸，别人考得再差，人家都是关起门来教训，哪有像她妈这样当众发难的，臊得陈遇青想从她三楼的教室直接跳下去的心都有了。

但她到底也怕死，磨蹭了一会儿后，还是跟在她妈的屁股后头回去了。本来以为也就气一会儿，哪想那回她妈气性儿那么大，回去后直接就在里头把门反锁上了，将陈遇青关在外头，手都敲疼了，什么讨饶的话都说尽了，也死活不给开。

当时是冬月，天又冷，风又可劲儿从楼道洞开的窗户吹进来，把陈遇青冻得够呛。她心里委屈得不行，偏又不敢哭，怕让人看见了更丢脸，于是眼里含着一泡泪，要落不落的，手裹进衣服里轻轻敲门，一边敲一边贴着门板低声求道：“妈妈，我错了，我以后不会了……”

楼道很安静，所以即便陈遇青的声音放得再低，其实也清晰可闻，这种自尊心被踩在地上的感觉并不好受。因此在傅岫拉开门出来的时候，尽管平时她总是死皮赖脸地围在他身边叽叽喳喳，但当时陈遇青的第一反应不是找他帮忙，而是捂着脸蹲了下去。

这么没有尊严的时候，她希望不要被他看到。傅岫顿了一下，但最后也确实像是没有看见陈遇青一样，目不斜视地走过去，敲响了她没敲开的那扇门，拖着不冷不热的调子，问：“阿姨，您家有醋吗？”

不过陈遇青至今也不知道，那天傅岫到底是真去她家借醋的，还是特意出来帮她解围的。

第四章
月亮曾经奔她而来

1. 又回来干什么

十一月初的时候，G 市市中百年校庆，高中同学发来邀约，说要举行同学聚会。

陈遇青刚在飞白工作室干了没几天，本来不打算去，只是高中班主任老徐发了话，说让大家一起聚一聚，又打苦情牌，说自己这些年身体不大好，见一面少一面的，陈遇青想了想，便松口应了下来。

不过应下来以后，她第一时间去网上找了找傅岫最近的行程，发现他都在 B 市活动，这才总算放下了心。

就怎么说呢，其实不管傅岫是不是对她旧情难忘，陈遇青也还是觉得，天上月归还天上，地下泥重回地里，一切都回到他们没有重逢的那几年最好。

由于高中那几年她老黏着傅岫，所以陈遇青并没有什么至交好友，不过那几年她性子活泼爱闹，人缘还是不错的，跟班上的大多数人还是能说得上话。现定居在 H 市的林依尔就是其中之一，两人在微信群里说上话了以后，便约好了时间一起去 G 市。

本来陈遇青以为就她们两人，最多林依尔再带个家属，不想陈遇青到了机场，看到她高高隆起的肚子时，眼珠子都差点儿瞪出来。

林依尔不好意思，开口解释道："我老公正好休假，所以就陪我来了。"

陈遇青心说，不是你老公的事，而是你这么大肚子到处跑真的没问题吗？只是看了林依尔身边那个时时都在注意着她动静的高大男人一眼，这些话又咽回肚子里，放下心同她贫道："不错，提前带着宝宝去我们人杰地灵的学校感受一下，保管以后上北大清华！"

就着这个话题，两人又讨论了一下他们高中历届的杰出校友，傅岫自然是没得跑的，聊到最后，林依尔问陈遇青："傅岫现在可火了，你呢？你高中的时候不是老跟着他吗？现在还和他有联系吗？"

陈遇青神色如常地笑了笑："联系方式倒还有，不过人家是大明星，一天忙得很，哪有空跟老同学联络感情。"

"倒也是。"林依尔感叹了一句，又张了张嘴，似乎想问别的，恰好登机提示响起，她老公见势揽过她排队登机，这场对话才得以中断。

校庆典礼是下午两点半举行，陈遇青一行人到的时候正午刚过，吃了饭以后也没什么事儿，便约好了去学校和老同学们碰头。

市中这几年经过扩建翻新，已经和陈遇青他们记忆中的大不一样了，以前从大门一进去就能看到的许愿池，被改成了假山景，池子倒是还在，就是里头的硬币早已经被清空，变成了几尾游得懒懒散散的金鱼。

林依尔扯着她老公追忆道："高三毕业前，我们班主任自掏腰包，每人发了个硬币，让我们来许愿，你猜我许的什么？"

男人很配合妻子，柔声道："是什么？"

林依尔偎依在男人身上，仰着头冲他满足道："希望我以后会嫁给一个特别特别好的人。"

陈遇青在一旁看着林依尔开朗的样子，不动声色地笑了笑。

走了没一会儿后，林依尔喊累，于是夫妻俩就近去了食堂休息，陈遇青没再和他们同行，独自逛进了教学楼。教学楼为“凹”形，共由三栋楼连接组成，左右两栋为东西朝向，中间一栋则是南北朝向。

当时陈遇青的教室就在南北朝向那栋楼的三楼最右边，挨着男厕所和楼梯口的那一间，一到夏天味儿就呛鼻。

所以上到三楼以后，陈遇青也就只停在外面看了一会儿，然后便“哼哧哼哧”地爬上了四楼。

当年四楼一整层被一众市中学子戏称为“门面担当层”，因为学校的尖子生都分在了这里。当年傅岫被理科尖子班的老师提溜走后，进的就是东西朝向，位于陈遇青斜上方的那间教室。

是她趴在走廊的小阳台上，稍一仰头就能看见的地方。

因为举行校庆，学校放了上午的半天假，所以这会儿教学楼里并没有学生，零星见到的几个人，不是学校的管理人员，估计就是和陈遇青一样，回来缅怀的往届校友。

因此当陈遇青闻到烟味儿的时候，心里还在寻思，是哪位校友这么没有素质，非得在学生们学习的地方抽烟，结果一拐弯，当场就被那位校友吓得顿在了原地。

“你、你……”陈遇青想说“你怎么在这儿”，但由于过度震惊，以至于语音功能部分丧失。

而靠在墙上的傅岫睨了她一眼，毫不客气地扔出一句：“我怎么不能在这儿？”

陈遇青哑口无言。也是，市中的莘莘学子中也有傅岫的名字，他凭什么不能在这儿？

只是被堵了这么一下后，陈遇青也不知道该开口说什么了。她能看得出傅岫明显是带着气的，想是还记着之前拍摄《时尚秀场》时她说的那话，所以除非陈遇青傻了，不然绝对不会选择在这个时候往他枪口上撞。

于是气氛凝滞了一瞬后，陈遇青决定先撤："我朋友叫我了，那我就先走了，不打扰你了。"傅岫并没有抬眼看她，但轻"嗤"了一声，像是在嘲笑她的虚伪圆滑。

陈遇青有些脸热，原本抱着怎么一种心思上四楼的她已经记不起来了，眼下就只想着离这个男人远远的。

傅岫没理她。他垂着头，背抵在墙上，只顾着看自己手指间夹着的烟，仿佛那袅袅白雾是个什么有趣的玩意儿。

蓝白的墙无论重新粉刷过多少次，上面也总是会印满球印、鞋印，傅岫似乎并不嫌脏，听到陈遇青下楼时略显凌乱急促的脚步声后，仿佛站累了，顺着墙壁靠坐了下去。

傅岫手里的烟还剩半截没燃尽，仿佛过了很久，但又好像只过了一会儿，在听到楼梯间有旁人交谈的声音时，他这才准备重新站起来。只是手刚撑上膝盖，便觉得眼前一暗，陈遇青喘着气去而复返。

看着她脸上显而易见的焦急之色，傅岫愣了愣，而后一挑眉，索性又靠了回去，就这么夹着烟，自下而上地和陈遇青对视。陈遇青沉默了一瞬，而后一跺脚一咬牙，弯腰一把夺过他手里的烟，然后转头扭身便躲进四楼的男厕所里。

傅岫看了看男厕所，又看了看空荡荡的指间，原本绷直的嘴角这才慢慢缓了下来。陈遇青显然没机会看到傅岫的微表情，她慌不择路地冲进厕所以后，做的第一件事情就是把烟摁进了厕所外间的洗手池。

有激动的人声从外头传进来，陈遇青缩在墙角，双手合十，祈祷不要有人进来上厕所。

好在外头又是要合影又是要签名地乱了一会儿后，便又安静下来。陈遇青侧耳听了听，怕那些楼梯间遇到的，来参观学校的人没走远，力求保险，便打算再等一会儿出去。

哪想傅岫直接往门口一站，看着躲在平时洗拖把的那个水槽里的陈遇青，似笑非笑地问：“不是走得挺急，又回来干什么？”傅岫一米八几的个子，站在门口直接就将光挡了一半，给人的压迫感十足。

陈遇青支吾了一会儿，回他：“在学校抽烟对你的形象不好。”

傅岫好整以暇地看着她，又问：“这跟你有什么关系？”

“再怎么说，我们以前也毕竟是同学。”陈遇青低着脑袋，“而且在剧组的时候，宋桥挺照顾我的。”

傅岫冷笑一声，说：“陈遇青，你倒是挺知道怎么气我的。”一听这语气又开始不对，陈遇青便立马闭上嘴不说话了。

傅岫盯着她看了一会儿，像是在揣度她真正的心思，再开口时，便已经转换了语气，挪开挡门的身体，平静地冲陈遇青道：“那些人都走远了，你可以出来了。”

陈遇青心道莫不是天上下红雨了，重逢以来傅岫能用这么平和的语气跟她说话，只是一抬头，对上他打量审视的目光，心虚得连忙又移开了视线。

关于傅岫为什么会出现在市中这件事，下午校庆典礼一开始，陈遇青就从哄闹激动的人群中知道了答案——市中校长请了傅岫来演讲。

林依尔跟着激动，扯着陈遇青的胳膊摇晃：“他怎么会在这儿？”

陈遇青一边注意着她的肚子，一边分神回道：“他怎么不能在这儿？”说完，反应过来这是不久前某人给她跟的话，又掩耳盗铃似的补了一句：“我们之前不是还说他也算杰出校友，所以杰出校友回来做场演讲也没什么。”

“你也太淡定了吧？”林依尔侧目。

陈遇青没接这话。其实要是没在教学楼里遇到傅岫，她的反应可能比林依尔还要大。

庆典开始后，照例是各位校领导总结当下展望未来的发言，而傅岫则穿着正装在布景外候场。不过他的存在感太强，低头整理袖子的时候，都会引起一阵窸窸窣窣的讨论。

林依尔拉着陈遇青缅怀过去："你记得吗？我们举行毕业典礼的时候，傅岫作为学生代表上台致辞，然后底下有学妹不知从哪儿搞了个高音喇叭，当众跟傅岫表白，说什么她一定会去找他的，让他等她之类的。当时傅岫怎么回的来着，你还记得吗？"

陈遇青想了想，摆出一副冷冰冰的姿态，眼神压着不耐烦向下睥睨，学着那人当年的模样："谁要等你！"

"对对对，就是这四个字！"林依尔捧着肚子笑，"估计当时那学妹的心伤得稀碎。"

陈遇青和身边一堆老同学也跟着笑起来。

台上校领导们终于在这火热的氛围中，坚持着不紧不慢的语调发完了言，主持人通红着脸蛋儿报完幕以后，候在场外的傅岫终于登了台。这一刻，人声鼎沸至最高潮。

林依尔本来挽在陈遇青胳膊上的手倏地收紧，只是又在她身旁的男人伸手捂住她耳朵为她抵挡喧嚣的那一刻放松下来。

陈遇青并未表现出什么异样，像是身边的这姑娘没有过那一瞬间的失态。

不过她想起了很久以前的一件事，当年高三毕业，许愿的时候，她身边站的人就是林依尔。那时候林依尔还特别内向害羞，抛硬币都不敢像旁人一样大喊一声并甩出惊天动地的气势，而是轻轻地，像是怕惊动了它承载着的愿望一样缓缓放进池中。温柔得一如她悄声许下却被陈遇青不小心听到的那个心愿——"我希望傅岫以后能顺心如意、平安健康。"

瞧，有那么多人爱过他。

她也不过是其中之一，唯一不同的地方，或许就是她曾经拥有过他一段时间，最后却终于清醒，尽管月亮奔她而来，但配不上他的光辉，也只能将他拱手送回天上。

2. 意外之喜

“月亮”奔向她的那一天，陈遇青记得很清楚，是六月十七号，高考完后的第九天。

很奇怪，平时也看不出有多深厚的同学情谊，但在刚毕业的那几天里，个个都表现得跟亲兄弟姐妹往后再也见不着一样，今天这儿聚个会，明天那儿野个营，把每一天的行程排得满满当当。

当然，陈遇青也玩得乐不思蜀，以至于那天傍晚回家的时候，看着紧闭的铁门和空空如也的小挎包时，这才想起她妈一早就跟她说过下午要去舅娘家吃酒，晚上才回来。

舅娘家不住在市里，来回要三个小时的车程，而陈策又刚升初中，晚上有晚自习，这么一合计，陈遇青索性直接抱着包在家门口坐下了。她也不是没想过去找傅岫，只是一来女孩子骄矜，觉得不好意思主动上门，二来，她当时恰好和傅岫闹了矛盾。

说是矛盾，其实就是傅岫单方面不理人，陈遇青还挺莫名其妙的，自己不过就是答应了同班一个男同学，会和他以及其他人一起去看场电影的请求，究竟有什么可以让他生气的点儿？

陈遇青起初也是想哄的，但毕了业就不能像以前一样天天上下学都黏着，所以陈遇青准备了满肚子的话，碍于见不着人，最后也没办法施展开来，加上后来和同学一聚一闹的，哄傅岫这件事就这么被她甩在了脑后。

直到她那天进不了门，只能在楼道里对着对门干瞪眼时，这件事才又被她想起来。当时陈遇青还在心里腹诽，平时冷冰冰的，瞧着谁都懒得搭理的一个人，气性怎么这么大呢。

结果刚这么想了一下，傅岫便拉门出来了，把陈遇青吓得一哆嗦，心虚得瞪圆了眼看他，以为他这么神通广大，听到了她心里编排他的话。

谁知傅岫压根儿就不搭理她，余光扫了她一眼后，便攥着钱径直下楼了，没一会儿回来，手里拎着个塑料袋儿，又径直进了屋，全程吭都没跟陈遇青吭一声。

陈遇青当时既憋屈又委屈，觉得自己也没做错什么，他凭什么这么对她，于是更加憋了一口气，不肯低头去找他了。

就这么在外头待了约莫一个小时，陈遇青都快在楼道里的小风吹拂下睡着了，对面的门“吧嗒”一声，又开了，而傅岫就站在门口，居高临下地看她，神情冷恹，心情似乎很不美妙的样子。

“进来。”他言简意赅地道。

陈遇青哪还敢拗着，包一挎乖乖地就跟他进了门。

她不是第一次进他家，之前刚搬家那阵子，她妈老让她来借这借那的，比收水电费的物业登门还要勤。不过造访得再勤，这也不是她的家，因此一进门后，陈遇青也不敢乱跑乱瞎瞄，而是自觉地去客厅坐着了。

傅岫也随之在她旁边的长沙发上坐下，手肘支着膝盖，身体微微前倾，以一种审视的目光盯着陈遇青看了一会儿，而后眯起眼，开口问：“电影好看吗？”

陈遇青猛摇头，这种情况下，好看也得说不好看。

果不其然，傅岫这才满意地撤走了目光，身体往后仰，以一种放松惬意的姿态靠在沙发背上，语气也和缓下来：“除了邀请你的那个人，都还有谁一起去看的？”

陈遇青便掰着手指头给他数，一个人都不敢落。等她数完了，傅岫不紧不慢地“哦”了一声，点评道：“人还挺多。”然后大发慈悲地起身给她倒了一杯水，递到她面前：“喝点儿吧。”

陈遇青如蒙大赦，抱起杯子就开始灌，谁知一口水还没来得及往下咽，便见傅岫的手指在下巴上轻点了两下，又开口问道：“看电影的时候，你左手边坐的是谁，右手边坐的又是谁？”

陈遇青顿时一呛，险些把心肺咳出来。

傅岫过去给她抚背顺气，临了，似笑非笑地甩下一句：“你心虚什么？”

“谁、谁心虚了？”

傅岫抱着胳膊，好整以暇地看她：“你不心虚，那你说说你和谁挨着坐的？是不是邀请你一起去看电影那人？”

“是又怎么样！”泥人也是有土性的，陈遇青梗着脖子回击，“就只顾说我，你、你之前不也和你们理尖班的女生一起去游乐园了？”只是越往下说，气势越不足，陈遇青的声音越小，到最后，跟蚊蚋一样：“你这就是，只许你自己放火，不许我点灯……”

“行，这件事我做得不好。”傅岫点点头，很爽快地认错，“那以后我不放火，你也别点灯了。”

陈遇青犟嘴，嘟嘟囔囔地道：“凭什么？”

傅岫一个眼神扫过来，陈遇青不情不愿地改口：“哦，知道了。”

似乎是被她气笑了，傅岫冷冷哼了一声：“觉得亏？”

陈遇青低头哼唧：“没有。”

陈遇青其实也不是拿乔，她就是觉得他们之间明明什么都没有，但他的这些话让人无端生出了许多期待。要是期待落空的话，她不得难受死啊……陈遇青在心里这么想着，结果下一刻，便听傅岫唠家常一样，问：“陈遇青，你要不要跟我在一起？”

“啊？”陈遇青眨了眨眼，脑袋发蒙。

傅岫皱眉看了她一眼：“不要？”

陈遇青慌忙摇头，心脏似乎贴着耳膜在跳动，又急又乱：“不是！就是……只是……”

“哦，那就是要了。”傅岫没等她继续在那儿“就是只是”地说下去，而是拖过茶几上的塑料袋扒拉开，露出里头松软的糕点来，轻笑着偏头看她，道，“吃吧，给你买的。”

虽说聚会时吃了不少东西，但陈遇青一向对这种软软甜甜的东西没什么抵抗力。不过一对比傅岫昙花一现似的温柔，她似乎对傅岫更没有抵抗力。

陈遇青冲着他笑，只觉得整个脑袋都晕乎发热，四肢软绵绵的，整个人像是躺在棉花上，没什么真实感。所以就算没有人知道，但那天也确确实实发生了她接住了“月亮”这件事。

从回忆中抽离的时候，台上的傅岫刚好说到最后的致辞，他依然是冷冷清清的语调，并不热络，却也不显倨傲，他说：“祝各位学弟学妹们，前程似锦。”

台下又一次沸腾。

快五点的时候，庆典终于到了尾声，组织好学生有序地退场后，年过半百的老徐从人堆里钻出来，依次扫过陈遇青他们一干人后，露出欣慰的笑：“不错啊，都混得人模狗样的。”

有人不正经，上前一把揽住老徐的肩，嘻嘻笑着：“您也不错啊，老徐，听说升副校了？”

老徐瞪了他一眼，又招呼其他人道：“你们都别急着走，我在福来阁订了包间，等会儿我们一起聚一聚。”

福来阁位于G市市中心，算是名头比较响的一家饭店。

不过老徐把一行人带到包厢后，说是有点儿事儿，自个儿又扭身进了另一间包厢。有以前班上最爱调皮捣蛋的同学悄悄跟过去一探究竟，回来后二郎腿一跷，“啧啧”开口道：“校领导们在那边接待傅岫和其他给学校捐款的人呢。”

话扯到傅岫身上，一帮女同学便又兴奋了，开始七嘴八舌地说起八卦来——

“听说这次傅岫给学校捐了不少钱？”

“他拍部电视剧随便就能挣几千万吧？”

“前段时间不是有传闻说傅岫要和现在的经纪公司解约，到底是不是真的？”

这么你一句我一句的，原本还有些拘束的气氛霎时便活跃了起来。有人企图从陈遇青身上挖点儿关于傅岫的边角料，一律被她用“没再联系”堵了回去。这么一来二去，便没有人试图将陈遇青拉进话题了。

陈遇青也乐得清净，端了杯凉白开窝在角落的按摩椅上，品酒似的一点儿一点儿地嘬，目光虚散地出着神。

她在想沈君白这几天有没有接新的合作，她请假的这几天会不会落下许多该学的东西，而后便觉眼前一暗，有人站在了她身前。

“你性格好像变了很多啊。”

陈遇青仰头看着来人——是位男士，身量不大高，样貌还算端正，就是笑容腼腆拘谨，不大符合他身上这身有点儿成熟正式的休闲西装。见陈遇青不说话，那人便又局促地笑了一下，说：“你不记得我了吧？我是唐刀啊，就是坐在你隔壁组斜后方的那个。”

陈遇青恍然：“我记得你，你是不是毕业以后还请我们去看电影来着？我当初还没有跟你说谢谢呢，现在说不会晚吧？”

唐刀有些不好意思地挠了挠头，在陈遇青身边坐下，转回最开始的那个话题，有些腼腆道：“感觉你和以前不大一样了，你以前很活泼的……”

“我现在也很活泼啊。”陈遇青笑笑，避重就轻地回道，“而且都毕业这么多年了，大家肯定多多少少会有些变化的。”

唐刀一时说不出话来，过了一会儿，他小心地觑了觑陈遇青，又试探着开口：“你老公没有陪你来吗？我听林依尔说他把你送到机场就回去了，是因为工作忙吗？”

陈遇青还纳闷自己黄花闺女一个，哪儿来的老公，转念想起是沈君白开车送她到机场的，陈遇青不想让她尊敬的这位老师传出什么绯闻，便急忙解释道："他是我的老板，那天刚好要去附近办事儿，所以顺路捎的我。"

那唐刀一听陈遇青这么说，似乎有点儿高兴，身体下意识地往她的方向靠了靠，嘴唇嚅动着，像是打算说什么。不料包厢门突然被打开，老徐拍着手进来了。

"大家静一静，都静一静，看我给你们把谁带过来了？"说完，手往门外一捞，捞了个傅岫进来。

傅岫仍是那副冷冷淡淡的模样，对于大家的欢迎，他也就是短暂地笑了一下，而后便顶着一副"老徐这么大岁数怎么还这么多话"的表情，懒懒地拉开椅子入了座。

对于这副模样的傅岫，分班前跟他做了一年同学的人司空见惯。之前没和他做过同学，但估摸着追过星，对他的脾气有所耳闻的人也能迅速接受。剩下的就是那些既不是曾经的同学又不追星的人，对他这副做派，面上浮起了不虞，唐刀就是其中之一。

他的身体还是保持着往陈遇青方向靠的姿势，外人看来，多少有那么一点儿亲密。陈遇青心里突然有些厌烦，本来也想提醒他让他坐正，只是还没来得及出口，便觉有一道冷冷的视线扫了过来。

陈遇青找过去，发现傅岫就坐在他们正前方的椅子上，隔着一张旋转餐桌，趁着没人注意，目光有些肆无忌惮地停在了她的脸上。

陈遇青和他对视了一会儿，便改了主意，回头冲着唐刀笑道："当年你请我们看的电影是《阿甘正传》吧？"停在她身上的那道视线顿时又冷了几度。

傅岫也不是不会和别人聊，宴至酣时，他身边已经聚起了许多男同学，和他把足球、股票、黄金聊了个遍。而且也不知道为什么，尽管他的态度仍旧是漫不经心，爱搭不理的那种，但给人的感觉就是他在认真聊天。

陈遇青尽量不去搭理他，入席时挑的座位都是离他最远的那种，偏他的存在感又尤其强，陈遇青心不在焉地吃了几口饭后，便借口去洗手间，出了包厢去透气。

她没发现身后跟了个人，于是等她在露台吹够了风，打算往回走时，就这么被唐刀拦下来了。

“你不开心啊？”

陈遇青撑起脸皮笑了笑：“没有，就是觉得闷，出来透透气。”

“哦。”唐刀挠了挠头，估计一时不知道该怎么接这话，便也跟着笑了笑，接着往陈遇青身边一站，手臂若有似无地贴着她的肩膀，以一种闲聊的语气说，“傅岫这几年应该发展得不错吧，我刚才出来的时候，听到他和那些老同学已经在聊超跑了。”

陈遇青不着痕迹地挪开距离，心说怎么哪儿都能听到傅岫这个名字，但又不好直接将情绪带上脸，只得客套道：“这个我也不太清楚，我跟他也是挺久没有联系了。”

当年市中的学生几乎都知道，傅岫身边有陈遇青这么一个跟屁虫，但并没有哪怕一个人知晓他们曾经还在一起过，而且想必大家也一致认为，傅岫那等人物也不是陈遇青能高攀得上的，所以对于陈遇青这个“不再联系”的借口，谁也没有质疑。

唐刀也是。

不过他想得就要复杂一些了，他认为是傅岫飞黄腾达后，眼界高了，看不上陈遇青这等普通女孩儿了，所以主动断了联系，进而导致陈遇青开朗活泼的性格发生了改变。

“不联系也挺好的，听说娱乐圈里乱得很，也不是我们普通人能够理解的。虽然挣的钱多吧，但指不定干不干净呢，你说是吧？”唐刀的手往后支在栏杆上，本来挺风流一个动作，被身上略有些紧绷的衬衣一束，立马便不伦不类起来，他又叹了一口气，语气惋惜，“而且听说傅岫大学都没有念完就出道了，也不知道他怎么想的。”

十一月的G市已经有些冷了，街边的梧桐叶子枯黄了，剩下光秃秃的枝丫在寒夜里支棱着，枝丫上头挂着的小彩灯倒是还在闪烁，但花花绿绿的，瞧着伤眼睛得很。

陈遇青只看了一眼便觉得眼睛有些刺痛，她收回视线，瞥了眼身旁装得一脸诚挚，却满眼都透着不屑的唐刀，突然有些想笑。事实上，陈遇青也的确笑出了声，等笑得唐刀莫名其妙的时候，才开口问道：“刚刚才去网上搜了和傅岫相关的负面新闻吧？”

唐刀愣了愣，恰好彩灯闪到红色，映到他脸上，潮红一片。

陈遇青抛开社交礼仪，并不打算理会他的难堪，接着说：“唐先生本科是什么学校毕业的？今天我回市中的时候特意看了一下荣誉榜，按高考时的成绩，傅岫的名字是排在头几名的。他前头的人我虽然也不认识，但没记错的话，里面应该没有唐先生。”

彩灯又一闪，闪成了青色。

唐刀就是再木讷，这会儿也该反应过来了，陈遇青在生气，就因为他对傅岫出言不逊？

唐刀觉得自己可能把某些东西想岔了，他想解释，但他刚动了动嘴皮子，陈遇青便直接迈开了腿，拉开露台门往里走，全程没再给他一个眼神，姿态疏离而又冷漠。

唐刀就这么僵在了原地，等冬月的寒风吹来，狠狠刮过他的太阳穴时，羞愤难堪的情绪这才一下子涌了起来。他深吸了几口，心里头憋屈得紧，忍不住一拳头砸在了露台的铁栏杆上。

哪想铁栏杆没被他捶出什么动静，暗处却突然传来了一声嗤笑。

唐刀抬眼望去，见设置在露台旁边的漆黑一片的消防通道里走出来一人。那人没有走近，出了消防通道便用背抵着那扇灰白冷硬的门，懒洋洋地站着。他手中转着一个打火机，火机是开着的，那股幽蓝色火焰随着他的转动，像条小蛇一样缠在他的指尖，这让他整个人都透着一股漫不经心的意味，但等他目光扫过来，唐刀才看清楚了里头的冷淡和嘲讽。

他开口，声音不轻不重，刚好够唐刀听见："这位……唐先生是吧，建议你下次说话也可以像今天这样不带脑子。"说到这里，他又顿了顿，愉悦道，"毕竟，还挺能给人带来意外之喜的。"

3. 康师傅的？我不要

回到包厢后，已经不见傅岫的身影了。

陈遇青没有主动过问，毕竟她也算是半只脚跨进娱乐圈的人了，知道圈里头的那些人忙起来的时候，是恨不得一秒掰成两秒用的，哪能真的一整天都用来陪这些老同学呢。

再后来，吃完了饭，一听余下的人聊天闲扯，便也验证了她的猜想，傅岫果然因为工作上的事提前走了。

大家都是久别重逢，饭桌上没有聊得尽兴，便又约了 KTV 和夜宵。陈遇青抬腕看了看表，已经晚上九点多了，琢磨着要是再跟他们去吃夜宵，不到凌晨是脱不了身的，便推辞道："我有点儿事需要去一趟 C 市，就不奉陪了，你们玩得开心一点儿。"

这本是一个随口胡诌的借口，不过成年人最大的优点就是不较真、不强求，既然陈遇青不想去，大家客套地挽留了两句，便三三两两地结伴走了。

走前一直没有再同陈遇青搭过话的唐刀隔着人群看了她一眼，神色有些古怪，一副欲言又止的模样。陈遇青没理，单独与林依尔夫妻俩告别时还有兴致打趣道："我明天就不和你们一道回 H 市了，你们一路上也不用再忍受我这个电灯泡了。”

林依尔不好意思地瞪了她一眼，偎依在丈夫的怀里，说：“那你一个人注意安全。”

陈遇青点头，笑道：“知道了。”

有人站在路边等着林依尔他们拼车，估计急着去赶下一场，就林依尔跟陈遇青说话的这么一会儿工夫，他便频频向他们的方向看了好几眼。林依尔也不好耽搁，挽着丈夫的胳膊便要过去，只是走了没两步，这位大肚婆却又突然转身，张开手结结实实地给了陈遇青一个拥抱。

陈遇青措手不及，被她浑圆的肚子顶得直往后退，待站定了，觉得这氛围不太对，正想玩笑一句，林依尔却抢先开了口，头埋在她的颈窝，闷声道：“因为是你，当初我才放弃的。”

陈遇青愣了愣。

“你很好。”趁她愣神，林依尔已经松开她，嘴角扬起温柔的笑，“所以，加油啊。”

送走林依尔这对夫妻后，陈遇青又独自在饭店外的梧桐树下站了一会儿。逃避傅岫好像已经成为陈遇青的一种本能，所以在林依尔说完了那一番话以后，陈遇青的第一个念头不是为被夸奖而感到高兴，反是想着她是不是察觉到了什么。

不过就算真被人发现了什么也不打紧，她和傅岫那都是过去的事情了，一句“年少轻狂”能搪塞任何事情。思及此，陈遇青放下心来，她考虑起自己要不要回一趟家，只是又想起今天不是周末，陈策不在，她要是回去了，想必和自己的父母也没什么话可说，说不定还得为之前相亲的事大吵几架，遂打消了这个念头。

至于住酒店，一来陈遇青怕到时候碰上了其他同学尴尬，二来沈君白准了她两天的假，明儿G市飞H市的航班又全是下午，这么浪费一天的时间在酒店里也怪可惜的，倒还不如去C市找卿池。所以陈遇青思忖了一下，掏出手机准备约车。

不过约车软件并没有来得及打开，一辆黑色轿车便这般突兀地停在陈遇青眼前。

天黑，街边的灯又不亮，陈遇青并没有第一时间看清楚车内坐着谁，只以为是自个儿挡着人家停车了，于是准备往旁边挪一挪。不想腿刚动了动，轿车的窗玻璃便降了下来，紧接着，宋桥从车里探出来个脑袋："陈小姐去哪儿？需要捎你一程吗？"

副驾驶座是空的，但宋桥在，傅岫肯定也在。这个认知让陈遇青当场就定那儿了，眼睛都没往后座上瞟，摆手僵笑着拒绝："不麻烦了，我要去C市，应该和你们不顺路。"

"顺路的。"就算她现在要回H市也顺路，宋桥暗自腹诽，视线的余光往昏暗的车厢后座扫了一眼，又接着说，"正好傅岫在C市有个秀，我们迟早也得过去。"

不过这个"早"究竟是早了多久……宋桥自暴自弃地想：管他呢，混账东西自个儿不嫌累要折腾，就由他去吧，毕竟若是不遂了他的心，回头又得发脾气。

想到这儿，再开口邀请陈遇青时，宋桥的语气变得诚恳起来："这么晚了，陈小姐你一个人去C市也不安全，我们送你吧。"

他一诚恳，反倒是陈遇青开始为难了，毕竟她总不好当街落了宋桥的面子，可真要让她上车，她又不是十分情愿。

傅岫就搁后边坐着呢，纵使他什么话也不说，但一想到要和他在这么一个狭小密闭的空间里共处两个小时，陈遇青心里便忍不住一阵紧缩。

宋桥估计也猜到了她的想法，一面将头往车窗外又抻了抻，一面伸手往后指了指，压低声音道："刚才去谈事，被硬灌了好几杯，现在晕着呢，一时半会儿估计也难醒。"想了想，又硬是把声音再往下压了压，忍着心虚扯谎，把某人醉得神志不清也硬要来这儿接人这事儿努力往自己身上揽："不然我也不敢说捎你一程，是吧？"

陈遇青倒是没发觉宋桥这些小心思，因为她的注意力被宋桥那句"被硬灌了好几杯"牵走了。

"要紧吗？"陈遇青忍了忍，没忍得住，说，"宋先生，你们要不还是别去 C 市了，傅先生醉了，再坐车会不舒服的吧。"

宋桥憋了憋，说："没事，他扛造。"

陈遇青沉默了会儿。

宋桥又道："出门在外，你一个女孩子多不安全，要是让沈老师知道我把你一个人扔下，他估计以后再也不肯和我们合作了。"

话说到这个地步，陈遇青也没有什么拒绝的理由了，她只得上车。车后座自然是不敢坐的，陈遇青便坐到了副驾驶的位置。

宋桥也是精通社交的老油条了，陈遇青和他有一搭没一搭地聊，气氛也不显得尴尬。不过聊的时候，两个人的话题都默契地避开了傅岫。

直到晚上十点多，距离 C 市的路程一半不到的时候，想来是找不到什么话可以说了，宋桥打开了车载音响。

歌切了几首后，转到了最近正当红的一首歌——《在我和世界之间》，本来还有些恹懒的陈遇青顿时精神了不少，因为这首歌正好是她最近在单曲循环的那一首。她跟着轻哼了两句，头靠着车窗，想起里面的一句歌词——"在我和世界之间，你是鸿沟，是池沼，是正在下陷的深渊……"

傅岫打从她上车起，便一直保持着闭眼后仰的姿势没动过，也没开口说过话，像是压根不知道车上多了一个人。陈遇青一直绷紧的神经便松缓下来，视线落到了后视镜上。

有路灯的光从窗外流淌而过，傅岫因仰头而露出来的锁骨和下颌线，便这么随着光明明灭灭。陈遇青看得有些出神，心里想着，在她和这个世界之间，傅岫又何尝不是她跨不过的鸿沟、蹚不过的池沼和见不到底的深渊呢？

她没有挑战极限的勇气，所以她和傅岫也就只能这样了。

陈遇青有些恍惚，直到歌声戛然而止时，她才一个激灵，回过神来。只是刚一回神，便发现自己就这么在后视镜里，和傅岫的视线对上了。

傅岫眼尾还压着一抹红，也不知道究竟清没清醒，反正就直愣愣地揪着陈遇青的目光不放。而且也不知道是不是陈遇青的错觉，她总觉得傅岫的眼神中带着些小得意，连嘴角都似乎往上翘了翘。

陈遇青有些尴尬，再结合她今天伙同唐刀做的那些事，让她恨不得立即从车上跳下去一了百了算了。

毕竟这就类似于偷钱被抓了个正着，而这个小偷之前还做了无数假动作，试图让目标以为她绝不可能会朝他下手。

宋桥倒是没有察觉到傅岫已经醒了，依然沉浸在歌曲的余韵中，自顾自地哼着。陈遇青只能硬着头皮移开视线，假装刚才那一幕没有发生过。

只是刚一转开，后面的大佬便登时不开心了，他不轻不重地哼了一声，然后直起身来拍宋桥的椅背："靠边停。"

宋桥一个不防，被吓了好大一跳，但也闹不清楚这位祖宗搞的是哪一出，便依言靠边停下了。

这是下了高速后的一段路，四周都是荒地和野林，见不着个人影，陈遇青本来还在猜是不是傅岫打算把她扔这儿，正眼观鼻、鼻观心，不敢招惹呢，便见后座的人几乎是以趔趄的方式下了车，然后躬身，狠狠吐了起来。

酒味瞬间弥漫开，陈遇青借着不甚明亮的星光往那秽物上瞅了一眼，见都是液体，便大抵猜到下午的时候他应该没怎么吃饭。

陈遇青忍不住冲着宋桥的背影嘀咕："都说让在G市休息一下了，非得带着他走。"

可怜宋桥背了口锅还不自知，拿着瓶水过去让傅岫喝的时候，还惨遭嫌弃。

傅岫蹲在田垄边上，皱眉：“康师傅的？我不要。”

宋桥忍了忍：“平时不都喝的吗？你就拿它漱漱口。”

傅岫沉着脸：“有怪味儿，不喜欢。”

宋桥咬牙：“这味儿再怪能怪过你现在的嘴吗？荒山野岭的，我现在从哪儿给你变一瓶其他牌子的出来？”

傅岫没接话，但视线的余光往车里瞟了一下。宋桥顺着看过去，发现副驾驶座上正襟危坐的那姑娘。

宋桥一口气差点儿没提得上来。混账东西，什么康师傅有怪味儿，敢情是他这送水的人不对。但宋桥到底瞧着他可怜，想着平时多孤高冷淡的一人，眼下蹲在这儿，抱着被吐脏了的外套，跟只渴望骨头的大狗没两样，便软了心，转头冲陈遇青道：“陈小姐，麻烦你从车里再拿瓶水来。”

陈遇青虽然一副事不关己的模样，但心里还是有些担心傅岫的，故而也没瞧见宋桥手里压根儿就没动过的水，只听他一喊，立马便从汽车座椅之间的小型收纳箱里掏了瓶水下车了。她没注意看，等离傅岫近一些时，往外一递，才发现那瓶水是她喝过的。

车外有风吹过的呼啸声，林间的树叶哗哗作响，远处还能隐隐听到一两声汽笛。陈遇青有些窘迫地想收回手，只是傅岫却像是没看到那瓶子空出来一半一样，径直接了过去。

宋桥深受打击，一边骂骂咧咧地自觉退到了车旁，一边警惕起了偶尔来往的车辆，活像是个放风的。

只是可惜没一个人注意到他的深明大义，尤其是陈遇青，瞧着漱完口的傅岫还在原地蹲着，脑袋被这嗖嗖的小风吹得一发昏，抬手就抚上了傅岫的背，轻声问：“还难受吗？”

傅岫就以蹲着的姿势抬头，和陈遇青四目相对，一时间，似乎风也不吹了，叶子也不响了，四野都陷入了寂静。

陈遇青便又尴尬了，在心里狠狠骂了自己一句“色令智昏”后，便想故技重施，佯作无事地收回手。哪想傅岫的动作比她更快，陈遇青的指头刚一动，他便抬手，越过自己的肩膀，五指一拢，接着准确无误地扣住了陈遇青的手腕。

“腿麻了，拉我起来。”傅岫淡道。只是他仰头看着陈遇青的目光当中，某种热切的东西似乎即将喷涌而出。这让陈遇青不免有些心慌，她觉得事态的发展，好像有点儿脱离她预设的轨迹，她和傅岫不应该这么亲密的。

好在这个时候，陈遇青的手机响了，来电人显示——沈君白。陈遇青如蒙大赦，慌忙地将电话接通，并顺势将被傅岫扣着的那只手抽了回来。

“喂，沈老师，找我有什么事吗？”陈遇青故意将声音放得很轻很柔，于是她如愿地看到傅岫眼中的热切又慢慢冷了下来。

4. 你喝醉了

再次回到车上以后，原本还有些轻松的氛围霎时又变得凝滞起来，宋桥不明缘由，心里感叹着男女情爱反复麻烦，他们又喜遮掩躲藏，索性也懒得管他俩了，自顾自地开了车载音响放起歌来。

好在又开了半个小时，晚上十一点多的时候，C市终于到了。

陈遇青报了C市大学城附近的一个位置，宋桥本来还担心这时送过去会不会碰到什么年轻的粉丝，等到了地儿一看，才知道自己是多虑了。因为那地方虽然离大学城挺近的，但并不在学生们常去的小吃街和购物街上，而是在大学城背面一个用围墙围起来的破旧小区。

小区破到哪种程度呢？就是砌围墙的砖都已经脱落了好多，里头照明的路灯更像是个装饰品，十盏有九盏不亮，剩下的那盏还因为电路不稳而一闪一闪的，跟闹鬼似的。

宋桥放陈遇青下车的时候探头往里看了一眼，有些不放心："你今晚确定在这个地方过夜？"

陈遇青点了点头，也没多做解释，道过谢之后便走人了。眼瞅着那道身影很快走入昏暗中，宋桥也发动了引擎，准备找个地方休息，谁知他离合器还没来得及踩呢，便听"咔"的一声，后车门开了。

"你干吗啊这是？"宋桥着急忙慌地又熄了火，"祖宗，你不是一路上都不理人家吗？你现在跟去是要做什么？"

傅岫不耐烦："闭嘴，在这儿等着。"

宋桥还想说什么，被傅岫回头冷冷一瞥，又把话咽了回去。得，憋屈一点儿就憋屈一点儿吧，他还得跟着这祖宗吃饭呢，甭闹出什么大新闻就成。

说起来，这破地儿应该没有狗仔吧？职业习惯让宋桥又瞬间警觉起来，于是又一秒化身成了放哨人。

至于傅岫，早仗着腿长，也三两步迈进了小区。

陈遇青并不知道傅岫跟上来了，她忙着看沈君白给她发过来的一些资料，甚至没有察觉身后跟了一个人，直到又拐了拐，进了一栋统共四五层楼高的步梯房以后，蓦地觉得肩膀一紧，紧接着一阵天旋地转，反应过来时便已经被摁在了墙上。

楼道的声控灯并没有比外面亮多少，但随着来人的动作停下的那一瞬间，陈遇青差点儿被吓死，等闻到了浓郁酒气中那阵熟悉的广藿香混着雪松的味道时，才又放下心来。但紧接着，她又被腾起的怒气吞没了："你干什么！"

陈遇青瞪着身前的人，想将被他单手钳制住、高举过头顶的双手挣脱开，只是他这回使了劲儿，陈遇青愣是使出了吃奶的力气，也没能撼动他分毫。

“沈君白跟你说了什么？”傅岫眯了眯眼，目光在黑暗中紧紧锁住她，语气隐隐有着警告的意味，仿佛只要陈遇青回答得不合他心意，他就能一口咬断她的脖颈。

陈遇青顿时便虚了，跟气球被扎了洞一样，原先的怒气“刺溜”一下放没了。她不打算和他硬碰，便和缓了声气，实话实说：“没什么，沈老师就是给我发了一些有关彩妆的文件。”

傅岫却不信，他低头，凑到陈遇青的耳边，冷哼道：“发个文件需要叽叽歪歪那么久？”

陈遇青心想花了五分钟的时间交代了一下行程并顺带问候了一下，怎么就久了？但她的耳根被傅岫垂下来的发丝一挠，那微微的痒意顺着那一处攀爬蔓延，瞬间弥漫了全身，她便什么话也说不出来了。

傅岫等了一会儿，见陈遇青低头沉默，眉头一蹙，绷着脸用另一只手捏住陈遇青的下颌，又强迫她抬起了头。

陈遇青不得不和他对视，心里直打鼓。年少时的傅岫是没有这么强烈的侵略性的，那个时候的他就像一块四面都有刃的铁片，锐利是锐利，但都暴露于人前，只要避开了，也伤不了人。而如今的傅岫，则更像是入了鞘的剑，非得等到他出鞘的那一刻，才知他危险。

“傅岫！”陈遇青叫了他一声，不知道自己应该说什么，但她觉得她要是再不开口，待会儿可能会发生更加脱轨的事，“你喝醉了！”

傅岫倒是短促地应了她一声，应完了，他的视线便往下游弋，落到了陈遇青被他钳制住的下颌那里。他定定地看了一会儿，接着不知道是在回陈遇青还是在与自己对话，低声道：“嗯……我也是这么想的。”

楼外的路灯像是终于通上了电，“啪”的一声亮了起来，这让陈遇青终于看清了傅岫眼中某些疯狂的东西，她心里顿时警铃大作，身子一侧，想趁他不备挣脱开，但傅岫像是早有防备一样，在她侧身的同时，捏她下颌的手改为捧住她的脸，接着头一低，毫不迟疑地吻了上去。

陈遇青瞪圆了眼。

可傅岫吻得很投入，他慢条斯理地研磨着，呼吸和她交织，一点儿一点儿舔舐吮吸，逼她接纳他的闯入。

楼外的路灯又灭了，冬月的深夜里无人走动，所以无人发觉，在某处漆黑的楼道里，有一双人影交缠，他们拥抱，唇齿互融，意乱情迷，像是想从对方身上汲取温暖，又像是从未有过分离。

陈遇青记得第一次和傅岫接吻是他俩刚交往一个月的时候。当时录取通知下来了，因为没能和傅岫去一座城市，所以她把自个儿关在家里颓了好些日子。碰巧那阵子傅岫不在，被他父母带到国外旅游去了，陈遇青更是丧得不行，在家里一天要抱着她的枕头哭上好几回。

当时是夏天最热的那一阵子，那枕头湿了干，干了湿，她晚上再往上一躺，没几天就被闷出痱子了。陈遇青再一看自己脸上一片密密麻麻的小红点儿，得，哭得更伤心了。

傅岫就是在这个时候回来的。他也没提前同陈遇青说，所以晚上等陈遇青吃完了饭，趿着拖鞋，油光满面地拎着袋垃圾去小区的垃圾集中车扔完，转身，就和傅岫撞了个正着。

陈遇青当时想死的心都有了，一时间竟不知是先捂脸还是先捂眼睛好，一急之下，索性一屁股蹲下去，头埋进膝盖里，大嚷着："你看不见我、看不见我！快回去！"

傅岫本来是想跟过来打个招呼，没料到陈遇青会反应这么大，一时间便有些愣在那儿了，好一会儿，才回过神来，破天荒地没绷得住笑，轻咳一声才道："起来吧，你转身的时候我就看清楚了。"

陈遇青哼唧了一会儿，最后还是站起来了，但一双手捂住脸，只好别别扭扭地从指缝里露出一双眼睛来。傅岫朝她看了一眼，伸手想来拉，但陈遇青一来不肯将脸上那一大片痱子示人，二来忌讳仲夏夜出来纳凉的左邻右舍，便扭开了。

傅岫抓了个空，本来还上翘的嘴角顿时便平直了下来。

说起来，他俩交往的过程中，竟是傅岫待她要亲昵许多，而陈遇青往往因为诸多顾忌，人前是不肯跟他牵手或者拥抱的，而这个时候，要是陈遇青不赶紧哄一哄的话，十有八九得跟她气上一段时间。

当然，哄的办法也简单，就是在背着人的时候，撒个娇讨个饶，叫他两声“傅岫哥哥”，这事儿就算揭过去了。不过那天不知怎的，这个办法没有奏效。在两人一前一后避开了小区里遛弯的人，拐进栽种在小区最南边，离大门最远的那片橘子林后，陈遇青一只手捂着脸一只手抱着傅岫的胳膊扭了半天，也没能成功把他哄好。

橘子林一般没人会来，因为蚊虫多。而陈遇青好像又特别招蚊子喜欢，没待一会儿，露出来的胳膊和大腿上便多出来好几个肿包。那个时候她本来就委屈，没能跟傅岫去一座城市念大学就算了，还被他看到了那副丑样，加上蚊虫也没眼色，只逮着她叮，于是一个没忍住，眼泪跟拧开的水龙头一样，“哗”地就下来了。

后来陈遇青也问过傅岫，她当时那副涕泗横流兼满脸红疹的尊容，他是怎么下得去嘴的，傅岫那时想了想，诚实地回她：“我也不知道。”

一切好像很自然地就发生了，在叶片带着特有辛辣味儿的橘子树下，在隐匿于暗处的无数飞蚊的窥伺中，他们彼此都小心翼翼地交换了人生中的第一个吻……

可时间的齿轮往后转，一切回到此情此景，狭仄的楼道中，刺耳的铃声响了起来，不过这回不是陈遇青的，而是傅岫的。想必是宋桥在外头等得久了，打电话来催他，但傅岫看也没看，直接摁断了。

黑暗里两人的呼吸声都带着些喘，陈遇青原本被束着的双手已经被松开，软软地垂在了身侧，但她其实也不清楚，它们究竟有没有在情迷的时候，攀上过谁的肩头。

这种情况下，好像除了沉默，也干不了别的。

铃声又响了起来，这回陈遇青在傅岫摁断之前往他的手机屏幕上瞟了一眼——果真是宋桥。这两个字让陈遇青心里陡然生出一股罪恶感。瞧瞧她都干了什么，明明人家好心送她来C市，明明她之前还答应过人家会离傅岫远一点儿，结果却躲在这里和傅岫拥抱接吻？

满心的负疚感让陈遇青不由得垂下了头，她动了动手指，想将傅岫推开，但最后也不过是轻声同他道："你快出去吧，宋桥在等着呢。"

两人还是相拥的姿势，而且傅岫的下巴是抵在陈遇青的颈窝处的，她一低头，纤细的颈项便随着这个动作露了出来。在陈遇青说完那句话以后，傅岫有一会儿没动静，而后却像是泄愤一样，突然张嘴在那片滑腻温热的地方咬了一口。

"白眼狼。陈遇青，你就是条没心没肺的白眼狼！"他这样愤愤地骂，可手下没有松上半分劲儿，仍旧紧紧地将陈遇青扣在怀中。

仿佛有一个世纪那么漫长，直到第三次接到了宋桥的电话，傅岫这才松开了手。风裹着鲜活的空气涌进了楼道，将原本炙热的胸膛吹冷。眼瞧着傅岫拐了弯，彻底在夜色中看不见身影后，陈遇青这才脱力似的抵着没有刷漆的墙，缓缓蹲下身来。

拇指指腹早被她掐出了一道印子，殷红得似要流出血来。她嘴唇还嗫嚅着，一直在小声说着什么，细听来，不过是三个字，一遍遍重复着，不知道是想说服谁。

"他醉了。"

他醉了，所以今天发生的一切都不作数，都可以忘记，都可以当作没有发生过。

不知过了多久，卿池发来短信，问她到哪里了，陈遇青看了一会儿，没有第一时间回复。

因为她觉得自己的情绪不大对，她突然有些想哭。

她想，她这是把什么丢弃了啊？可与此同时，陈遇青也清楚地知道，明知他珍贵，她却再也没有年少时的勇气，敢把他重新要回来。

她的成长轨迹太糟糕，所以除了他，很多东西也被她一并舍弃，诸如从前那个只想围着傅岫叽叽喳喳、吵吵闹闹的小姑娘。时至今日，他们之间已经相差得太多太多了。

所以，不如忘了好。

第五章
生日礼物

1. 你送了什么

回到H市以后，陈遇青跟着沈君白又接了几个活。

排场有大有小，排场大至给《SHOW》这种业内数一数二的时尚周刊设计封面妆，排场小至新娘妆等。

陈遇青不挑，反正只要沈君白出现的工作场合，就绝对会出现她的身影。一来二去，业内人士便都知道沈君白有这么一个女徒弟。有时碰上陈遇青落单，一些油腔滑调的人还会打趣她，故意问她沈君白的下落。

陈遇青襟怀坦白，倒也不介意，不过沈君白挺顾惜她的名声，但凡听到旁人这么调侃她，沈君白是一定会出言澄清的。

日子便这么在忙碌而有序的工作中悄然流逝。

十一月中旬，傅岫过生日。借着这热度，《少年游》剧组随后放出了一支超长预告片，足有三十分钟，快赶上一集正片的时间了。由于剪辑到位，这支预告片播出后圈了不少新粉，比如卿池，就同时粉上了傅岫和孟清宵两位主演。

临近年关，这厮不停给陈遇青打电话，求她帮忙弄一份双人签名。

陈遇青心道，人影儿都见不着一个，还双人签名，凭空给她变吗？她一直没松口应下卿池这差事。

转眼便到了十二月。

十二月开头没几天的时候，孟清宵突然来了电话，说让陈遇青来参加他的生日宴会。

陈遇青当时的第一反应就是拒绝，她同孟清宵的关系好是好，往年彼此过生日，常会互寄礼物。不过傅岫与他的关系显然也不差，媒体都报道过好几次两人私下聚会。

这次生日宴会只邀请她，而不邀请傅岫，显然没道理。傅岫若是行程排不开，不去还好，但这种事儿谁说得准呢，到时候陈遇青真和他撞上了，怕是能当场挖个地洞钻进去。

打从上次在楼道间吻了后，她同傅岫便没有见过面。

所有的情绪通过那个吻宣泄后，两人的关系好像终于烧至沸腾的水一样，但渐渐凉了下来。当然，也不乏两人没有互留联系方式的原因，但世上无难事，只怕有心人，他如果想联系，又怎么拿不到她的联系方式呢？想必也和她一样，默认了那个吻就是酒精促使发生的荒诞无稽的事。

不过孟清宵不给她拒绝的机会，跟机关枪一样“哒哒哒”地开口道：“你以前不在H市就算了，现在都在这儿工作了，不来合适吗？我生日欸，就见个面吃顿饭，也花不了多少时间，这个脸你都不肯赏吗？而且那天周末，别说你加班，我不信沈大师那个脾气会让你周末加班！”

陈遇青哑然。

孟清宵没等到回话，又开始翻陈年旧事，嚷着他以前有多么仗义执言，为她打抱不平，而她现在又有多么无情多么残忍。说了半天，叨叨得陈遇青头疼，最终便应了这个约。

她合计着，等到了地方，露个脸，给了礼物，再寒暄一下，时机合适的话给卿池要个签名，然后借故走人。

哪想真去了以后，礼物给了，也寒暄了，甚至连签名也找到时机要了，但最想借的那个“故”，怎么也借不到。因为陈遇青就这么被孟清宵摁在席上，眼睁睁地看着他嚷着“《少年游》剧组重聚”，然后把傅岫带到她旁边。

陈遇青对这操作不由得感到一阵窒息。

孟清宵俨然未觉，反而兴致勃勃地在陈遇青和傅岫的肩膀上分别拍了拍，语重心长道：“这交朋友啊，就像喝酒，品品才能出味儿。别一口下去就说不喜欢，是吧？”

陈遇青没出声儿。她知道许是孟清宵在剧组的时候，见她与傅岫关系僵硬，所以想借机缓和一下，但这话掐头去尾的，听着像是媒婆要硬牵红线，着实让人不好接。

傅岫更是直接瞥了孟清宵一眼，那眼神跟看一个傻子没什么区别。

孟清宵倒也不介意，摇着酒杯乐呵呵地去敬下一桌了。

因为这次过生日正好赶上孟清宵新戏开拍，所以还有不少人是从剧组跟过来的，坐满了整整两个包厢。陈遇青也认识几个，但仅限于认识，远不到相谈甚欢的地步。

倒是傅岫，甫一坐定，便有不少人主动来与他打招呼，而他则一直是那副懒散应声的模样，跟谁都没有过分热络。

陈遇青在一旁抱着一杯香槟，一口一口地啜着，大有能这么一直啜到宴席结束的架势。只是没一会儿，她便听到终于从应酬中脱身的某人轻轻“嗤”了一声。

陈遇青不动，眼观鼻，鼻观心。

恰好孟清宵敬完了一轮酒，估摸着有些上头了，一脸开心地蹦跳过来，抓起陈遇青的手握了两下，说：“青儿啊，你今年送我的礼物是什么？我没来得及拆，你给我说说。”

哪想他一说完，陈遇青便觉身旁的气压骤然变低，她心里咯噔一下，升起一阵不好的预感，没敢和孟清宵细说，当即便将手抽了回来，干笑两声道："就很普通的礼物，对，跟以前一样，很普通。"

"上回你送我的是手拼模型，上上回是你亲手织的毛衣，还有……"孟清宵还嫌火不够旺似的，打了个嗝，开始掰着手指头数，数完了，不忘总结，"我觉得都不普通啊，我都挺喜欢的，礼物嘛，不在贵，在心意，你说是不？"

陈遇青低头看着空了的杯子，没敢接话。

好在孟清宵的经纪人一直跟着他，见他开始多话，怕他口无遮拦说出什么，便连忙拽着他醒酒去了，这才让陈遇青舒了一口气。

只是这口气没舒到底，某人便伸过来一只手，毫不避讳地曲起食指在她椅子的扶手上叩了三下，说："我的呢？"

旁边有好事者，早觉得两人的关系不大对，一直在那儿琢磨，这下见傅岫好不容易开了口，都不等陈遇青出声，立马接话道："什么？"

其实陈遇青是懂傅岫的言下之意的，他在朝她问他的生日礼物。

果不其然，傅岫极其耐心地问道："同样是一个剧组里待过的，怎么孟清宵有生日礼物，我就没有？"

他问得倒是理所当然，但抵不住平时总冷着张脸的人突然变得这么好言好语给人带来的震撼，于是不只同桌的人，连邻桌的都有不少人将目光移了过来。

陈遇青看了他一眼，见他正撑着下巴，一副好整以暇的模样，便知他是故意要弄出动静来，于是她顿了一下，忽地扬起个笑脸，道："我送了呀。"

傅岫挑了挑眉，一副"我倒要看看你葫芦里卖的什么药"的模样，毫不客气地问："你送了什么？我怎么没收到？"

陈遇青一脸认真地答："我送了心意。"

原本等着看好戏的众人都被震撼到了，一时间都没有了言语。傅岫也没想到陈遇青会说出这种话，黑黢黢的眸子里渐渐浮上一层薄怒来。陈遇青怕他发作，借口上洗手间，赶忙溜了。

她其实没有逗他。他的生日，她确实送了礼物，不是以“陈遇青”的名义，而是以“傅岫粉丝”的名义，混在千千万万的粉丝里，但他不知道，也不必知道。

很多事情，不被任何人知晓，对彼此而言才是最好的。

陈遇青撑在卫生间的洗手台上出了一会儿神，灯光明亮，将那些想要藏匿起来的心思照得无所遁形。陈遇青抬眼与镜子里的人对视，恍惚间竟有些认不出镜子里的人是谁。

她记得高中时一堆半大的女孩子，聚在一起讨论美容养颜，其中一个就说过陈遇青，说她再这么笑下去，不出十年眼角便会长满纹路。如今她眼纹没生几条，唇边的笑纹倒是日益加深，想来是在惩罚她的虚伪，对谁都笑得不真诚。

陈遇青垂眸，长叹一口气，打从重新遇到傅岫开始，她叹气的次数好像多了起来。

其实在那个吻之前，陈遇青设想过傅岫对她余情未了，所以才会一时将她推开，又一时拽她靠近。那夜吻过之后的一个月里，她也细细地揣度过傅岫的心思，觉得傅岫这么对她，也许只是不甘心。

不甘心年少的恋情无疾而终，不甘心被人扔下，不甘心始作俑者多年以后能以一副毫无芥蒂的姿态出现在他眼前。

或许这才是真相。

陈遇青掬了几捧凉水，往脸上拍了又拍，也不管妆会不会花，直到深冬沁骨的凉将她的理智完完全全地拉回来，这才直起身擦干脸。

出卫生间的时候，陈遇青在想还要不要回去，或者直接打电话同孟清宵说一声她先撤了，不料刚一拐弯，就在包厢外的走廊里猝不及防地和傅岫撞上了。

陈遇青咽下差点儿脱口而出的尖叫，惊惶未定地看着眼前抱手倚墙的男人。

傅岫正垂眸看她，稍显淡漠的目光从薄薄的眼皮底下漏出来，表情平静而冷淡。

他是特地在这里等她，这个认知让陈遇青顿时慌了起来。等了好一会儿，都不见傅岫打算开口的样子，她便错开目光，拒绝再和他视线接触。本来就是他招惹的她，现在冷着一张脸是要给谁看？

两人就这么无声对峙起来。

他们所处的位置比较尴尬，是一个四通八达的枢纽处。陈遇青本来一直在心里默默告诉自己，别管他，到时候真被谁拍到了，遭大殃的人反正不是她。只是等一墙之隔外真有了响动，陈遇青还是没能控制住自己下意识的反应，伸手拉着傅岫往楼梯躲去。

本来一直在那儿摆造型的人，这才有了冷漠之外的情绪，原本平直的嘴角在陈遇青抬头之前，快速且小幅度地往上翘了翘。

“我的礼物呢？”他旧事重提。

陈遇青不由得头疼。她本来想着打个哈哈，和稀泥，把这事儿糊弄过去，要换成别人，估计明白她是想点到为止，傅岫死揪着不放。

陈遇青又不可能告诉他真送过礼物这件事，不然和狼人自爆身份没什么差别。更何况一旦暴露了她是他粉丝这件事，那再看她以前对他的回避，同他说的那些话，跟欲拒还迎、惺惺作态有什么区别？

陈遇青沉默了几秒，思忖着该怎么开口。

只是一个字都没来得及说，她背后便传来一阵凌乱的脚步声，接着，拐角处伸过来一只手，“啪”地撑着那盏半合的门扇，门扇轴往里一转，便狠狠撞到墙上，发出“砰”的一声响。

按距离来看，那门扇转动的时候是会撞到陈遇青身上的，不过在那阵脚步声响起之前，她便被往里拽了两步，进入由傅岫怀抱辟出的安全区域，背脊紧紧贴上了一片坚实的胸膛。

陈遇青被吓到了，但显然来人吓得更厉害，原本迷离的醉眼直接变得清明，脸色由红转白，指着他们的手还不停哆嗦，他道："你、你、你们……"

"不是，孟清宵，你听我说——"陈遇青刚开口想解释，谁料孟清宵蓦地弯腰，"哇"的一下就吐，汤汤水水吐了一地。

这下不用拽了，陈遇青保持着背贴傅岫的姿势，两人整齐划一地往后退了一大步，还头一次出现了统一的表情——嫌弃。

吐完的孟清宵吸了吸鼻涕。

小孟委屈，但小孟不说。

2. 我觉得挺合适

宴会结束后，作为寿星的孟清宵察觉到某人似乎心情不错，硬是厚着脸皮蹭上了傅岫的车。

傅岫是他的生活助理开车来接的，这位助理说话的本事儿比不上宋桥，对于孟清宵的这种行为，他在对方经纪人殷切眼神的注视下，只能干巴巴地憋出一句"孟先生，这样不太好吧"，然而在孟清宵大手一挥后，便没有下文了。

车很快驶入内环高速，两边的路灯似流窜的星火一样，从车窗外急速划过。孟清宵本来不想说话，扭头一脸严肃地看着后座闭眼假寐的傅岫，又过了一会儿，车开上高架桥了，这才终于憋不住了，胳膊肘一捣，压低声音道："说，你们怎么一回事儿？你不是跟我说，你不喜欢她吗？"

傅岫眼皮都没抬，像是没听到孟清宵的问话一样，后脖颈抵着座椅颈枕，也不知道在想什么，双手松松垮垮地抱在胸前，过了好久才从鼻腔里懒洋洋地"嗯"了一声。

孟清宵差点儿被他气得直接一拳捶过去，最后好不容易按捺住，耐着性子又追问道：“‘嗯’是几个意思？还有，你眼睛是被胶水黏住了吗，都不看我一眼？”

“‘嗯’就是‘嗯’。”被胶水黏住眼睛的某人这才赏脸，将眼睛撑开一条缝，漏出几丝冷薄的目光，嘴里还不忘讥讽道，“语文没学好吧，肯定语气都听不出来？”

孟清宵噎住，他本来还觉得有些醺然，结果被傅岫这么一气，算是彻底清醒了。

车外呼呼作响的风声与车内暖气排放的嗡嗡声交织，眼瞅着傅岫又要闭上眼，孟清宵抓紧理了一下思绪，觉得哪里不对，又将脑袋凑过去，伸手拽了拽他，附在他耳边问道：“你的意思是，你不喜欢陈遇青？”

傅岫“啧”了一声，蹙眉，没好气道：“你到底要问我几遍？”

“不是，你不喜欢她，为什么要和她单独待在一起？”孟清宵回忆了一下，记忆中的某个场面让他忍不住激动起来，一拍大腿，“最后你还抱她了？”

傅岫顿了顿，道：“你那个时候不是醉得厉害，这都看清了？”

孟清宵气得破口大骂：“我那时候都被你们吓得醒酒了好吗？”他越说越激愤，“不是啊，大哥，你自己想一想，你都说了不喜欢陈遇青，结果你还抱人家，你这是什么心态啊？”

“我抱她，和我不喜欢她有冲突吗？”

孟清宵抓脑袋，穷追不舍地问：“没冲突吗？”

“我抱她，是因为你闯进来的时候推门，差点儿撞到她。”傅岫坐直，视线先是轻飘飘地扫了一眼后视镜里在前排开车的助理，吓得人家不敢再偷听以后才慢条斯理地对孟清宵说，“当然，这里面也有我的私心，毕竟当时那种情况，我直接上去把门扶住也行。”

孟清宵顿时结巴了：“你、你……”

傅岫似乎觉得“料”还不够，继续添油加醋地说：“我是不喜欢她。我不喜欢她心无芥蒂地在我面前转悠，不喜欢她看起来要比我过得开心，更不喜欢她在别人面前装得跟我像陌生人一样。”

“你们、你们难道……”

傅岫往旁边倒，手肘撑着车门，手掌托着下巴，目光往下垂，似乎在回忆着什么，好半天，才回道：“嗯，我们以前是男女朋友。”

孟清宵瞧着他这心平气和的模样，倒吸了口凉气后问：“多久以前？是你进娱乐圈以后？你公司知道这件事儿吗？”

“我还是素人的时候。公司不知道，但宋桥知道这件事儿。”

孟清宵这才舒了一口气，拍了拍胸口，一副惊魂未定的模样，说：“那就好，那就好。”

傅岫瞥了孟清宵一眼，想起某种可能，神色便有些复杂：“怎么，难道你喜欢她？”

孟清宵虽然没有察觉出傅岫语气中的不悦，但直觉让他连忙将脑袋甩得跟拨浪鼓似的，颇为实诚道：“怎么可能！我这不是担心你俩？你自己想想，你俩的身份，适合在一起吗？”

趁着孟清宵说话的工夫，傅岫伸手摇下了车窗。路边暖融融的光落进他眼里，平日里总是冷淡的眸子这才显得有了几分温度。风从车窗外鼓噪而过，傅岫低声说了一句什么，前座开车的助理没听清，但孟清宵听清了。

他说：“有什么不合适的？我觉得挺合适。”

呛了冷风的寿星，这下彻底说不出话来了。

傅岫大发慈悲，他缓了一会儿，即将抵达孟清宵如今的住处时，又不紧不慢地开口说：“所以，上回那个手拼模型，上上回那个针织毛衣……大家都是朋友，我也不好说出让你开个价这种话埋汰你，不过你应该知道该怎么做吧？”

孟清宵噎了噎，回过神后悲愤不已地说：“傅岫，你要不要脸！”

傅岫没出声，却以一副漫不经心的模样扳了扳指关节，嘎嘣作响。

孟清宵顿了顿，颇识时务地说：“好的，我知道了，我回去以后就给你打包送过来。”

是谁告诉他过生日的时候寿星最大？呸，骗子！

而陈遇青被孟清宵撞见和傅岫一起后便先走了，所以并不知道傅岫给孟清宵透了底。她到家之后，正想着要不要打个电话关心一下可怜寿星，卿池却来了电话。

自打陈遇青跟卿池散伙以后，卿池便重新找了一个兼职化妆师。技术倒是勉强可以，不过这个化妆师还是学生，所以平时出外景都得事先和她敲定时间。但那小姑娘不太有时间观念，甚至有时候卿池都跟她提前约好了，她都会平白无故地放人鸽子，白白耽误了客人许多时间。

卿池几次想把人开除，但又是个嘴硬心软的性格，小姑娘哀哀一求，她便狠不下心了，只能回头来找陈遇青吐吐苦水。这不，前两天这姑娘又迟到了两个小时，气得客人直接取消了订单，把卿池郁闷得拉着陈遇青一讲就是一两个小时。

只是等她“噼里啪啦”地说痛快了，肯挂电话了，陈遇青一看时间，都凌晨了。她整个人困得不行，别说还记得给孟清宵打电话慰问一下，连自己刷没刷牙都忘了。她往床上一躺，把被子一拉，将手机一关，什么烦心事都统统抛诸脑后，直接进入黑甜乡，一觉到天明。

第二天，上班的闹铃响了，才唤醒她。陈遇青直接洗漱去了，等一切都收拾好了，准备看下时间出门的时候，才看到手机里有十来个未接来电，以及几条未读信息，而且全部来自一个人——孟清宵。

陈遇青以为发生了什么事儿，但正好手里拿着东西，不好回拨电话，便先点开了消息，结果一看完，她就沉默了。

孟清宵一共发了五条消息。

“你睡了吗！！”

“回电话！！”

“我需要解释！！！”

“你和傅岫那个浑蛋是怎么一回事儿？你们之前为什么要假装不认识！！”

每条消息后面缀着的感叹号都触目惊心，仿佛能透过它们看到发消息的人暴跳如雷的样子。陈遇青看了一下，前四条发送的时间都是连着的，到了第五条，估计是孟清宵气顺了，隔了好一会儿才发过来：“你们俩竟然瞒了我这么久，还是不是朋友？亏我还想缓和你俩的关系，结果呢？还男女朋友，你们俩就不亏心吗？”

哀怨无比的语气，让陈遇青觉得自己仿佛是一个罪人。她很想回个短信强调一下是“前男女朋友”，也并不是假装不认识，而是两人关系十分微妙尴尬，实在不便言说，不过她思量了一会儿，将手机屏幕摁熄又摁亮，来来回回折腾半晌，最终还是没想到该给孟清宵什么回复。倒是卿池，大清早的，也不知道是不是昨晚压根儿没睡，竟又给陈遇青打来了电话。

电话刚一接通，陈遇青的耳膜就要被刺破了，她将手机挪远了一点儿，等卿池在那头尖叫完了，才敢凑近去听。

卿池还激动着，说话都不带停顿换气的，像机关枪一样噼里啪啦：“微博新闻、微博新闻你看了吗？”

像是在应和卿池的话，她一吼完，手机里的消息推送栏就及时亮了一下——

“震惊！《少年游》两位主演深夜共乘一车！”

光看这标题，陈遇青的嘴角就忍不住抽了抽。她就搞不懂了，两男的在一辆车上到底有什么可震惊的？现在的媒体，为了博眼球，真是什么都敢写。她也懒得点进去看，抓紧时间打发卿池：“我看了，嗯，对，你说得都对。”

虽然她推测十有八九是孟清宵为了打听她和傅岫的关系，硬要蹭上车的，但她现在不可能这么跟一个基本没什么神志的女人这么说，不然她就甭想清清静静地去上班。

“我要进电梯了，手机没信号了，我先挂了啊。”陈遇青说完，也不待卿池回复，假装信号中断，“喂”了两声，迅速掐断了电话。

哪想跟说好了一样，这厢陈遇青挂完卿池的电话还没来得及喘口气呢，那边孟清宵的号码又亮了起来，吓得陈遇青一哆嗦，直接就将电话掐了。

孟清宵锲而不舍，立马拨来第二个。陈遇青叹了口气，究竟要不要接呢？这回她倒是深思熟虑了一下，又掐了。

孟清宵肯定是从傅岫嘴里知道这件事儿的，但傅岫跟他到底说到什么地步了，陈遇青也不知情，万一只是傅岫不小心说漏嘴了，孟清宵听了个模糊的东西，进而想从她这里套出什么话来，她再傻乎乎地一回复，不就把关系坐实了吗？

于是陈遇青一狠心，不等孟清宵再来第三个电话，直接将他拖进了黑名单。

当时她想的是，两人近期估计也不会见面，等再过一段时间，孟清宵差不多把这件事儿忘了，她就假装什么事都没有发生过。哪想她叼着块全麦面包刚到办公室坐定，打开电脑，就收到了来自沈君白的邮件——通知陈遇青，让她准备好东西，明天跟他一起去《SHOW》杂志社拍摄电视剧《少年游》两位主演的画报。

陈遇青看到黑名单里还没躺热乎的孟清宵的电话号码，泪目了。

3. 我最喜欢吃鱼了

十二月就像一个气温的分水岭，寒流从北南下，让 H 市从尚还和煦的深秋秒变成凛冬，气温一夜之间骤降近十度。不少人防寒不及着了凉，于是各区药房里的板蓝根瞬间畅销起来。

陈遇青就是购买板蓝根的大军之一，不过她不是给自己买的，而是替沈君白买的。

“沈老师，您不要紧吧？”动身去《SHOW》杂志总部之前，陈遇青冲了一袋板蓝根递过去，颇为担忧地问道。

“嗯，没事儿，不用担心。”沈君白接过那杯褐黑的液体，仰头一饮而尽。

陈遇青还是不放心：“可您这说话都有鼻音了，也有点儿低烧……”

沈君白冲她笑了笑，又往嘴里塞了一粒退烧药，咽下去后才开口耐心地回道：“真的不要紧，风寒感冒而已，待会儿我在动车上稍微歇一下，就没什么事儿了。”

见他坚持，陈遇青也不好再继续絮叨，只悄悄在背包里塞了几包药和体温计，临走前还将她隔壁桌财务小姐姐的粉色大象颈枕顺走了。

沈君白本来走在前头，按理不该知道陈遇青的这些小动作，但通过工作室那一扇扇落地玻璃窗，沈君白瞧见了身后之人的一举一动。他没有出声阻止，只背对着陈遇青，不动声色地抿唇笑了笑。

那笑竟温柔至极，恰如一抹拂面的春风……

《SHOW》杂志社的总部在与H市同省的另一个城市，乘动车过去要不了一个小时，而且在两市之间往返的动车班次多，所以只要不逢上节假日，车里的乘客就很少，一不小心便能撞上像一节车厢就她和沈君白两人的这种情况。

起先陈遇青没有注意，她怕她这斯斯文文的老师撑不到目的地就倒下了，甫一上车就安置好行礼，鞍前马后地照顾起他来。

她先是将颈枕垫在沈君白脑后，随后从包里掏出专门给他带的保温杯，去车厢热水供应处接了满满一大杯滚热的水，紧接着把买药的时候顺带买的酸奶和各种口味的面包摆满整张小桌板，一脸紧张兮兮地问：“沈老师，您觉得怎么样？”

“我还好。”沈君白看她忙活半天，眼神既无奈又温柔，“你放心，就算我真的倒下了，这不是还有你吗？”

“我、我哪儿行啊？我不行我不行！”陈遇青连连摆手。她真觉得自己不行，毕竟《SHOW》杂志社不是路边烂大街的影楼，她一个籍籍无名之辈，没沈君白看顾着，哪敢去挑大梁？

这么一想，陈遇青更紧张了，仿佛身边的男人下一刻就会死于这场普通的风寒感冒，于是她脑子一热，抬手直接摸上了沈君白的额头。

她本意就是想看看沈君白退没退烧，所以空着的那只手顺带覆上了自己的脑袋，想进行对比，哪想车厢里太过静谧，以至于将气氛烘托得有些奇怪。

陈遇青在沈君白的注视下，几乎是瞬间便收回了手，然后规规矩矩地放在膝头，端正坐着给他道歉：“对不起啊，沈老师，我不是故意的。”

沈君白并没有立即给出回应，他似乎愣了一下，目光有片刻落在陈遇青的脸上，而后才撤回，轻咳一声，回道：“没事儿。”

陈遇青目不斜视地“嗯”了一声，不敢再瞎动弹，于是两人之间本来还算活络的相处模式因为这个小插曲而变得有些生硬。

持续一会儿后，是沈君白率先打破僵局，他指了指陈遇青从动身前就没离过身的一个印着一捧浅紫色风信子的素色小纸袋，带着浓重的鼻音问道：“这是什么？”

沈君白会好奇其实无可厚非。因为纸袋在方才那段小插曲中无意被碰倒，露出了一个浅青色的绒毛边角，像是针织品一类的东西。而且陈遇青对它很看重，只要回到座位上，就会拎着它，手指无意识地在纸袋的细麻绳带上摩挲。

尽管如此，这过分的关注与探究也违背了沈君白一贯的性格，所以一问出这话，他心里便有些后悔，认为自己过于干涉别人的事情。

陈遇青的反应也印证了这一点，她并没有坦荡地回答他的问题，而是低下头躲过了他的目光，语焉不详地回道："没什么，就是工作上要用到的东西。"

沈君白立刻便知道她在撒谎。因为他的工作室都配备了专用的化妆包，能涵盖所有的妆系，根本没必要另带什么。但他没有拆穿她，那个问题他就不该问，想来是退烧药干扰了他的思绪，才让什么东西开始往上浮，诱使他对陈遇青做出了一些逾越上下级关系的行为。

沈君白想，闭上眼睛睡一觉就好了。于是他闭上眼，调整了一下姿势，将半边脸颊埋进颈枕中，用略带歉意的口吻对陈遇青道："我有些累，我先休息一下，麻烦你到了目的地叫我一声。"

陈遇青有没有回答，沈君白已经记不清了，很快便随着一摇一晃的车身陷入模糊的梦境里，等再次醒过来时，是陈遇青在一声一声地叫他。

她先是叫的"沈老师"，沈君白听见了，但低烧让他的神经有些迟钝，以为是梦境，隔了好一会儿，才渐渐从梦境中抽身出来。而这时，陈遇青可能有些着急，不自觉地换了称呼，她叫了他一声"沈君白"。

对他来说，陈遇青其实是个有些聒噪的姑娘，她会在学习新的妆容手法时一遍一遍地来问他，但不是那种傻瓜式的复制问法，她会在他教的基础上，做出自己理解范围之内的创新改动，然后来征求他的意见。她似乎笃定他不会不耐烦，但次数多了，也会在敲门叨扰他的时候，拘谨羞涩地端上一杯她泡的咖啡，机灵地讨好他。

不过沈君白并不讨厌这种讨好，他也不懂为什么，就是觉得身边有个吵吵闹闹的人点缀疲惫的生活好像挺不错的。如今陈遇青不用敬称，对他直呼其名，沈君白也莫名觉得挺不错的。

他的嘴角无可遏止地往上微微翘了翘，受风寒感冒的影响而有些低落的心情，在这一刻竟奇妙地好转起来。

下了动车以后，《SHOW》杂志社那边安排了专车来接。不过他们并没有直接去拍摄场地，而是先去了一个豪华饭店。

成年人的生活无非就是工作和躲不开的饭局。陈遇青习以为常，拉开椅子入座的时候还不忘和先来一步的杂志社其他工作人员都客套一番。

同沈君白一起赴饭局的时候，通常是陈遇青负责外交，他负责挡酒。别看沈君白一副温柔斯文的模样，其实他的酒量很不错。第一次赴宴的时候，陈遇青还不认可这种分工，结果沈君白那次直接喝趴了在场的一桌人，最后他自个儿的脸色还丝毫未变，打那以后，陈遇青就安安分分地做起了饭桌上的“外交官”。

如今情况特殊，怎么着她也不能让一个生病的人喝酒吧，就算其他人知道待会儿要工作，只是客套地敬一杯，陈遇青还是在那杯酒送过来的时候拦了下来。

她客气地笑道：“不好意思，沈老师病了，来的路上刚吃了药，您看这酒我替他喝成不成？”

除了在傅岫的事情上，陈遇青的忘性其实还挺大的，动车上那一瞬间的迤逦暧昧早被她抛诸脑后了，现在她护他，无非就是出于师生、朋友、上下级的关系。所以尽管在座的其他人看她接过那杯酒时眼神都变得有些微妙，但陈遇青自认为心思磊落光明，因此也没有去回避什么。

当然，这份坦荡是在傅岫出现之前。傅岫出现后，陈遇青再去接那些多少带着故意而敬过来的酒时，笑容便牵强了些。

孟清宵是和傅岫一起到的，他不是什么记仇的性子，忘性也大，因此一见到陈遇青后，先是欢欢喜喜地跟她打了个招呼，而后见她左手边正好空着位置，便准备挨着她坐。谁知屁股还没碰着椅子呢，被身边的人轻飘飘地扫了一眼，又委委屈屈地站了起来。

宋桥就在后头看着，孟清宵错开两步，恨恨地小声告状：“简直欺人太甚，宋桥哥你也不管管？小心我哪天让狗仔曝光他！”

宋桥不语，只深深地看了孟清宵一眼，那眼神仿佛在说：去吧，我也早就受够这个混账了。

孟清宵一噎，终于败退下来，乖乖地过去挨着自个儿的经纪人坐了。

而傅岫，在陈遇青左手边坐下后，便一直冷着一张脸，像谁欠了他钱，搞得不明所以的其他人也不敢和他去套近乎。连带着想借敬沈君白酒逗陈遇青的那些人，也消停下来，干巴巴地说起了场面话。

傅岫不开腔，陈遇青自然也不会去招惹他，就算能感觉到他的视线若有似无地往她的方向瞟，陈遇青还是头不转目不斜，专心致志地吃着自个儿面前的那盘清炒时蔬。

一会儿后，旁边的气氛终于在推杯换盏中和缓下来。正好有服务员端进来了一盅鸽子汤，摆在陈遇青跟前，陈遇青看了眼沈君白碟子里的几粒甜玉米，到底有些挂心，便凑过去小声问：“沈老师，你要喝点儿汤吗？”

沈君白略惊讶地看了她一眼，似乎不相信陈遇青会主动来问他，好一会儿，才攒了笑，点头道：“麻烦你了。”

“不麻烦。”陈遇青回了一个笑，取过他的汤碗正想盛汤，谁料汤匙还没来得及伸进盅里，旁边一直没什么动静的傅岫却突然伸手将玻璃转盘一拨，直接将那盅鸽子汤转到陈遇青对面去了。

这举动着实有些失礼，陈遇青攥了攥手里的汤匙柄，眉头一蹙，脸上的笑意顿时敛去。

孟清宵隔得远，没瞧见两人的动作，只看到傅岫把一碟清蒸鲈鱼转到了自个儿跟前，不由得惊道：“喂，傅岫，你不是最讨厌吃鱼的吗？”

傅岫沉着一张脸，说：“我什么时候说过我讨厌吃鱼？”

孟清宵没眼色，心粗得跟渔网的网眼似的：“每次我俩出去吃饭，你不都让我不要点鱼的吗？你自己说鱼腥。”

“我现在喜欢了不行吗？”傅岫一个眼刀朝孟清宵杀过去，也不知把那鲜美的清蒸鲈鱼想象成谁了，筷子狠狠一戳，剐了好大一块鱼肉下来，冷笑道，“我最喜欢吃了，谁也不许和我抢。”

众人一时无语。这明显憋着气使性子的模样，和传说中对谁都冷淡疏离的傅大明星不太一样吧？

气场足是足，就是怎么觉得这么幼稚呢？

于是让一些人本来计划着等时间久一些，多和大人物们套套近乎的饭局，在一个小时以后，就被杂志社的总负责人迫不及待地结束了。

无他，氛围太怪，食之无味，不如工作。

4. 遇青

也不知道《SHOW》和《少年游》制片人达成了什么协议，陈遇青听杂志社的工作人员闲谈，说这一期基本是傅岫和孟清宵的专辑，除了封面，还要拍摄起码十张以上的内页，工作量可谓巨大。

陈遇青当时正在外头给沈君白倒热水，准备让他吃药，一回到二楼的化妆室，便见沈君白捏着一张工作表冲她苦笑，他说：“遇青，这次你不行也得行了。”

陈遇青过去递水，顺带瞅了眼那张工作表，这下就愣在原地了：“不是吧，这每人要拍五套衣服？”

一套衣服配一种妆容，就算动作快，一个妆容二十分钟搞定，不停不歇，一个人起码要耗上近两个小时的时间。两人就是四个小时，这谁受得住？

“我们工作室和《SHOW》长期合作，所以它家老总邀请我的时候没细说工作量，我出于对他的信任，也没详问。”沈君白歉然地冲陈遇青道，本来一本正经的话因为沾上了浓重的鼻音，显得像撒娇抱怨一样，“我一个人可忙不过来，所以你得帮我分担一个呀。”

“沈老师，担子有点儿重啊。”陈遇青顿时苦了脸，“我要是搞砸了怎么办？”

平时虽然也有陈遇青上手的情况，但那都是一些小单子，而且沈君白全程在一旁盯着，在她出错的时候及时给予指正。可眼下不一样啊，合作方是业界龙头《SHOW》杂志以及娱乐圈的两位顶流，她那些小打小闹，哪能拿得出手？

沈君白却不由分说地将陈遇青的化妆用具，直接往对面的第二张化妆台上一铺，拉着她将每套衣服所需要用到的妆容细细敲定一番，末了才抬起头冲她笑道：“不会，我在呢。”

陈遇青心窝一暖，正开口想说什么，化妆室的门再一次被推开——已经换好服装的傅岫与孟清宵一同走了进来。

方才饭局上没注意看，眼下傅岫挡住门口泼洒的光迈进来时，陈遇青才发现他竟将头发剪短了不少。

他微博上倒是更新了照片，但由于他是侧着身子拍的，脑袋上还扣了一顶棒球帽，所以陈遇青压根儿没看出什么来。如今他就这么毫无遮挡地站在离她不远的地方，陈遇青才发觉，他现在这个样子，竟和大学时候的他相差无几。

陈遇青记得高中毕业刚上大学那会儿，许多男孩子开始留起了头发，想来是被“前不过眉，侧不及耳”这条规定限制已久，所以触底反弹，一留就往能扎小辫的那种长度留。当时甚至在女孩子间也流行起了靠给男朋友扎小辫来秀恩爱这种事情。

陈遇青虽然那个时候没和傅岫公开，但也想暗戳戳地秀，所以大一上学期的时候，她明里暗里让傅岫不要去将头发剪了。傅岫那个时候倒是挺听她的话，虽然嘴巴上说着不乐意，打理起来麻烦，但等放寒假的时候，还是顶着一头几乎能扎成马尾的头发回来，让陈遇青玩了个够。

当然，陈遇青玩完的第二天，他就在路边随便找了个理发店剪了。

如今他头发的长度便和那时差不多，同样露出了他锋利的眉骨，想必摸起来应该也是不柔顺但也不扎手。

陈遇青食指不自觉地摩挲了两下拇指指腹，想驱散记忆中的那种触感。好在沈君白的声音适时地响起，将她从回忆中拉离出来。

“两位先生，是这样的，因为今天的工作量有些大，为了节省时间，所以我想让遇青来负责你们其中的一位，不知道两位介不介意？”沈君白语气温和，面容带笑，“大家都在剧组合作过一段时间，遇青的实力你们应该也有目共睹，所以——”

话未说完，已经在化妆台前坐下的傅岫突然开口：“那就让遇青来负责我。”

化妆台前有一面大化妆镜，将化妆室里所有人的身影都囊括进去了。傅岫的视线在镜中攫住陈遇青，故意把话说得慢悠悠的，并且在“遇青”两个字上加重了咬字，像是在挑衅谁。

陈遇青没察觉，只以为是自个儿又惹他不痛快了，所以他才这么阴阳怪气。身侧沈君白的神色有片刻的僵硬，不过又极快地恢复过来，变成那副温和斯文的模样。他柔声道：“我建议还是让遇青自己选，毕竟合适的伙伴搭配起来的效果才最好。”

沈君白什么时候改称呼叫她“遇青”的，陈遇青其实没有注意，也会不介意，毕竟不管叫什么，总比之前那个车间主任叫的“小陈”要好听得多。但如今“遇青”两个字在傅岫嘴里滚了一遭，便有些怪异，让人感觉阴森森的。毕竟以前和傅岫在一起的时候，他对她都是直呼其名，高兴的时候，叫她“陈遇青”；不高兴了，也叫她“陈遇青”。

见陈遇青不动，傅岫又重复了一遍：“我说，我想让遇青负责给我化妆。”

沈君白仍旧温和地微笑：“遇青有自己的选择权，不是吗？”

孟清宵嘴里包满零食，好不容易咽下去了，这才抹抹嘴开口：“我说两位，你们真的是在讨论‘陈遇青选择给谁上妆’这件事儿吗？”

他怎么感觉这两人要打起来了一样，一股子火药味儿？

孟清宵咳了咳，打破稍显怪异的氛围，把从方才起便捏着化妆刷傻站着，不知道该怎么办的陈遇青往自个儿的方向一拉，出来打圆场：“这样吧，她今天就负责我，正好我也有事儿想问问她。”

傅岫面有不霁，削薄的唇一抿，像是想说什么，孟清宵却眼疾手快地从手机壳里抽出一张像是快递单的字，随意往傅岫跟前这么一晃，傅岫就这么消停了！

这一通操作看得陈遇青啧啧称奇，恨不得自己也有十七八张那种纸，傅岫一闹，她就往他脑门上贴一张。于是在上妆的时候，借着给孟清宵近距离上底妆的方便，陈遇青悄悄地向他取经：“孟老板，孟大哥？你方才拿出来的那东西是什么啊，是快递单吗？你给傅岫寄了什么东西？给我说说呗？”她也好想随便一下子就能镇住傅岫啊！

孟清宵故作深沉地看了她一眼，许久才憋出两个字：“秘密。”

陈遇青气得差点儿将一个化妆蛋直接塞他嘴里。不过很快，孟清宵便用一句话打消了陈遇青的气焰，他说：“换你来讲讲吧，你和傅岫到底是怎么回事儿？”

陈遇青哽住。

孟清宵也不着急，吹了吹脑门上滑下来的一绺头发：“所谓躲得过初一，躲不过十五，你看，你前两天不接我电话，咱今天不就直接见面了吗？我这是在给你机会让你亲口跟我说，不然你自己想想，你也算是半只脚跨进娱乐圈的人，只要我有耐心，但凡你和傅岫以后有点儿风吹草动，那些狗仔不把你俩的事扒得干干净净？”

陈遇青无语，这么一听，他说得好像还挺有道理？

“你不都知道了吗？”她叹了口气，尽量把声音压低，不让半米之外背对着她的另一桌人听见，“分手多年的前男女朋友关系，只是机缘巧合又重逢了，现在已经没什么关系了，就这样。”

陈遇青着重强调了“前”和“没什么关系”，哪想孟清宵听都不听，直接问道：“你们什么时候复合？”

陈遇青差点儿一口气没提上来，她咬牙切齿，一个字儿一个字儿地往外蹦：“你聋了吗？我说，我跟他，没什么关系！现在，以后，都不会有，懂了吗？”

“别生气嘛。”孟清宵觍着脸笑，“事无绝对，以后的事儿谁说得准？”

这话一出，陈遇青给孟清宵修眉的动作便顿了一下，她先是抬眼望了一下面前的化妆镜，而后迅速将视线收回来，正色道：“你以后别说这种话了，我说没有以后，那就是没有的。”

孟清宵再粗的神经，也在这一瞬间感受到了陈遇青情绪骤然低落，他意识到自己的话可能说得太过了。毕竟陈遇青和傅岫之间的事情，他就知晓个表面，真正深里的那些东西，他们谁也不肯说。而且两人说起这件事来态度几乎南辕北辙，想来是两人之间还有什么结横亘着的，他一个局外人，确实不好插手。这么一想，孟清宵也不再追着问了，而是话题一转，说起了别的。

孟清宵能和那个时候的陈遇青交好，大半原因还是他能侃会聊，一件普普通通的事情，从他嘴里说出来，就会变得很好笑。他心思虽说粗了些，但把他当作朋友相处起来，还是很愉快的。

所以在孟清宵有意的逗趣下，陈遇青的心情很快又好了起来。两人一边贫一边上妆，进度竟比隔壁一语未发的傅岫和沈君白还要快上一步，不过也没快上多少，孟清宵拍了两张自拍的工夫，他们那边就完工了。

摄影师早已就位，就等着两人过去。两人也没耍大牌说要休息一下，事毕便起身前往一楼的摄影棚。

陈遇青照旧要去跟妆，不过因为嘱咐生病的沈君白好好休息，所以落后了傅岫和孟清宵他们两步，等她出去的时候，孟清宵已经跟着他自个儿的经纪人嬉笑着拐下楼梯了。不过，傅岫还在，他就在楼梯口那儿堵着，视线直直地朝陈遇青看过来，不闪不避。

陈遇青的步子停顿了一下，但最后还是慢吞吞地走过去了。

傅岫这回倒是显得颇有耐心，抱臂等着陈遇青。见她走近了，他才抽出一只手，掌心向上朝她摊开："你答应过我的。"

陈遇青瞥了那宽阔干燥的掌心一眼。想起当时在孟清宵的生日宴上，他俩明明被孟清宵撞见了，虽然当时孟清宵吐完了就倒门口不省人事，但这人还拉着她不让她走，非让她应下"会给他补送生日礼物"的承诺，她便不免有些气闷。他以前也没这么固执啊，怎么现在变得这么不达目的不罢休了？

见她走神，傅岫皱眉，冷着声气叫她："陈遇青。"

陈遇青心想，怎么现在不叫"遇青"了？左右无人，她也没胆子跟他杠上，于是将准备好的东西往他怀里一塞，趁他去打开袋子的空当，往他和墙壁之间的缝隙一挤，噔噔噔地便下了楼。

她没去看傅岫看到里头的东西时是什么表情，只知道在之后的拍摄中，他都表现得异常配合，连宋桥都啧啧称奇，说好久没见这祖宗这么听话过了。

宋桥大致能猜到傅岫这么配合的原因，无非就是和陈遇青有关。说句心里话，宋桥心里或多或少是有些看不上陈遇青的，倒也不是说她不好，他就是觉得这种姑娘配不上傅岫。

毕竟他跟傅岫共事有几年了，知道这个男人光鲜亮丽的皮囊下到底有一颗多聪明的脑子和多坚韧的内心，这种人，就算不闯荡娱乐圈，随便把他放在哪个行业，也一定会是最出挑的那一类。

但陈遇青不同，她就和这世界上千千万万的普通人一样，连"努力"这份品质都那么司空见惯，不值一提。她太平凡了，以至于当她和傅岫站在一起的时候，所有人都只会看到她被生活戏耍得灰头土脸的样子，而忽视这也是一对男女，他们也可能会发展出什么感情。

再平凡的人，落在喜欢的人眼里，也是会发出光来的。

宋桥最初就是被他们之间无法产生任何爱情故事的假象，蒙蔽了双眼，所以才“开门揖盗”，邀请陈遇青做临时化妆师，进而欠了人家一个人情。以致如今急需他这经纪人履行自己的义务做根棒去打那对鸳鸯时，他已经没那个脸下手了。

思及往事，悔不当初。宋经纪人叹了又叹，最终还是觉得自己既然已经上了贼船，那就不要三心二意、两面三刀，适时耍些小把戏阻挠一下可以，至于公司那边，他真要去告发了，估计到时候第一个清算的就是他。毕竟历史上背信弃义的小人，大多是没什么好下场的。

这么一想，宋桥觉得自个儿手里，被傅岫再三叮嘱一定要好好保管的那个纸袋子，似乎也没那么扎手了。趁着傅岫不注意，他还有闲心悄悄地打开看了一眼。宋桥有些纳闷，这双浅青色的毛绒手套，怎么有种熟悉的感觉？这配色，这钩花，好像在哪儿见过一样？

第六章
凡是过往，皆为序章

1. 等我回来

所有的拍摄任务都完成后，已经是午夜时分了。《SHOW》杂志社那边一早就订好了酒店，只等他们下工，便遣人送他们去休息。傅岫和孟清宵还有别的行程，工作一结束便直接打车奔机场去了。

这里离H市不远，这个时间点还有车次，沈君白本来也想走的，不过陈遇青见他带病工作了一整天，眼下又发起了低烧，硬是劝他留了下来，让杂志社安排的司机送他们到酒店休息一晚上。

想来是累坏了，上车没多久，沈君白便靠椅背偏着脸睡过去了，陈遇青给他垫了一个枕头，没多久，自己也开始犯困。

司机开了电台，交通频道正播放着实时路况，说哪个路段堵车，哪个路段发生了什么交通事故，只是有时候信号不好，会有沙沙的电流声，加上声音调得小，便像是天外来音一样，有种虚无缥缈的感觉。

陈遇青半合着眼，脑袋软绵绵地靠在窗玻璃上，随着车的行驶一点一晃。中途司机似乎说了一句什么话，陈遇青没听清，只觉得整个人陷入一种似醒非醒的状态，迷迷糊糊中还做了一个梦。

梦里的天气并不好，有淅淅沥沥的雨声，这声音连绵不绝，似乎永远不会停下来。她说不出到底在哪里，应该是宿舍，因为她正在上铺睡觉，而房间里有人在收拾东西，身边散落了一堆纸箱，她们在往里面装东西，边装还不停地说话，她们说毕业了，要一起拍毕业照，一起毕业旅行。而陈遇青就这么一直睡着，雨声越来越大，渐渐地将那些人的声音淹没了。等她终于从梦里醒过来时，雨还在下，但房间里已经没有人了，所有床铺、衣柜、桌子都空了，连墙上贴的海报也被撕走了，只剩下她一个人。

“哔——哔哔——”

陈遇青急喘了一口气，猛地睁开眼。电台已经关了，窗玻璃被雨水冲刷着，雨声淅沥，闪烁的霓虹映在车窗上，被滑落的雨珠囚困，显得模糊而遥远。这是一场和她梦里一样的雨。

沈君白不知什么时候醒了，见陈遇青一脸惊惶的模样，轻柔开口：“吵醒你了？前面堵了，可能还得有一会儿才到酒店。”

他的语调太轻太柔，以至于陈遇青一时分不清自己是不是还在梦里，她愣怔好久，才终于回过神来，勉强笑了笑，尽量用寻常的语气道：“我睡了很久吗？”

沈君白看了看表：“也没有，我们从出发到现在，不过半个小时。”

“是吗？”陈遇青干巴巴地回道，左手卡在右手手腕上，无意识地摁着凸起的腕骨。

“遇青，你做噩梦了吗？”沈君白看了她一眼，体贴地打开了车顶灯。

陈遇青迟疑了一会儿，应该是在回忆梦境，而后点了点头，又摇头，说“也算不上，就是梦到了以前发生的一些事吧，比较遗憾的一些事儿。”

“人生就是这样，由无数的遗憾组成。”沈君白沉吟一会儿，斟酌着说，“但莎翁有一句话是这么说的，‘凡是过往，皆为序章’。”

过去的，即便再怎么追悔莫及，也已经过去了；而现在的，未来的，才是最应该把握的。

车厢里寂静了一瞬。陈遇青低垂着眼眸，不知道在想什么。远处隐约传来一阵闷雷，司机开着雨刷，四周时不时响起一声鸣笛。司机在这催促声中不耐烦地嘀咕：“什么鬼天气，大冬天还下这么大雨。”末了，又提高音量，朝陈遇青和沈君白道歉，“不好意思啊，两位。估计还得有一会儿才能到酒店，要不你们再将就着睡一会儿？”

被司机这么一打岔，本来稍显沉重的氛围瞬间被打破，陈遇青下意识地抬眼看了下沈君白，正好撞上他看过来的视线，于是这般四目一对，谁也没绷住，扑哧一下笑出了声。

沈君白先开口，挑了轻松的话题：“这么大的雨，孟先生的飞机也不知道能不能飞。”

“这么大雨，十有八九飞不了了吧！”他不提傅岫，陈遇青也装不知道，只顺着他的话接道，“所以干吗那么急着走啊，和我们回酒店休息一晚多好。看来小孟同志还是道行太浅，不明白钱这种俗物是挣不完的。沈老师，您说是不是？”

“是呢。”沈君白弯着眼笑，“不过你那忙着挣俗物的小孟同志，在微博送了一份大礼给你，你不看看吗？”

上一刻还嚷嚷着钱俗的陈遇青以迅雷不及掩耳之势抓起手机：“什么、什么？莫非他从微博钱包里给我转了一百万？”

工作的时候陈遇青习惯性地将手机关了机，结果忙完又忘记开了，眼下奔着孟清宵的大礼，为了加快开机速度，她一直点着屏幕。结果进入手机主界面，先蹦出来的并不是微博提示，而是两通未接来电和一条未读信息——

“我是傅岫，本来想电话里跟你说的，但是你的手机关机了。我现在要和剧组去冰岛取几个景，大概需要近一个月的时间。拍摄期间可能没办法联系你，不过我会给你寄明信片，记得收。”

“我要上飞机了。陈遇青，等我回来。”

陈遇青点屏幕的手就这么僵住。

沈君白见她许久不动，有些担心地凑过来问：“怎么了？”

陈遇青顿时扬起一个苦兮兮的笑，将手机屏幕亮出来，回道：“没事儿，就是我的手机好像卡了。”

微博提示终于姗姗来迟，只是一条来了以后，紧接着又是第二条、第三条、第……不知道有几条，直接弄废了陈遇青的手机。

陈遇青瞪着闪了半晌的屏，好半天，等拥堵的马路都畅通了，才终于看见“罪魁祸首”。

“罪魁祸首”就是孟清宵发的一条微博：“@遇见天青色小姐姐的妙手神妆，大家品品好不好看？”配图是当时孟清宵在化妆间的自拍照。

然后陈遇青的手机就被他粉丝的评论弄出故障了。

2. 新年快乐

过了圣诞节，一年进入倒数。只是越临近新年，人们好像越兴奋。坐在陈遇青旁边的胡蒙蒙就不知道受了什么刺激，天天抱着计算器，剩多少天就狂摁哪个数字，神经质地听那机械女声卡顿似的播报，听得心满意足后再按“归零”，一通操作下来，差点儿把陈遇青笑死。

胡蒙蒙说“生活需要仪式感”。

她说完这句话没两天，陈遇青就又收到了从冰岛寄过来的明信片。

对于陈遇青来说，冰岛是有那么一点儿特殊意义的。就像每个中二少年在懂得生活的残酷真相之前，都可能会因为某部电影而幻想过流浪，幻想过冒险，幻想过恣意地穿越世界，去寻找它的尽头，对于陈遇青来说，《白日梦想家》里面的取景地——冰岛，就是那么一个尽头。

那里有冰川瀑布，有火山极光，有平原公路。传闻它是通往地心的入口，穿过那里，可以满足所有被强迫着成长的少年一切天马行空的想象。

可惜直到现在，陈遇青也没有真正去过。她叹了口气，敛起所有思绪，趁胡蒙蒙把脑袋探过来之前，一下子将明信片塞进包里。

只是动作太大，反倒引得胡蒙蒙八卦之心熊熊燃烧。她挤眉弄眼：“这是谁啊，都给你寄了好几次了吧？上面写了什么？敢情国外邮费不贵？”

“一个朋友，什么都没写，就是一张明信片，你快别在这儿好奇了。”陈遇青将她的脑袋摁回去，“赶紧核算你的账目去吧，你不想今晚跨年还加班吧？”

“你可真会说话！”胡蒙蒙噘嘴，委委屈屈地缩回电脑前，只是没过一会儿，便又拽了拽陈遇青，“你跨年打算和谁一起过？”

陈遇青目不转睛地看着一沓资料，随口敷衍道：“你们啊。沈老师不是说下班了一起去吃个饭？”

胡蒙蒙瞪眼：“我现在说的是那个吗？”

“不是吗？”

“当然不是！”胡蒙蒙严肃地拍了拍桌子，“我是说，公司聚完餐以后，你难道就没什么安排？比如和这位明信片朋友一起倒计时什么的？”

恰好资料上有个地方弄不明白，陈遇青叠了叠资料，起身准备去请教沈君白，压根儿没把胡蒙蒙的话放在心上：“得了吧，我可没那闲工夫，吃完饭回家泡个热水澡，然后早点儿上床睡觉不爽吗？”

还倒计时，矫不矫情？关键是还让她跟傅岫一起倒计时，疯了吧。

胡蒙蒙还不甘心，扯着脖子对走出两步的陈遇青道：“那既然不是明信片朋友，沈老板不考虑一下？”

陈遇青忍不住叹了口气，对关于“她和沈君白之间一定有什么”这种捕风捉影的事深感无力：“要我澄清多少遍？沈老师就是我的老师、上司，你再这样，我可生气了。”

“好嘛，对不起啦，我不说就是了。”胡蒙蒙比陈遇青小两岁，大学毕业没多久，平时也就嘴碎了一点儿，人还是挺活泼可爱的，也懂得见好就收。她一道歉，陈遇青自然没了脾气，摆摆手表示这事儿翻篇。

但陈遇青没想到胡蒙蒙这张嘴就跟开过光似的。

晚上聚完餐回去，陈遇青把所有东西都收拾好了，又看了一个小时的书，看得睡意上涌，正掀过被子准备蒙头睡的时候，沈君白突然在微信上邀请她进行语音通话。当时差三四分钟就零点，陈遇青被铃声吓醒，一见是沈君白打来的，也没做他想，以为是有什么工作上的事情，便连忙接了。

她的声音还有点哑，沈君白一听，当即便不好意思道：“你睡觉了吗？我是不是吵到你了？”

陈遇青揉了揉鼻子，边从床上爬起来去找笔记本边回道：“没呢，我刚躺下，还没睡实。沈老师，您找我有什么事儿吗？您说，我这就记下来。”

沈君白沉默了一会儿，才轻笑着接道：“你不用这么慌张，我……我其实也没什么事儿，就是……”

因为睡前关了空调，眼下她找东西的时候就穿着一袭单薄的睡衣，所以冻得哆哆嗦嗦的，好不容易找到了笔记本，又顾着去找笔，沈君白说话时的吞吐和犹豫，她压根儿没注意到。沈君白听到她在抽冷气，于是将原本要说的什么话咽了回去，反过来关心道：“怎么了？员工宿舍停电了吗？”

“没有、没有。”陈遇青摆手，“就是整晚开空调，空气会特别干燥，所以我关了。”

说着话，笔终于找到了，陈遇青忙不迭地窜回被窝里，接着道："沈老师，你刚才想说什么？"

时间缓慢流逝，时间到了二十三点五十九分，马上就是新一年的零时零分。沈君白又沉默了一会儿，他刚想叫陈遇青的那一刻，陈遇青的手机却突然振动起来。

新旧年的交替之际，一个陈遇青并不陌生的"陌生号码"来电。看到那个号码的一瞬间，陈遇青就想把手机扔了，只是那手机跟黏在她手上似的，她想扔，最终还是没扔掉。

振动的嗡嗡声传到了沈君白那头，他似乎察觉到什么，又咽下原本想说的话，只试探着问道："怎么了？是谁给你打电话了？"

陈遇青一惊，像是被人戳破了什么一样，她有些慌张地回道："没、没什么，就是我朋友给我打了个电话。"

"这样啊。"沈君白声音低醇温和，像是了然，又像是什么都不知道一样，问她，"那你要接吗？"

这话多少有些咄咄逼人，陈遇青愣住了，但她不是因为这问话不符合平素以菩萨一样温和脾性著称的老师的性情，而是因为他提出来的那个问题。

她要接吗？陈遇青以为这个问题根本不用提，因为答案毋庸置疑。不管是为了宋桥，还是为了自己，或者是为了傅岫和他的千万粉丝，她都不该接这个电话。她和傅岫的关系，已经和她最初预设的相去甚远，她不能再放任自己或者傅岫，推着这段关系往更加畸形的方向发展。

毕竟她不可能给出傅岫想要的回应，所以她的态度应该再强硬一点儿，她的立场应该再坚定一点儿，她说话的语气应该再疏离一点儿，但是……

陈遇青看着那个大有她不接便能一直响下去的趋势的手机，发现自己竟然在犹豫。

没人注意的时候，时间溜得飞快，可一旦赋予时间特殊的意义，就会发现，每一秒都是那么难熬。代表新年的零点迟迟不到，沈君白到底还是发现了她的犹豫，他极低极低地笑了一声，许是被沙沙的电流杂音篡改，让他的这声笑似乎带着些苦涩。

陈遇青觉得这可能只是幻觉，因为接下来沈君白说话的语气又和往日一样和煦，他说："没什么事儿，就是想跟你说一声新年快乐。"

只是说完了，时间还停留在二十三点五十九分。

"好了，不打扰你了，你接电话吧。"这句话说完，不等陈遇青回应，沈君白便径直取消了微信语音通话。

一时间，屋子里静了下来，只剩那个陌生号码还在孜孜不倦地闪烁着，陈遇青咬了咬唇，最终还是摁了接通键，就在接通的那一刻，时间终于跳动，变成了"00：00"。

新年到了。

傅岫说："陈遇青，新年快乐。"

陈遇青突然有些不知道该怎么回，她沉默了一会儿，最后才低声说："新年快乐，傅岫。"

傅岫轻轻地"嗯"了一声，便没有再说话了，但陈遇青能感觉到他的心情应该很好，而似乎受此影响，陈遇青原本稍显低落的情绪，也隐约有了上扬的趋势。

两人都没有说话，但谁也没有挂断，就这么静默着，眼瞅着通话时间跳动着，一分钟，两分钟……好像越洋电话不要钱一样。

陈遇青想起他俩异地恋那会儿，煲电话粥煲到无话可说的时候，也会这样，不说话也非得把电话通着，然后各自去忙各自的事情，忙累了，叫上一声对方的名字，对方低低地应答一声，便像是跨越了这数千里的距离，陪在彼此身边一样。

傅岫突然打破沉默："陈遇青。"

陈遇青兀自沉浸在回忆中，不自觉地回应道："嗯？"

回应完了，她才后知后觉地反应过来，他们如今的关系并不适合发生这样的对话。

"如果没什么事儿，我就先——""挂了"两个字没说出口，傅岫又自顾自地说道，"陈遇青，昨天晚上我在冰岛看到极光了，本来想给你打电话，但是那个时候你应该还在睡觉，所以就没打。"

他的目的似乎就是倾诉，所以不用陈遇青有什么回应，他便接着往下说："你还记得当年我们一起看的《白日梦想家》吗？碌碌无为的男主人公为了寻找失踪的25号底片，跳出人生的条框，去折腾，去冒险，去实现自己的白日梦。男主人公在影片里跳过海，赤手和鲨鱼搏斗，同小孩交换了一块滑板，孤独地穿行望不到尽头的公路，幸运地躲过了一场火山喷发，后来他独自爬上了喜马拉雅山，终于和要找的人一起在那里看了雪豹。"

傅岫顿了顿，像是在对回忆抽丝剥茧："我至今也很喜欢里面的一句台词——'看见世界，面对危险，跨越藩篱，贴近彼此，这就是生活的目的'。"

印象中傅岫很少一次性说这么多话，可现在他不仅说了，连语气也是很轻很柔的那种。陈遇青觉得自己正常的反应，应该是警铃大作，可实际上她不仅没有加强戒备，反而自己努力在她与他之间筑起的那道墙，竟隐约有了松动的迹象。

陈遇青终于明白过来，不是傅岫对她余情未了，而是她对傅岫余情未了。而且这份情并不是她一直标榜的一位粉丝对大明星合情合理的喜欢与偏爱，而是那种女人想从男人那里拥有的东西。

窗外不知道是谁偷放了一发烟花，"轰"的一声在半空炸开。缤纷的火光映入陈遇青眼帘，照亮了她一直想要掩藏的东西。她呼吸滞了滞，一瞬间乱了节拍。

傅岫好似察觉到了陈遇青的变化，他的语调放得更缓，轻轻的，像是怕吓着她一样，说："还有一周的时间，陈遇青，等我回来，我有话和你说。"

陈遇青攥着电话的手紧了紧。她喉间发涩，其实并没有什么勇气开口，但最后还是强迫着自己回复他："知道了。"

夜很快深下来，只有两三颗寥寥孤星悬挂于天际，而月亮不知所终。

没开空调的屋子显得格外冷，陈遇青将头埋进绒被里，本来拉着绒被的手不知何时又开始蜷着，食指掐着拇指。

她床头放着一本书，这是她今晚的睡前读物，由米兰·昆德拉所写的《不能承受的生命之轻》。书忘了合上，停在她今天刚看到的这一页，而窗外路灯昏黄的光漏进来，正好照在其中一句话上——

"人一旦迷醉于自身的软弱之中，便会一味地软弱下去，会在众人的目光下倒在街头，倒在地上，倒在比地面更低的地方。"

3. 只要你不害怕

从孟清宵微博发自拍并带上陈遇青以后，陈遇青就突然变得炙手可热起来。微博一夜之间涨粉十数万不说，甚至有不少小成本剧组向她发出了邀约，希望能请她去担任剧组的主要化妆师。

陈遇青起先没应，觉得自己还没到那个火候，只是后来发生了傅岫跨年夜特意给她打电话让她等他一周的事儿，她的心里便一直有些乱，好几天都有些神思恍惚，有一次拉着胡蒙蒙试验新妆色的时候，甚至差点儿把眼影刷到人眼里。

她思忖了一下，觉得自己不能再这么自乱阵脚下去，便又考虑起了那些邀请。在还没有出师的情况下，私自接活不管在哪一行都是大忌。陈遇青也不想因为这一点而跟沈君白生分，所以并没有自己做决定，而是去跟沈君白商量了一下，把小剧组发来的那些邀请信都给他一一看了。

依照沈君白的脾性，他自然是支持的。

只是跨年夜之后，陈遇青和沈君白的相处氛围便有些怪。具体哪里怪，她说不出来，但就是和以前他们两人的相处模式不一样了。

比方说现在，陈遇青将手机递过去给他看邀请信的时候，手指不小心碰了一下他的手，便见他像是被滚水烫到了一样，手一下子便缩了回去，弄得陈遇青杵在那儿，一时间有些不知所措。

沈君白倒也很快意识到自己的反应太过，当即便有些懊恼地冲陈遇青道歉："不好意思，我不是有意的。"

陈遇青收回手背在身后，还朝后小退了一步，尴尬地赔着笑："没事儿，是我的问题。对不起，沈老师，我以后会多多注意的。"

"我不是那个意思，我就是……"瞧见陈遇青小心翼翼的动作，沈君白一贯轻微上扬的嘴角弧度平直下来，声音也紧绷起来，"总之，是我不对，是我反应过激了，你不用注意什么，可以吗？"

陈遇青愣了愣。瞧，这句话也怪。他是前辈、老师、上级，就算他性格温和，也不用对她这般赔着小心说话啊。搞得好像……好像她以前在化妆学校里见到过的，那些费尽心思追求女学员时，处处赔着小心的男孩子一样。

打住！这个念头一浮起来，陈遇青便在心里狠狠制止。她是什么身份？沈君白又是什么身份？说沈君白喜欢她，这跟痴人说梦有什么区别？陈遇青背在身后的手偷偷掐了自己一把，提醒自己不要多想，然后做出一副毫不在意的模样笑了笑："沈老师说什么可不可以啊，我是您的徒弟，您这么尽心尽力地教我，自然是您说什么我就听什么，我要是做得不对，您骂我也成啊，千万别跟我客气，打是亲，骂是爱嘛。"

这么一番插科打诨，原本有些僵硬的氛围这才缓和下来，沈君白嘴角的弧度终于再度扬起，他摇了摇头，一副拿陈遇青没什么办法的模样，叹了一声，笑道：“骂你，我可……”

他没有继续说下去，而是话锋一转，说起了关于这次陈遇青独自出去工作的事情。

沈君白也是一路摸爬滚打过来的，大小剧组都待过不少，许多导演、制片是个什么脾性，会不会干预化妆师的工作，他一清二楚。所以排除那些刚入行的不知名导演，剩下的邀约，他帮忙筛选了一遍，便基本敲定了陈遇青接下来要去的地方。

那是一个小成本古装奇幻电影剧组，拍摄周期不长，也就三十天，不过工作量应该不小，毕竟是古装奇幻电影，可能会涉及大量特效妆。

其实敲定这个剧组之前，沈君白还挑出了另外一个现代爱情喜剧剧组，这个剧组拍摄周期要稍微长一些，可能过完年就得马不停蹄地回去继续拍摄，但现代的妆发都好操作，工作量相对要小。不过当时陈遇青想也没想，直接把这个剧组排除了。

当时沈君白还诧异地看了她一眼，说：“我还以为你会选它。”

陈遇青不解：“为什么？”

沈君白沉吟道：“按你的性格来看，我以为你是会偏向比较稳妥的选择的。你喜欢做在你能力范围之内的事情，或许这样会让你心安一些，因为你知道以自己的能力可以把它做好。”

“沈老师，我都不知道您这到底是夸我还是批评我。”陈遇青笑道，咬着笔头思索了一会儿，继续说道，“该怎么说呢？我可能骨子里就是个……是个欺小怕大的人吧。比如在《SHOW》这种大杂志社面前，我就不敢放肆，因为外界那么多双眼睛盯着呢，所以即便你说我可以做，我也觉得自己力有不逮。但是对待这种从演员到导演都籍籍无名的小剧组，我反而觉得我可以做得更好，因为我和他们都是一样的，我们都是彼此能力范围之内可以选择到的上限，我甚至可以尝试突破一下这个上限。”说着，陈遇青有些不好意思地挠了挠头，“我很势利吧？”

沈君白并没有立即回答陈遇青，先是定定地看了她一会儿，而后摆在桌面上的手掌张合几下，似乎在犹豫。半晌，他才抬手摸了摸陈遇青的脑袋，以足够的耐心道：“你这并不是势利，你就是不敢背负过多的期待。但你不妨尝试着相信一下自己，你走到现在，其实早就值得更好的了。”顿了顿，沈君白突然眨了眨眼，玩笑道，“毕竟，你可是我教出来的，有我当你的靠山，你还怕什么呢？你说是吧？”

陈遇青“扑哧”一声，终于真心地笑了出来，一扫连日的阴霾。她笑道：“沈老师，好难得见您自夸啊。”

所以，什么气氛怪不怪异的，都是她想多了吧？跨年夜的祝福，不仅她有，胡蒙蒙也有的，飞白工作室的上上下下据说都收到了，因此那并不能代表什么，想来十有八九是她自己的脑子被傅岫那番话搅秀逗了，才这么疑神疑鬼的。

陈遇青想，好不容易才遇着这么一个打着灯笼都难找的好老师，可千万不能因为自己一时想岔，就生生把关系推远了，到时候哭都来不及。

于是，打点好一切的陈遇青，就这么在傅岫回来的前一天，包袱一卷，跑剧组去了。

一进组，陈遇青就带头关了机，所以她并不知道傅岫回来以后联没联系过她。事实上她也没功夫管傅岫了，因为《捕蛇者传奇》这部新剧剧组的工作量，远比她想象中的要大。就一个主角变身成青蛇的画面，就需要她化个蛇鳞特效妆，而这特效妆，一化就得化个半天。更别提里头不只主角会变蛇，还有杂七杂八的配角和群演……剧组倒是给她配备了一个助理，但这助理年纪比她稍微大一些，连脾气也比她大。

记得有一次，要拍一场化了特效妆的主要演员们人身下水后蛇身出水的戏份，事先陈遇青就叮嘱过这助理，让她记得做妆面防水处理，结果出水后，陈遇青负责的那几个演员没事儿，只有因为陈遇青忙不过来，推给她负责的那个演员花了妆。

那个演员站位是离镜头比较近的，所以一出水，那像调色盘一样花的脸直接露了馅，气得导演当即就开骂了，指着那个助理的鼻子，让她不会就赶紧滚蛋。

陈遇青当时想，就这么一个助理，虽然又懒又不不好学，但还是能指望她给群演们化几个简单妆容的，真要赶走了，这临近年关，上哪儿再招一个去？到时候她真得累死，于是忙出面打圆场。

因为有孟清宵和沈君白这两层关系，导演对她还是比较客气的，她出面给这助理背了两句书，碍于她的面子，导演就打算这么把这件事掀了。哪想导演停歇了，那助理反而不乐意了，她一听陈遇青说“是我不对，给那个演员化妆本该是我的工作”这种客套话，当即便噘着嘴，一脸委屈却又颇为硬气地说道：“本来就是，谁让你硬推给我的？”

那一瞬间，陈遇青险些当场喷出一口血来。她本来也玲珑，为人处世学得极好，出社会这么久了，几乎没和谁交过恶，但总有些朽木雕不得。打那之后，陈遇青就不敢再给她安排那些重要的工作了，再多再杂也是撸袖子自己上。好几次累得一沾床就睡，别说惦记着傅岫有没有联系她，连之前约好跟沈君白一天汇报一次工作的事都忘了。

还是沈君白好几天没收到她的消息，主动打来电话过问，才知道出了这么一件事儿。不过陈遇青也没细说，就略提了提，哪想通完电话的第二天，她这老师就过来了。

看到几乎从不来现场的制片，大清早一脸谄媚地把人迎进来，正在工作的陈遇青是惊愕的，她瞪大眼：“沈老师，你——”

沈君白弯唇笑得和暖，和化妆室里的其他人打过招呼后，负手在妆镜前站定。他先看了看陈遇青手里正在化妆的演员，又把视线挪到陈遇青脸上，朝她眨眼，以玩笑的语气道：“我视察工作来了，你怕不怕？”

陈遇青无奈地看了他一眼，叹了一口气，道：“沈老师，您可快别跟我开玩笑了，我这都要忙死了。”

“今天要干什么？”

“今天有一个打斗戏，需要化一些伤痕妆。”陈遇青头也不抬，专注着手里的活，一会儿后，发现缺把刷子，嘀咕一声后，惯常准备自个儿去找，不想正直起身，在一边给演员粘头套的助理竟双手捧着刷子送过来了。

陈遇青那叫一个受宠若惊，以为这助理今天突然开了窍，结果瞧着她频频往沈君白身上瞟的那个眼神，便知道这厮确实是“开了窍”，眼光放得那叫一个高远，谁有价值，她该不该贴上去，心里门儿清。

这直勾勾的眼神儿，巧笑嫣然的模样，几乎化妆室里所有的人都看出来了，偏就另一个当事人——沈君白，像是毫无察觉，在陈遇青桌上挑了几把刷子，笑得温柔：“我帮你。”

陈遇青忙阻止道：“别别别，这哪合适啊？您去歇着吧，别把手弄脏了。”

“有什么不合适的？”沈君白不听，伸手招呼了一个贴好头套在一旁等着上妆的演员过来，从陈遇青那里分了一半妆镜，不疾不徐道，“这个行业本就不是什么光鲜亮丽的行业，要是怕脏怕累，或者抱着什么不切实际的小心思，那还是趁早别干这行了。万一到时候以一己之力带臭了整个行业的名声，就不好了。”

陈遇青噤声。平时她要是犯了错，充其量沈君白也就是叹口气，再和和气气地给她指出来改正。这是第一次，陈遇青见他这么严厉，这么不讲情面。

虽然这话他是对着陈遇青讲的，但到底指向谁，不言而喻。所以那个助理的脸当场就红了，捏着酒精胶的手抖啊抖，最后一咬唇，含着两泡泪就跑出化妆室了。

陈遇青没拦她，扶起被这助理一跑而带倒的瓶瓶罐罐，很是惋惜地嘀咕：“倒是把那瓶酒精胶放好再跑啊，本来就不多了。”

沈君白听见了，脸色终于缓和下来，在陈遇青身侧轻轻笑了笑：“给你带了，放心，管够。”

陈遇青扫粉的动作顿了一瞬，而后迅速恢复，以闲谈一般的语气问：“沈老师，您来这里是有什么事儿要办吗？”

助理走以后，本来她在用的化妆台便空了下来，按理沈君白可以挪过去了，但他还是和陈遇青挤着，共用这一块一米宽不到的镜子。

“嗯，有那么点儿事。”他垂眼，给负责的演员打着底妆，“你们剧组的制片问我手里还有没有人，说你现在的助理不太行，看我能不能派一个过来给你打下手。”

沈君白工作室说是个公司，但实际全公司上上下下也就十来个人，而且正儿八经会化妆的，也就陈遇青和他自己，当初他会带陈遇青，不过是正好碰上他上一任助理离职了，所以陈遇青这才捡了个漏。而除他们以外，剩下的人都是负责诸如财务、产品测评、公关一类活计的。但好歹是个化妆工作室嘛，就算再不会，耳濡目染，其他人也是有那么些基础的。

“所以……”陈遇青思索了一会儿，把全公司的人都过了个遍，连保洁阿姨都考虑进去了，也没得出结果，“沈老师您把谁带来了？”

沈君白看了她一眼：“谁？不是在这儿？”

“等、等一下！”陈遇青有些结巴，“您指的是？”

沈君白嘴角往上翘了翘，有些坏的模样，粉刷柄朝着自己的方向一指，笑道：“我啊，我给你打下手来了，陈老师。”

陈遇青差点儿被他这一声“陈老师”吓得跪地上：“沈老师，您、您可别折我寿了！”

沈君白见陈遇青是真的在慌，这才正色起来，轻咳一声道：“这不是快过年吗？最近也没接什么单子，正好那位制片朋友找我帮忙，我想闲着也是闲着，反正也没剩几天了，就过来看看。”

陈遇青不着痕迹地舒了口气，心想不是特意为她过来的就好，反正她也不在乎什么主不主化妆师的。

只是陈遇青没想到的是，这剧组为了制造噱头，竟然在微博上放出了一张她和沈君白站在一起低头说话的照片。

本来这也没什么，但那张照片的角度很是刁钻，瞧上去，她和沈君白简直就像是紧紧贴在一起。而且更要命的是，陈遇青一直不知道这件事儿，直到戏份杀青，全剧组一起吃过杀青宴，沈君白送她到员工宿舍的楼下，她才在傅岫的手里，瞧见了这张暧昧至极的照片。

是的，傅岫。

当时陈遇青刚从沈君白的车上下来，道完别还目送沈君白走远，哪想一转头，原本空旷无人的小区楼下，不知何时多出了一道颀长的人影。

陈遇青心一跳，几乎是一瞬间便认出了那人是谁。她有种落荒而逃的冲动，但傅岫显然早就见着她了。

有零星几只未冻毙在凛冬里的小飞蛾，正绕着路灯一圈一圈地打转，仿佛不知疲倦，一副至死方休的做派。他就倚着楼下路灯的灯柱，穿着一件略显单薄的黑色普拉达羽绒夹克，围巾还被他摘下搭在肘窝处。

他的一只手垂着，夹着一支烟，举起的手里似乎捏着一张照片。橘黄的灯光倾泻而下，披在他有些削薄的肩膀上，烟火明灭，烟雾袅袅而上，将他的面容遮住，这让他瞧上去显得模糊又遥远，触不可及。

陈遇青定了定神，吸了口气往那个方向走。毕竟迟早得给他一个交代，不是吗？为什么她没有按照约定等他回来，为什么事情发展到那一步，她还是选择当了逃兵，陈遇青都得给他一个解释。

等陈遇青走近了，傅岫也没有开口说话。他就在昏暗不清的路灯下，久久地看着手里的那张照片，他也不抽烟，直到一支烟即将燃尽，才在冷风中把手中的照片递到陈遇青面前，轻声道：“这是沈君白吗？”

陈遇青张了张嘴，想解释，可傅岫压根儿不等她开口，又自顾自地接道：“刚刚是他送你回来的吧。”

照片被他收回去，紧紧攥在手里，变成皱皱的一团。他问道：“你们在车上说了什么？”

问完这句，傅岫轻轻“呵”了一声，接着道：“不，不该问你们说了什么，应该是你们在车上做了什么。足有五分钟吧，真那么难舍难分？”

事实上，沈君白就和陈遇青说了一下导演对陈遇青的夸奖，以及工作室的年假安排。但傅岫显然不打算让陈遇青开口说话，他接着扔掉手里被揉成一团的照片，一步一步朝着陈遇青逼近。

这个过程中，他的嘴角始终噙着笑，只是眼神中却没有任何温度，看起来比平时冷着脸的时候还要可怕。

“陈遇青，你是不是觉得我挺可笑的？”他又朝陈遇青逼近了一步，陈遇青被他这气势压迫得想退，可傅岫根本不给她这个机会，一把拽住她的手腕，力道大得似乎想将她的手就这么折了，“你是不是看到我控制不住自己的情绪，为了你反反复复，时而高兴得像个傻子，时而生气得像个疯子，你很有成就感？”

陈遇青咬了咬唇，忍住痛，轻轻地说：“傅岫，我没有……”

“你没有？”傅岫冷笑了一声，“你没有什么？”

“你是没有毫无缘由地单方面跟我分手呢，还是没有一声不吭地做出一副心无芥蒂的样子出现在我面前？”他这样问着，手上的力道又加了几分，看到陈遇青痛得皱眉，傅岫自己却先红了眼眶，接下来的话他几乎是吼出来的，“还是只要我不说，你就能心安理得地对那个吻一字不提，假装它从来没有发生过？或者是你没有给我希望，让我真的以为你会等我，结果我盼星星盼月亮终于回国之后，却死活也找不到你？”

吼完了，他似脱力一般，静静地看着她，声音里都是疲惫：“所以陈遇青，你说，你没有什么？”

一月末，小区里的迎春早早地缀了花苞，柔嫩的枝条越过低矮的篱墙，翻到路边来。但天气并没有暖和起来，反而仍带着凛冽寒意，风一过，吹得连路灯的光似乎都摇晃起来。

小区里别的租户被他们弄出来的动静打扰到，顶着寒风从窗缝里探了个脑袋出来，借着夜色的遮掩破口大骂：“夫妻吵架回家吵去，离婚也没人管你们，合着大晚上就你们不睡觉啊，什么素质！”

这嗓门比傅岫更大，陈遇青一哆嗦，本来到口的那句“对不起”直接被吓回去了。她自知理亏，也不打算和那人分辩，可傅岫那模样不像是要善罢甘休的，他寒着一双眼，冲着声音传来的方向，跟煞星似的怒吼：“我就这素质，你有种出来当面说！别给我藏着躲着！”

那人估计被傅岫煞到了，一时间竟没再回嘴了。这下换傅岫不罢休了，他冷笑连连，没有围巾遮挡的脖颈上青筋凸起：“怎么，怕了？还是要我亲自找上门？”

陈遇青怕他真做出什么出格的事儿来，当即顾不得什么了，就着他抓着她手腕的手一个反扣，急急地将他往楼道里拉。

傅岫起初并没有顺着她，甚至一度想甩开陈遇青的手，只是陈遇青使出了吃奶的劲儿死拉活拽，这才将他拉了进来。

这是一栋青年步梯公寓，租客多是附近各大公司的上班族，白天在公司被奴役得像一条狗，晚上便总会早早地上床，睡不睡不一定，但躺下了一般不会再起来，所以平时走廊上基本没人，再加上最近临近年关，不少人回家过年了，便更没有人了。

陈遇青拉傅岫进来以后，还特别谨慎地避开监控，把他拉到一间保洁阿姨堆放清扫用具的杂物间才停下来。

“傅岫，”陈遇青顺了口气，怕又被他像刚才那样堵得说不出话来，便低着头抢先道，“是我不对，我不该骗你。我只是……我当时真的不知道该怎么面对你。”

因为他的那句话太过直接，让许多她一直在逃避的东西变得呼之欲出。而到目前为止，陈遇青她还没有足够的勇气去揭开它们。尽管她自己的心早就摇摇欲坠。

她就像一只蜗牛，软弱是从骨子里透出来的，别人只伸了个手，还没有触碰到她，她便已经害怕得慌慌忙忙要缩回壳里。

傅岫显然不允许她再继续往壳里缩，他伸手攫住她的下颌，强迫她仰起头看他，满眼阴鸷地回道：“不知道怎么面对我，难道就知道怎么面对沈君白？”

“我跟沈老师什么也没有，那张照片是别人故意这么拍的，我当时也不知情。”陈遇青有些羞恼，想扭头挣脱他的禁锢。可傅岫并不让，不但如此，他还往前一倾，将两人的距离拉得极近，呼吸声都交融到了一起。

他压低声音，以气声问道：“这话是你自己说的，陈遇青。”

陈遇青被他的态度弄得有些发怵，她去掰他掐着她下巴的手，可根本掰不动，不得已，只得气道：“是我说的，行了吗？”

“行了。”

以前陈遇青一直不太懂什么是情绪“多云转晴”，直到这一刻她看到傅岫阴沉之后骤然亮起的眼眸，像是在黑暗中的一点点火光，渐成燎原之势。

这回傅岫吻下来的时候，陈遇青是可以挣开的。但这次傅岫并不像上回那样悱恻缠绵，他只是蜻蜓点水般在陈遇青嘴唇上触了一下，便极快地松开了她，而后直起身，将臂弯中的围巾仔仔细细地裹在了她身上，一字一句道：“我们和好吧，陈遇青。”

陈遇青眼睫颤了颤。

“春节我会回家。”傅岫不像方才那样步步紧逼，他替她轻轻拂开垂落的发丝，动作自然又亲昵，声音也终于染上了几分年少时的温度，“春节之前我不会再来打扰你，你可以趁着这段时间好好考虑。但是陈遇青，你得知道，我赌上我的一切回头找你，所以，希望你的答案不要让我失望。”

你要知道，只要你不害怕，那就没什么能够阻挡我们。

第七章
纸团里的答案

1. 你还喜欢他吧

陈遇青的年假是年前一周开始的，但她一般是在除夕前一天才回家，眼下空了这么多时日出来，她一时间竟不知道该怎么打发，后来索性揣着《捕蛇者传奇》刚打到账户上的工资，准备去C市投奔卿池。

卿池也不知道在忙什么，许久没有跟陈遇青联系了。倒是陈遇青，就算进新剧组，还不忘给她发消息，结果这家伙压根儿不回她。陈遇青以为她出了什么事儿，提心吊胆地“杀”到她家一看，哪想这人正跟一网友聊得热火朝天，不亦乐乎呢。

不过卿池对陈遇青的形容做出了纠正：“什么叫热火朝天？什么叫不亦乐乎？你看你这话说得……我可是要追究你责任的啊！我那明明是在跟他对骂好吗？”

“得了吧。”陈遇青吐出一口葡萄籽，还不忘记瞪她一眼，“你当我傻呢？ 你一有空就抱着手机傻笑，消息一来就精神振奋，你管这叫对骂？”

卿池噎了噎，一时找不出话来反驳，但还是习惯性地犟嘴道：“本来就是嘛！我跟他就是因为互骂认识的，谁让他非说我嗑的糖是假的？后来我们虽然加了微信，但那也只是为了方便即时吵架……”

事情得从一个月前说起。

当时《少年游》刚放出那版超长预告片，热度一时居高不下。卿池爱凑热闹，自然第一时间去看了，哪想就此便被预告片里英姿飒爽的傅岫和孟清宵戳中了少女心，并且一发不可收拾。

不过卿池的个性一贯是有些离经叛道的。旁人追星，充其量就是追一下单人演唱会什么的，偏她喜欢追双人行程，爱看这两大男人同框，特别喜欢他们之间的兄弟情。

后来她自然是因为这番行为太出格，得罪了不少粉丝。其中有一个叫“子皿觉”，更是直接在微博私信里，半点儿情面不留地将她骂了。

论骂人，卿池长这么大还真没怕过谁，当即毫不客气地骂回去了，于是这么一来二去，卿池就和这位名为“子皿觉”的男性网友杠上了

“当然，我其实就是自娱自乐一下。这事儿纯粹是那个子皿觉管得太宽。”卿池边嘟嘟囔囔着，边拿小眼神儿瞅陈遇青，稍微有些心虚。

陈遇青听完哭笑不得：“快省省吧你，是谁托我要他俩的真人签名的？又是谁看见一条他俩共乘一车的新闻就来找我哇哇乱叫的？”

“那、那是因为……你不是认识他俩吗？”卿池支支吾吾地替自己辩解，“所以我想，从你那儿能不能搞到什么一手资料。”

“别打我的主意啊，那俩我可惹不起。”陈遇青吃完葡萄，又去茶几上抓了一把瓜子，只是一粒瓜子捏在手里，迟迟没入口。她看着狼藉一片的瓜子壳，觉得自己的生活也跟着狼藉起来。

她想了想，叹道：“卿池，你说，如果分开很多年的前男友找你复合，你该怎么办？”

卿池本来在回复那“子皿觉”的消息，一听陈遇青这么唉声叹气地一说，立即瞪大了眼说：“你竟然有前男友？”

陈遇青顿时愤然，不再伤春悲秋，没好气地说：“怎么，你是觉得我不配有男朋友吗？”

“瞧你，我这开玩笑呢。”卿池见陈遇青的确一副愁眉苦脸的模样，这才终于放下了手机，手往她肩上一揽，“都分了干吗要和好？分手肯定是因为你俩不合适啊。”

“倒也是。”陈遇青点点头，觉得这话有那么点儿道理。

不过卿池又接着道：“但也不一定啊，你刚说分开多年了，万一这么些年过去了，你俩突然又合适了呢？”

陈遇青瞥了她一眼，无语。

“哎呀，你别这么看我嘛。”卿池肩膀顶了顶她，“你总得给我仔细说说你俩当初是为什么分手啊，这样我才好给你分析不是？”

陈遇青想了想，原本稍稍恢复的情绪又低落下来。摊在掌心的几粒黑白分明的瓜子被她拨来拨去，好半晌，她才耸耸肩，以一种轻快的语气对卿池道：“应该是他太帅了太优秀了，我自觉配不上他，所以好心放了他一条生路。”

“合着还是你提的分手？”卿池惊讶，又颇为好奇，“到底是有多帅多优秀？你打个比方。”

“你这到底是想八卦还是想替我开解？”陈遇青嘟囔，低下头，又捏着瓜子一粒一粒地往碟子里扔，“嗯……不夸张地说，他就跟傅岫差不多吧。”

“真的假的？”卿池当场就喷了，她一把抓住陈遇青的手，嘴里含着枚没来得及咽下去的龙眼，含混不清道，“那你还分，姐妹侬脑子瓦特了吧（上海话）！”

“有你这么骂姐妹的吗？”陈遇青也悲愤了，“是你说要给我分析，我才跟你说的！”

“别生气，别生气。”卿池连忙抹干净嘴，安抚道，“我这不是感叹一下人生无常、命途多舛吗？像我这种优秀单身女青年，也着实想拥有你这种甜蜜的烦恼啊！”

陈遇青没好气地说：“你就站着说话不腰疼吧，真轮到你了，你就知道这东西只有烦恼没有甜蜜。”

“好吧。”卿池这才正色起来，把腿往沙发上一盘，坐正身子，问，“这事儿解决其实也挺简单的，你就问问你自己，你还喜欢他吗？”

陈遇青被她正中靶心的问题弄得扔瓜子壳的手一顿，就这么僵在半空。

卿池瞧见她的动作，了然道：“你还喜欢他吧。”

陈遇青又叹了一口气，声音放得很低，整个人卑微得仿佛掉进尘埃里：“毕竟是那么好的人啊，怎么可能轻易不喜欢？”

“你有哪里不好吗？”卿池最听不得陈遇青说这些话，她瞪着眼，去掐陈遇青的脸蛋，气道，“拜托，你能不能答应我，每天多照照镜子，看看自己有多漂亮、多聪明、多能干？”

陈遇青被她这番说辞给逗笑，撒娇似的在她身上轻轻拍了一下，嗔道：“麻烦你抛开对待好朋友的双重标准，客观、准确地评价我好吗？”

“我挺客观了，真的，我发誓。”卿池竖起三根指头，“就算不是你的朋友，我也觉得你很优秀，不然你以为当初我为什么会主动来找你搭话。”

“难道不是因为我看起来好骗？”

当年陈遇青独自来C市打拼，穷困潦倒得不行，随便进了一家婚纱摄影公司，因为她当时其实并没打算在C市多待，所以只打算待一阵子，想先攒些钱，再往远的地方走。只是她刚进那个婚纱摄影公司没几天，在接待一对想拍摄婚纱照的新婚夫妻的时候，就这么被夫妇俩的朋友——卿池给缠上了。

用“缠”这个字是一点儿也不夸张。当时陈遇青的同事，都以为卿池正在苦苦追求陈遇青。但按卿池后来的话说，其实那个时候就是见陈遇青技术好,两人年纪又相仿,所以想拉她入伙，一起搞那间摄影工作室。

不过这番话，陈遇青这么多年也没有信过。

现在卿池为了给她信心，又旧事重提，顺着回忆认认真真道："当年我第一眼见到你，就觉得你认真努力聪明能干还勤奋好学，觉得你的未来绝不仅限于那个小小的婚摄公司。当然，我那个时候也挺不知天高地厚的，因为我当时认为我就是你的伯乐。"

想到过去，卿池忍不住笑，继续比画道："我一直觉得我俩联手，一定能够一飞冲天，一鸣惊人，一夜成名，一下子就在C市大大小小的摄影工作室里站稳脚跟。当然，可能我当初对自己认知不到位，盲目自信，但很大一部分原因，是我足够相信你，也足够认可你。"

陈遇青含着笑听卿池说这些话，只是笑着笑着，眼泪突然就落下来了。

"哎呀，你别哭啊。我难得说这么煽情的话，你一哭，弄得我还怪不好意思的。"卿池改掐为抱，两人黏黏糊糊地搂在一起，"真的，小青儿，你不要自卑。我觉得你很好，特别好，和谁都相配。"

她这么一说，陈遇青的眼泪就更如开闸之水一样停不下来了。她将脸埋进卿池横抱过来的那细瘦的胳膊里，小声地说："谢谢你，卿池，谢谢你。"

只有陈遇青自己知道，卿池的这些话对她来说有多么重要。就像是在沙漠中渴了很久的人，收获了别人赠予的一杯她本不抱有任何期望的水。也许这杯水并不能够支撑她走出那片沙漠，但对于目前的她来说，正好能让她有勇气继续走下去。

和卿池厮混了两天后，陈遇青收到了路老六十大寿的请帖。

路老算是陈遇青正儿八经的恩师，当年陈遇青在化妆学校的时候，他作为临聘的特级讲师，陈遇青可没少叨扰他。后来又过了几年，他病退，早就和带陈遇青的主化妆师闹掰了，再没有回过化妆学校，也没有利用过那里资源的陈遇青还特意提了两水果篮去探望。

当然，那时候她也没有想过要重新拾起这条关系线，只是出于对出现在自己生命中并馈赠过她的人怀抱着一颗感恩的心而已。但人生的际遇也不好说，往往是无心插柳柳成荫。

陈遇青探望路老没几天后，便发生了卿池摔断腿那事儿。出于对好朋友的无奈和心疼，当时陈遇青在自己的朋友圈里发了一句吐槽的话，大意就是合伙人断腿了，另一个合伙人马上就要喝西北风了。本来只是苦中作乐，哪想过了两天，路老便联系了她，把她就这么介绍给了沈君白。

受了这么大的情，陈遇青虽然也会在节庆的时候往路老家里寄些礼品，但她还是想着得当面道谢才像样，只不过由于行程和工作时间的问题，一直没找着机会。

不过眼下路老寿诞，她又正逢假期，刚好可以去一趟。

于是在大年三十的前两天，陈遇青备好礼，收拾好行李去了一趟江南。

路老年轻的时候也算是化妆界叱咤风云的人物，国内老电视剧里的经典形象，有不少出自他的手笔，甚至其中一些人物形象放到如今来看，也不失时髦。这样一位德高望重的老前辈，他的寿诞排场自然是很大的，不仅有许多现在已经退出荧幕，但多年前盛极一时的明星来赴宴，连不少荧幕新秀都一一出席。

故而遇到沈君白，陈遇青并不惊讶，但她就是在见到他的一瞬间，从心底升起一股别扭的感觉。

沈君白未察觉她的心思，一如平常地同她打招呼，温和道："早知道你也要来，我便等你一起了。"

陈遇青侧身从香槟塔上拿了一杯香槟，借此掩饰自己片刻的不自然，接着才笑道："是啊，早知道沈老师也要来，就跟着您一起，让您给我报销机票。"

"可以啊。"沈君白也学着她端了一杯香槟在手里，冲她眨眼，"你要是能糊弄过胡蒙蒙，我就给你报。"

不知从何时起，沈君白同她说话，玩笑的次数越来越多，他自己笑的次数也越来越多。当然，并不是说陈遇青不喜欢这样，毕竟上司温和风趣，是一件下属都梦寐以求的事情，但对于沈君白来讲，区别就在于，他好像只对陈遇青这样。

自上次被傅岫堵了之后，陈遇青除了为自己和傅岫之间的事情焦心，也顺带理了一下自己和沈君白的关系。在傅岫说那通话之前，陈遇青其实一直都缩着脑袋，把沈君白做出的所有不符合他脾性的行为定义成老师对学生，上司对下属的指点关心。但当陈遇青把脑袋伸出来，仔细地捋一捋以后，其实不难发现，在身为一个老师和上司的前提下，沈君白对她的关注，好像确实有些越界。

但超过的那一部分，又在可控范围之内，这让陈遇青并不能给他"定罪"，只能极力抹平心底腾升的别扭，装作什么也不知道，像往常一样与他相处。

她笑着耸了耸肩，语气俏皮："那还是算了。不是我糊弄不了她，主要是我不能欺负这么一个小姑娘啊，您说是吧，沈老师。"

"你不也只是个小姑娘吗？"高脚杯在沈君白手里晃荡着，香槟在剔透的杯子里翻涌，他看向陈遇青的目光被折射，变得异常温柔。

这让陈遇青的心"突"地跳了一下，她当下也不敢接话，只能假装俯身去取白色桌布上摆好的糕点，顺势起了别的话头："沈老师假期准备怎么过？"

沈君白似乎并不介意陈遇青的行为，她问，他便顺着她的话接道："应该是陪家人出国玩儿一下吧，你呢，要去哪里旅游吗？"

“我？我就在家里待着啊，毕竟我等升斗小民，实在担负不起春节期间价格高到飞起的机票，还是多为节能减排这事儿做做贡献吧。保护环境，人人有责！”

沈君白忍俊不禁，下意识地抬起了手，看模样似乎是想摸一摸陈遇青的脑袋，只是看着陈遇青瞬间戒备的神色，又改了方向，从桌上拿过一张纸巾递过去，含笑道：“擦一擦吧，嘴角沾上奶油了。”

陈遇青愣了一瞬，回神后慌忙将纸巾接过来，知道自己反应过大了，心里到底有些不安，只是不知道该继续说什么，只得干巴巴地道谢：“谢谢您啊，沈老师。”

“不客气。”沈君白将手插进裤兜里，只单手端着杯子，低垂着目光在原地站了一会儿，也不知道在想什么。

等陈遇青尴尬得想找个地缝钻的时候，他才又开口道：“感觉你今天心情很好。”

陈遇青打哈哈：“给路老祝寿嘛，沾了沾他的喜气。”

“是这样吗？”沈君白垂眸接道，“但我感觉你好像是终于想通了一些事情，是那种放下了某些压力的开心。”

陈遇青沉默了一会儿。不得不说沈君白的洞察力火候十足，因为她确实想通了某些事儿。

“可以和我说说吗？”沈君白笑了笑，和煦，温柔，得体，和陈遇青初见他时一样，像杯暖人肺腑的温白开，不带任何侵略性，“我无意窥探什么，我只是想，如果是什么我可以做到的事情，我也可以试着做一下。因为感觉你跟在我身边，总是没有这么开心。”

总是虚伪地、做作地、迫不得已地假装开心着，一颗真心藏在谁也看不着的黑暗角落，而他希望能将那颗真心找出来，带到明晃晃的太阳底下。

只是沈君白这番近乎剖白的话，让陈遇青心里瞬间难受起来。

并不是她觉得沈君白有什么不好，正相反，沈君白对于她来说实在是太好了，如果说路老是陈遇青的恩师，那他就可以算是她命里的贵人，正是因为有他的悉心教导，她才有足够实力走到现在这一步。她感激他，敬佩他，仰慕他，就像傅岫对她来说是月亮，一直高悬着散发着明亮的光吸引她，那沈君白就是永远方向明确的北斗星，有自己的目标，也一直在给她指引方向。

可一旦月亮出来了，她眼里就只有月亮。

可陈遇青并不想失去这颗星星。从前她看小说，总是为书里女主角对待除了男主角以外的男人时，态度含糊不清而生气，但等事情发生在她身上，她才明白，如果仅仅因为做不成恋人，而失去一些人生中很重要的人，那将会是一件多么遗憾的事儿。

于是陈遇青故技重施，又想转移话题，将事情糊弄过去。

只是这回沈君白却不肯顺着她的话说了，他抬手将酒杯送至嘴边，微微抿了一口，像是被香槟涩到了，哑着嗓子道："诗人木心曾经说过一句话，'你问人问题，她若答非所问，便已是答了，无须再问。'"

说完，他举起高脚杯，在半空中冲着陈遇青的方向轻点一下，做出碰杯的姿态，带着得体的微笑轻声说："遇青，提前祝你新年快乐，万事顺意。"

2. 那片沙漠

打从跟傅岫分手后的那一年起，陈遇青便一直在除夕前一晚回家，等除夕一过就走人。其实要不是为了见陈策，陪他过年，陈遇青连除夕也不想回那个家。

因为自始至终她骨子里所有的自卑、胆怯、懦弱，都来源于她那强势偏心的母亲以及毫无存在感的父亲，所以尽管她都已经到家门口了，却仍旧不想进去。其实这一回她已经没有那么抗拒了，不过前几年，尤其是刚跟傅岫分手的那一年，陈遇青甚至达到了一想到家就会呕吐的地步。

现在那些原本被她捂得严严实实的回忆，突然裂开一道罅隙，似有一阵风从那道罅隙吹进去，然后回忆便这么被吹得飘浮起来。

分手的那五年里，陈遇青和傅岫没有见过面。不过也不是谁刻意躲着，就是时间上不凑巧，让两人都错开了。

分手第一年的除夕，陈遇青回了家，而傅岫与家人一同去了国外度假。到了第二年，则是傅岫回了家，陈遇青却因为剧组的事情，忙得不可开交，无暇抽身。

第三年的时候，傅岫休学进入娱乐圈，决定通过选秀出道，所以除夕他是在练习室度过的。而那时陈遇青在连轴的高压工作下，因为长期饮食不规律，患了急性胃炎被送进了医院，最后躺在白色的病床上，和同一病房的病友们一起看完了春晚。

至于第四年、第五年，傅岫开始在娱乐圈崭露头角，成为炙手可热的明日之星，而陈遇青依然默默无闻地做着她的化妆工作，只是不一样的是，那两年里，她终于可以光明正大地看他，可以大声地说喜欢他，可以看着他流眼泪……

而今年是傅岫出道的第四个年头，是他们分开的第六个年头，也是各大卫视不再选择转播央视春晚的第一年。陈遇青从微博里被爆出来的他的行程表里，得知今年他受邀参加了G市本台的春晚。

G市的广电大楼离傅岫家并不远，所以不管他到时候是提前走还是要在电视台那边跨年，总归回来是花不了多长时间的。

总归她是可以见到他，亲口同他说一声新年快乐的。

这个认知让陈遇青心中的排斥感减弱不少。她嘴畔甚至不自觉地带上了笑，上楼后，王虹丽也忍不住惊讶道："今年怎么改了性子？往年让你回家过个年，你不都丧着一张脸，跟丢了钱似的吗？"

陈遇青打小就习惯了王虹丽的这种说话方式，所以耳朵就跟长了过滤器似的，直接将她的话过滤掉了，转头踮着脚摸了摸瞧着似乎又长高了一截的陈策的脑袋。

陈遇青这种近乎无视的态度，自然会让王虹丽不高兴，不过在一旁高兴叙旧的姐弟俩也没把她当回事儿，等他们的妈妈大着嗓门骂了一会儿后，直接挽着手进了卧室。

陈遇青的卧室在她高中毕业的那一年，便被改成了陈策的书房，里面倒是有一张窄小的折叠床，但那不是为陈遇青准备的，而是为了让陈策学习累了以后有个可以休息的地方。当然，陈遇青也没再进去住过，毕竟她一年回来的次数屈指可数，待的时间也短，每回陈策都是收拾好自己的卧室让她住。

眼下也是，被陈策拉进本来属于他的卧室以后，陈遇青打眼就看到了收拾得干净整齐的书桌，和簇新干净的被罩。

“姐，我给你买的，喜欢吗？”陈策见陈遇青盯着被罩看，笑嘻嘻地献宝。

陈遇青有些眼热，一时间也不知道该哭还是该笑，只得瞪了他一眼，故意凶道：“你买这个干吗？还有，你这都是哪儿来的钱？”

“这不是过年的压岁钱都攒着吗？”陈策回答得理所当然，“再说了，我也不能让你睡我的床单啊。我是男孩子，体味重，到时候熏着了我亲爱的姐姐怎么办？”

陈遇青戳了戳他的脑门，哭笑不得地说：“你就可劲儿给我贫吧。”

陈策也不躲任由她戳，过了一会儿，又嘿嘿笑着，从衣柜里挖宝似的翻出了一个大包裹，往地上一摊，说：“姐，这些都是我给你留的。”

陈遇青愣了愣。

陈策蹲在地上那堆杂七杂八的东西前，捡起一枚发卡：“之前我们班挺流行这种发卡的，我看街上好多女孩子都戴，所以托我的同学也给你买了一个。”

说完，他又伸手在那堆东西里翻翻拣拣，找出几颗用塑料糖纸包裹的糖：“这个是我一个朋友给我的，我当时吃了一颗，觉得还挺好吃的，所以就把剩下的这几颗留了下来，就是不知道过没过期。不过没事儿，我知道在哪里买了，到时候我俩一起去。”

陈遇青嗓子有些发紧，她趁陈策正低着头数着那堆物件，迅速将即将坠落的眼泪揩去，而后也蹲下身，神色如常地回道：“你是属仓鼠的吗，藏这么多东西？”

陈策不好意思地挠了挠头，咧嘴傻笑：“我也没想到会有这么多，就是东留一点儿，西留一点儿，然后就这样了……”

说着说着，陈策突然仰头，眼巴巴地问：“姐，你今年也是除夕一过就走吗？”

陈遇青没立刻回复他，而是捡了一颗糖起来，剥开那层已经稍显黏腻的糖纸，将糖塞进嘴里才含混不清道：“不知道，再说吧。”

如果她和傅岫，可以在今晚有一个令人开心的结果，那她今年可能不会提早离开。

只是晚上吃年夜饭的时候，陈遇青终归还是和王虹丽闹了矛盾。

陈遇青也不想这样，只是从准备年夜饭，陈遇青去厨房帮她择菜起，她就一直催促着陈遇青相亲。

“我就不知道你到底要找个什么样的。你也不看看你自个儿？那些真帅的好的挑不出一丝儿错的，能看上你？”

陈遇青夹了一筷子鱼香肉丝，扭头盯着电视上的春晚节目，对她的话充耳不闻。

“好，退一万步说，就算哪个人真瞎了眼把你给看上了，你哪儿来的嫁妆？我可先说好，到时候要是男方要求买房各付一半首付，我是没一分钱给你的。这些钱都是存着给陈策上大学用的。”

陈遇青依然不吭声，倒是陈策，紧攥着筷子，皱着眉头不满地喊道：“妈，你说什么呢！”

王虹丽顿时就将一张脸拉了下来，大声斥道：“什么我说什么！我说的还有错？老祖宗都说了，嫁出去的女儿泼出去的水，我以后又指望不上她给我养老送终，可不得该留的都留给你吗？”斥完陈策，她又继续把火力转向陈遇青，换上一副恨铁不成钢的表情道，“之前跟你说的那刘阿姨的儿子多好，人家都没嫌弃你没个正经工作呢，你倒是先嫌弃起人家年龄大来了。年龄大怎么了？还不是好多人家去相看，上个月就跟其中的一个扯证结婚了，请我去喝喜酒，我都因为你这不识好歹的东西没好意思去，搞得我跟你刘阿姨就这么生分了！”

“妈！”陈策将碗重重往餐桌上一放，生气道，“你怎么能这么说我姐呢？那刘阿姨的儿子都快奔四了，哪里配得上我姐了？”

“我看他哪里都配得上你姐！”王虹丽一贯在家中是说一不二的，见自己掏心挖肺对待的小儿子这么护着大女儿，自然是一阵火大，当即将手中的筷子往桌上一摔，不顾飞溅的汤水，大声道，“你们一个个儿的大了，翅膀硬了是吧？觉得我管不了你们了？尤其是你，陈策，你说，我是哪儿对不住你，你要伙同她来欺负我？”

说她被“欺负”，但这嗓门要是传出去，想必没人会这么觉得。

即便闹成这样，饭桌上的另一位大人、所谓的父亲，还是岿然不动地吃着他的年夜饭，看着他的春节联欢晚会，对眼下发生的一切视而不见，充耳不闻。他不在乎自己的女儿是不是受了委屈，也不去斥责自己的妻子是不是说话过于刻薄，顶天了，才会在达到他也觉得吵的程度时，慢悠悠地说上一句“大家都是一家人，有什么话就坐下来好好说嘛”。

陈遇青自觉指望不上他，怕陈策把王虹丽真惹恼了，她会下狠手收拾他，于是率先服软。她主动去厨房拿了一副干净的碗筷过来，缓声说：“妈，是我不对，你先吃饭吧，不然这一桌菜都凉了。”

王虹丽正没处发火儿，陈遇青自己送上去，少不了被她阴阳怪气地说一番。

陈遇青垂着头，默默地听着，并不接她的话。

她的头发比之前要长一些，不过眼下松松地绾着，还有几绺自鬓边滑下，恰好遮住了她有些麻木的眼睛。

或许有的时候，王虹丽也是爱她的，只是陈遇青所能感受到着实太少。相反，“她不被她所爱”这种状态，才是常态。

其实陈遇青知道王虹丽为什么会这么对待她，因为在王虹丽小时候，陈遇青的外婆也是这么对待她和陈遇青的舅舅的。但陈遇青无法接受的是，她的妈妈在被这样对待以后，还是选择用同样的方法来对待自己的女儿。

陈遇青记得她上化妆学校的那一年，和王虹丽有过一次对峙，最后陈遇青大喊着这辈子自己一定不会成为她那样的人。陈遇青不知道自己有没有做到，但无法否认的是，她终究还是没法不受王虹丽的影响。

像现在，她就觉得卿池给她的那杯“水”，似乎不够用了。

她也许这辈子都走不出那片沙漠。

3. 你该给我答案了

年夜饭结束后，陈遇青自觉地收拾碗筷，陈策本来想帮忙，王虹丽以“高三要好好学习”为由将他轰走，将全部碗筷以及厨余垃圾都交由陈遇青一人处理。

陈遇青本来也没指望谁能来帮忙，所以并不介意，甚至觉得不用跟她妈独处挺开心的。

不过快洗完的时候，王虹丽突然进来了，把陈遇青吓了一大跳，以为她又要开始骂人了，哪想她一屁股挤开陈遇青，从橱柜里找了袋白砂糖，看也没看她一眼就出去了。

之前开着水冲洗碗筷，陈遇青并没有听到门铃声，眼下一应都收拾好了，水龙头也关了，她这才听到玄关处传过来的交谈声。

是王虹丽和另一个中年女人的声音。

王虹丽说："都这么晚了，你们还没有吃年夜饭啊？我下午的时候看你家来了许多人，我还以为你们会比我们吃得早呢。"

中年女人笑了几声，说："已经吃过一顿了，不是还得给我家孩子准备吗？他打小就喜欢吃糖醋里脊，我说给他做一道，等他回来就能吃上，结果打开橱柜才发现糖没了。"

听到这里，陈遇青便知道这位中年女人是谁。

当年她和傅岫在一起的时候，性格需要磨合，思维方式也需要磨合，唯独这口味，他俩一拍即合——嗜甜。不过陈遇青喜欢吃甜的蛋糕点心，而傅岫喜欢吃甜的肉，像糖醋鱼、糖醋排骨、糖醋咕噜肉……他俩常有的约会方式，便是陈遇青带着打包好的蛋糕陪傅岫去吃各种糖醋肉。

玄关处的交谈声又继续了一会儿。最后，傅岫的妈妈说："今年咱省台邀请了他，说是离家不远，等会儿把歌儿唱完，打个车就回来了。那些亲戚知道他要回来，一窝蜂就全来我家过年了。要不，你们一会儿也来我家热闹热闹？"

话里话外，多少有那么些炫耀的意味，王虹丽并不是什么心胸开阔的人，客套两句，将人送走后，便气冲冲地坐在沙发上，冷笑着自顾自地和一旁沉默抽烟的丈夫说："瞧她那张狂样儿，不就是上个电视吗，有什么了不起的？赶明儿我家陈策出息了，要是为国家做了什么贡献，不也照样能上电视？那可比她家那小子在电视里蹦蹦跳跳体面多了。"

后面王虹丽还说了什么，无非是些酸气冲天的话，从厨房出来的陈遇青也没有继续听下去，而是独自进了书房。

陈策说是被撵进来学习功课，实际上他正抱着一块平板在那儿玩游戏。

陈遇青平时虽然也很看重他的学习，但现在毕竟是除夕，适当的放松也是正常的，于是叮嘱几句保护视力的话，就掏出手机往折叠床上一坐，打开微博看了起来。

傅岫后援会的微博说他的表演在十点半左右，陈遇青看了一眼时间，十点刚过，所以她也不着急，懒懒地往床头一倚，接着眼神放空，不知道在想什么。

陈策玩儿完一局游戏，见他姐这样，凑过去伸手在陈遇青眼前晃了晃，问："姐，你怎么了？"

"没什么。"陈遇青摇了摇头，这才将目光聚了起来，她先是沉默了一会儿，最后似乎仍旧无法自解，不得不开口问陈策道，"如果有一件很迫切也很重要的事情，你不知道该怎么做出选择，你会怎么办呢？"

"是工作上的事情吧。"陈策未做他想，趴书桌上撕了两张白纸下来，又找笔在纸上唰唰地写了几笔，然后将两张纸在手心里一撮，递到陈遇青面前，"姐，如果你真的选不出来，那我们就抓阄，抓着什么就是什么，你看这样行不？"

"这未免也太随便了吧？"

陈策抿嘴笑，手并不往回收，说："姐，你有没有听过一个说法？有时候我们抓阄，或者抛硬币，并不是为了让一个虚无的上天来帮我们做出抉择，而是当我们在得到那个纸团或者硬币某一面的一瞬间，心里自然就会浮现出自己最想要的答案。"

很多问题其实并没有那么复杂，无非就是对与错，是与非，想要与不想要。复杂的，不过是人心。

而现在，陈策所做的事，就是在帮助陈遇青听见自己心里的声音。事实上，他确实做到了，因为陈遇青伸手去抓纸团的时候，心里隐约有一个念头在告诉她，她不希望抽到哪个阄。

晚上十一点多的时候，陈遇青被陈策拉到楼下放烟花。

G市目前还没有全面禁止烟花爆竹，像小型喷花、窜天猴、摔炮一类的日常还是允许放的，而且有专门的渠道可以购买。年前陈策就早早地买好了一堆，眼下正拽着陈遇青，一路走一路放烟花，噼里啪啦的，幼稚得跟小区里八九岁的孩子没什么区别。

过了一会儿，耳朵都快给那群孩子炸聋的陈遇青率先败下阵来，手里握着根半米长的仙女棒站到了一边。仙女棒是被点燃了的，银白的火花“呲呲”地往下烧，白色硝烟慢慢消失在夜色中，看起来浪漫而美好，仿佛这样摇晃着，就能有专门实现愿望的仙女出现。

但世人的愿望太多了，仙女怎么可能忙得过来？

陈遇青仰头，将仙女棒举高，让那闪烁着的焰火遮挡住自己的脸，再透过斑驳火光看向她家那栋楼五楼的某处。

她可以自己实现愿望吗？陈遇青在心里这么默念着，于是下一秒，“愿望”本人就亲自现身她仰望着的那个窗台，并且似乎装了定位器，一眼就望向了她。

裸眼视力5.0就这点不好，看什么都清楚。所以傅岫一看过来，陈遇青的心跳直接漏了一拍。她先是低头，继而觉得这动作有些欲盖弥彰，于是故作镇定地仰起了头，顺便晃了晃手里的仙女棒，假装她刚才是在看这玩意儿。

不过陈遇青也不知道傅岫有没有看到她这多余的动作，因为他在窗台站了没一会儿，就有几个人拥过来将他拉走了。

傅岫是十一点之前回来的。十点半他登台唱了一首情歌，接着接受了一个简短的采访，整个流程走得很快，十分钟都没到，然后宋桥开车将他送了回来。

为什么陈遇青会知道得如此详细呢？因为她看完傅岫的节目，被陈策拉着下楼的时候，差点儿和进小区停车的宋桥撞上了。

宋桥应该是被傅岫邀请来吃年夜饭的，那胖乎乎的身形格外显眼，甫一下车，就差点儿把陈遇青吓破胆，她当即就拽着陈策躲了起来。

至于为什么要躲，当然是因为脸疼加心虚。一来她没告诉过宋桥他俩除了校友、前男女朋友的关系，还有一层“门当户对”的邻居关系；二来当初她可是信誓旦旦地给人家保证过，会离傅岫远一点儿的。结果呢？瞧她背着宋桥都干了些什么事儿，或者说她即将要对傅岫干什么事儿。

站在宋桥的立场上来想，怕是恨不得一刀一刀把她给削了。

所以陈遇青觉得她还是自觉点儿，大过年的就别去人家面前晃荡，给人添堵了。

陈遇青以为宋桥会吃完饭就走，但陈遇青提心吊胆地等到快午夜零点，也没见他那显目的身躯从楼道里走出来，倒是傅岫的短信先宋桥一步而来：“橘子林等我，我一会儿就来。”

彼时陈策还在玩儿他那一堆炮仗，满脸的意犹未尽。陈遇青委婉地表达了一下让他上楼的意思，结果他当即就把嘴撇下来了，委屈巴巴地控诉陈遇青道：“你一年难得回来几次，多陪我玩儿一会儿怎么了？”

“不是。”陈遇青绞尽脑汁地编借口，“天冷，让你早点儿上去，别吹感冒了。”

陈策瞅着她说：“我不冷，我玩儿了这么老半天，现在浑身都冒着汗呢。”

陈遇青噎了噎，索性一咬牙说道：“那就更要赶紧上楼了，你这冒着汗，等风一吹，就更容易感冒了。”

“没事，我身体好。”

陈遇青顿时哽住。

陈策也不是傻子，堵了陈遇青几句后，见她实在是说不出什么话来了，便也不跟她兜圈子了，开门见山道：“姐，你硬要赶我上楼，是打算背着我做什么事？”

“什么叫背着你？搞得好像我要去做什么坏事儿一样。”陈遇青被拆穿，颇为羞愤。

陈策逻辑清晰，说：“那你不是做坏事的话，为什么我不能在场？”

陈遇青又哽住了，最后索性破罐子破摔道：“我要去见一个人，如果不出意外的话，等我回来，你就又有姐夫了。这种事情不大适合你这种闲杂人等在场，所以麻烦陈小公子屈尊回避一下，行吧？”

陈遇青说完，还以为陈策会嬉皮笑脸地打趣她一番，哪想这回他却沉默了，好一会儿，才闷声道：“姐，你说的那个人，是傅岫哥哥吧？”

陈遇青怔了怔。

她并没有跟陈策说她和傅岫分手的事情，因为她自己对这段失败的感情一直是一种回避的态度，但陈策一向细心，这种事情，其实不用跟他说，相信他也看得出来。陈遇青当时想的是，看出来就看出来了，这弟弟体贴，想必也不会问出什么让她难堪的问题。

但当时陈遇青没想过陈策沉默的背后，也许对谁才是她与傅岫这段感情的“过错方”进行了错误的判断。

“你和他不是分开了吗？分开了肯定是因为不合适，那就一直分开啊，为什么要重新在一起呢？”

“陈策，你听我说。”察觉到他语气不对劲，陈遇青赶忙安抚道，“事情不是你想的那样子，我和他之所以会分开，原因都在我，他并没有什么错。”

陈策低着头，脚碾着地上炸过的炮仗留下的纸屑，沉默不语。

陈遇青叹了口气，上前拍拍他的肩膀，说：“总之，你听话，先上楼去，等有时间，我再给你好好说一下这些事。”见陈策不动，陈遇青使出撒手锏，低声道，“算我求你了，可以吗？”

打发走陈策后，陈遇青便径直去了南边的那片橘子林。橘子树四季常青，陈遇青走进去的时候，恍惚觉得和仲夏夜没什么区别，只是眼下没什么蚊虫。

陈遇青用手机打着光，试图找出当年她和傅岫第一次接吻时，所站的那棵橘子树，结果没找多久，傅岫便来了。

他穿着一件天蓝色呢大衣，里头是他今晚表演时穿的那身米白色休闲西服套装，甚至连手上百达翡丽的腕表都没变。这副形象让陈遇青不由得愣了愣，本来还稍有些别扭的心思一散，担忧地问："这些赞助商的东西怎么没有还回去？你是接下来还有活动吗？"

傅岫在她眼前站定，先是将领带扯松，然后才回道："嗯，明天国外有个活动，大概凌晨三四点就得出发去机场。"

他的语调很淡，但是并不冷，而是透着一股随意，知悉他的人都知道，这是他和亲近的人说话的语气。随着他的动作，呢大衣一敞，露出里面一副由一条细线挂在脖子上的浅青色毛绒手套，陈遇青当即心就软了，小声问道："冷吗？"

傅岫顺着她的视线也往那手套上一看，嘴角立时便抿了丝微笑出来，回她："不冷，戴着挺暖和的。不过之前被某人气得差点儿把它们烧了。"

陈遇青有些讪讪，转移话题说："你今晚还能睡觉吗？"

傅岫也不在刚才的问题上紧逼，松完领带后，又去摘腕表，一边弄一边回她："家里的亲戚还没走，估计得闹一阵，我刚才也是好不容易才脱身出来的。"

陈遇青顿时来了兴趣，背着手兴致勃勃地打探道："听你妈妈说，那些亲戚是专程来看你的。怎么样，他们都让你干什么了？是不是让你跳个舞啊，唱首歌啊？"

傅岫斜瞅了她一眼，开口道："那倒不至于，毕竟他们才在电视上看了，就是拉我拍个照，问我要几张签名照。"说到这里，他停顿了一下，略微抬了抬头，目光直直地朝陈遇青看过去，他有些意味深长地接着道，“以及问我什么时候交个女朋友。”

他这话一出，陈遇青背在身后的手一蜷，揪断了一片橘子树的叶子。

傅岫压根儿不给她喘息的时间，紧接着说道：“陈遇青，你该给我答案了。”

橘子叶在掌心被揉碎，她的心脏仿佛贴着鼓膜在跳动。陈遇青悄悄吸了一口气，开口道：“我——”

只是没等她把“我”后面的话说出口，一阵刺耳的手机铃声便突兀地响了起来，陈遇青看着半举着的正被她打开了手电筒充作照明工具的手机。

她半举着的动作正好暴露了手机屏幕，使得傅岫看清了来电显示——沈君白。

他原本淡而不冷的眼神瞬间结冻，语气也跟着冷了起来：“陈遇青，这就是你跟我说的没关系？”

“不是你想的那样！”陈遇青一时间慌了神。傅岫看着不动声色，但只有陈遇青知道，这人在感情方面独占欲有多强，一旦闹起来，那可是她招架不住的。

陈遇青咬了咬唇，一时犹疑不定。说实话，她并不清楚沈君白这通电话，到底是打来和她说工作的，还是说别的事情的，所以她不敢当着傅岫的面接。于是她一狠心，想将这通电话挂断，可谁知道傅岫的动作比她快，使了一个巧劲儿，便将手机从她手里夺了过去，摁下了接通键，并且顺带摁了免提键——

很快，沈君白温和的声音从电话那头传来，他先试探着问道：“喂，是遇青吗？”

陈遇青在傅岫的眼神压迫下，不得已应道：“是我，沈老师有事儿吗？”

沈君白继续道：“没什么事儿，就是想跟你说一声新年快乐。”

傅岫的神色又冷了几分，但这还没完，沈君白顿了一下，紧着轻笑一声，说：“遇青，自上次在路老的寿宴上分别后，我想了一下，觉得有些事情，不论结果如何，我都应该去尝试一下，所以……”他又顿了顿，继续说，“虽然知道很唐突，成功的可能性也不大，但是我还是想问一句，你愿意试着和我交往吗？”

陈遇青僵住。

蛰伏在暗夜中的风终于发动，自藏匿的远处吹来，将橘子树常青的叶子吹得簌簌作响，G 市江边由来已久的烟火晚会终于开始，随着“砰”的一声，在半空中绽放第一抹绚烂色彩。陈遇青仰头望着，手中那片橘子叶不知何时落到了何处，她的拇指浮满红痕。而她身边早就空荡荡的，没了人影。

“傅岫，我答应和好啊！”她这么悄声说着，最终却在烟火的绽放声中被掩盖吞没，好像这句话除了她，连风也不知道。

第一轮烟火大会结束，周遭终于寂静下来。陈遇青低头，揉了揉眼睛，打开手机，找到没有得到她回复便被傅岫骤然挂断的沈君白的电话，拨了回去……

而此时，藏身在楼道昏暗狭仄的角落里的陈策，目睹邻家那位明星冷着一张脸从他跟前疾步走过后，将被冻僵的手插进兜里。

兜里有一团硬硬的东西，陈策将它纳入掌心掏了出来。

那是一张从方才起便一直被他反复揉搓的纸条，上面写着他看了好几遍的一个字——

“是”。

陈策想，或许感情这档子事儿，并不是人想要如何便能如何，而是缘分天注定。

第八章
回护

1. 我其实一直都喜欢你

今年和往年一样，照旧是除夕一过，陈遇青便离家了。

不过往年陈遇青离家，不是去找卿池，就是随便找个地方窝着等上班，今年她离家之前，收到了沈君白的开工消息，让她在初三之前准备好一应工具，初四跟他一起进剧组。

因为除夕那晚沈君白突如其来的告白，本来陈遇青心里是不大想去的，但这是年前便定下的工作行程，开工时间又不尴不尬的，一时间难以找到替代她的人，所以陈遇青最后还是硬着头皮去了。

去是去了，但陈遇青心里清楚，她和沈君白，在戳破了这层纸以后，没有办法再像以前一样相处了。虽然沈君白还是如以往一样磊落坦荡，可没有办法回应这份感情的陈遇青自问在他面前，做不到装作无事发生，除了尴尬，还有愧疚，因此一进剧组，除了必要的工作，她对他是能躲就躲。

其实在剧组的一天里，主化妆师和助理之间的联系并不多。每天在演员拍戏之前，把演员的妆都弄好以后，若非演员的妆花得太厉害，或者转场需要重新设计个妆容，主化妆师一般是在休息室里待命，而助理则是在片场跟妆。

陈遇青想躲，是可以躲上很久的。她现在连沈君白的车都不蹭了，而是跟剧组其他工作人员一起坐他们租的面包车。

时间久了，沈君白看她的眼神里，便透了几分了然的无奈苦涩出来。

这样一来，陈遇青便更愧疚了。

她总是会想起除夕那晚，她将电话回拨过去，明确地告诉沈君白她无法接受他的感情后，他回复她的话。

他说："给你造成困扰了，我很抱歉。也许是我太自私了，总想着说出自己的情感，让自己能松口气，却忽略了你接收到这份感受时所受到的压力。"

陈遇青差点儿因为这句话刨个坑把自己埋了，这么好的一个男人，她何德何能？

陈遇青真的觉得沈君白很好，和傅岫一样好，都是那种浑身发着光的人。区别是，在面对傅岫时，她会自卑到尘埃里，觉得自己无论如何也配不上他，却还是按捺不住心中想向他靠近的渴望；而在面对沈君白时，她则没有这些感觉，因为她知道，沈君白再好，也不是她想要靠近的光源。

其实有时候陈遇青希望沈君白能够坏一点儿，藏私也好，奴役她也好，只要他沾染上一点儿尘埃污垢，那么她就不用因为拒绝他而感到这么愧疚了。

可沈君白要是真有那些行迹，即便他再声名在外，陈遇青一开始也不会选择跟着他学习。

陈遇青郁闷得直揪头发，一旁服装组的小助理朱朱瞧见了，体贴地过来问她："你怎么了，是太累了吗？要不休息一下，我帮你看着？"

陈遇青连忙放下手，摇了摇头："我没事儿，就是突然发个疯而已，你不用管我。”

朱朱是这部剧其中一位投资者的女儿，为了近距离追星被她爸塞进来的。富家千金，生下来就含着金汤匙，没吃过什么苦，进了剧组以后也没人敢给她吃苦。负责她的主服装师更是连说话都不敢跟她大声，要办什么事都是支使跟她同组的另一位助理，导致那助理颇有怨言，一直在背后同人说她的坏话，尽管朱朱时不时就会给剧组的人加餐，请他们喝点儿什么。

所谓“吃人的嘴软”，陈遇青倒是没有跟其他人一样同仇敌忾，看这位富家千金横竖不顺眼，相反，她还觉得朱朱人挺好挺有礼貌的。除了有些“何不食肉糜”，有些天真，心思还是很纯澈的。

像在追星这件事情上，虽然朱朱动用她老爸的关系混进了剧组，但进来以后并没有做出什么出格的举动，充其量就是把酒店的房间安排在了她偶像的同层，想有更多接触偶像的机会，其他的事，她连偷拍一张剧照的事情都没有干过。

陈遇青之前偶尔心情好的时候，还打趣过她，让朱朱主动多创造机会，跟紧点，结果人姑娘义正词严地拒绝了，还批评陈遇青，说她这种想法和“私生”没什么区别。

娱乐圈公认的一句话，“私生不是粉”，不管是明星本人还是他的粉丝，对这类人可谓是深恶痛绝。他们根本不顾明星的行程是不是私人行程，也不管剧组允不允许提前曝光剧组造型，更不考虑偶像本人反不反感，反正就和散发着恶臭的狗皮膏药一样，使出各种手段，也要见他们所谓“深深喜爱着的偶像”。

当年傅岫大火的时候，也遇到过疯狂至极的“私生”，一些女生半夜给他打骚扰电话，潜进他拍戏时下榻的酒店进行偷拍，甚至往他家里寄自己用过的衣物。

经纪公司发了好几回律师函，但也就震慑一阵子，等风声过去后，那些人故态复萌，还是跟之前一样。陈遇青那时候每天都很生气，最气的时候恨不得顺着网线爬过去，将这些人一个个咬死。事实上她什么也做不了，只能在微博上隔几天便用小号给傅岫私信留言一条，说一些诸如“加油”“不要理她们”“不要害怕”“我会一直陪着你”之类的话。

那时候的微博私信，如果对方看了，是会有一个“已读”标识的。当然，最开始陈遇青并不是奔着让他看到这些留言去的，毕竟那个时候他微博的粉丝已突破千万，又正当红，每天给他留言的人不知道有多少，可没想到，有一天，在她发完“我会一直陪着你”这句话后，连带着她之前留的那些言，全都变成了“已读”。

即便知道可能是傅岫随便点开的，或者根本不是他，而是他团队的工作人员在浏览，但那一瞬间，本来僵在屏幕前的陈遇青突然从心底油生一种冲动，促使着她打下了这么一句话——

“傅岫，我其实一直都喜欢你，很喜欢。”

只是这句话迟迟没有变成“已读”，一直到现在，微博已经取消了消息的已读功能。

后来，因为有人半夜潜入傅岫的住宅，被他当场抓获并送至警局。他不顾那人苦苦哀求，毫不留情地让那人蹲了两年牢后，他就再也没有“私生”这种东西了。从那以后，陈遇青也没有再给他留过言。

因为他是傅岫，他远比她想象中的更强大。

思及过往，便有些刹不住车，还好朱朱及时拉住了她，胳膊肘一碰，趁着演员们都上着戏，掩嘴凑过来，悄悄跟她分享八卦：“今儿下午的时候不是来了一个女孩子吗？就那个因为你给她贴睫毛时被人碰了一下没贴好，扯着她了，就骂你的那个女孩子，你记得吗？”

陈遇青嘴角抽了抽。她何止记得，简直是记忆深刻。被骂也就算了，主要因为那个人，本来她躲沈君白都躲得恨不得把自己埋起来，结果最后还是迫不得已又和沈君白有了更多接触。

事情是这样的——

下午的时候，一向在空调屋吹暖气的制片主任突然出现，并且领着个长相甜美的女孩子，然后找到编剧，让他在即将要拍的两场戏里加个讨喜的角色进去，说是给那个女孩子临时演两场玩儿。

编剧表示突然加个角色进去就很麻烦了，还要加个讨喜的进去，这不是存心为难他吗？制片主任跟编剧说，要是不想为难的话，可以现在就找个人来顶替他的位置。然后编剧就闭嘴了，化妆的任务就落到了陈遇青头上。

对于这种剧组临时加塞的事情，陈遇青本来已经见怪不怪了，毕竟资本的力量无穷大。况且给一些小角色和群演上妆，本来就是她的任务。当时陈遇青见那女孩子笑吟吟的，瞧着一副脾气很好的样子，还以为和朱朱一样好说话呢，所以上妆的过程中，陈遇青也没有特别小心翼翼。

哪想后来……她就被这位小姑娘指着鼻子骂了，骂就骂吧，陈遇青自觉皮糙肉厚，被她骂两句也不能掉块肉。

谁知小姑娘气性儿跟她妈王虹丽一样大，当即就将她端着修容盘的手给挥开了，而后大嚷着说陈遇青这种人笨手笨脚，不配给她化妆，要主化妆师出来给她化妆。

陈遇青当时一听就急了，倒也不是因为女孩口中讽刺至极的那声“这种人”，而是想着沈君白要是被叫出来了该有多尴尬。当即陈遇青便鞠了一躬，诚恳地道歉道：“对不起，我下次会注意的，请你给我一次机会。”

陈遇青工作这么多年，深知尊严这种东西，有时候一文不值，面对难缠的人，如果自己扔到地上，再主动踩上去，还可以收获意向不到的效果。

但今天的女孩子却不依不饶，跷着腿坐在椅子上，红唇勾出轻蔑的角度，不耐烦道：“事儿干不好，难道你连话都听不懂吗？让你的主化妆师来！”

陈遇青深吸一口气，努力扬起微笑，说：“小姐，主化妆师正在休息呢，而且您也不属于他负责的范围。要是您有什么要求，您先提，如果我满足不了您，我们再看要不要请他出来，这样您觉得可以吗？”

陈遇青都把“你”换成了“您”，自觉姿态已经放得不能再低了，毕竟她再怎么把尊严放在地上踩，也有起码的羞耻心。可那女孩子显然觉得这样并不够，陈遇青的低姿态反而让她更加趾高气扬起来。她昂着头，手一挥，将陈遇青放在小桌上的东西扫到地上，厉声道：“你再废话，信不信我马上让你从这个剧组消失？”

事情闹到这种地步，沈君白是不可能坐视不理的。他来的时候，脸色并不好，不过还是竭力维持着待人的礼貌，以及职业素养，接替陈遇青认真地给那女孩上完了妆。

其实某种程度上，陈遇青和沈君白是一类人，他们世俗且世故，被生活和现实打磨着，早就失去了原本的棱角与年少的意气，变成了一种永远知道怎么更好地迎合生活的成人。

或许，这也是陈遇青无法喜欢上沈君白的第二个原因。尽管后来沈君白也过来安慰她了，让她遇到什么事儿就去找他，不用硬撑，但陈遇青还是不由自主地想到了傅岫，想着如果是他，遇到这样的事情，会怎么做。

见陈遇青失神，迟迟没等到回应的朱朱又拽了拽她，自顾自地接道：“那女孩子叫施洛华，家中做珠宝黄金生意的。虽然没我家有钱吧，但他们家一家人都会钻营，各行各业认识了好多人，包括我家在内，所以我刚才不好出面帮你。不过我也不喜欢她，以后要是能找到机会，我再帮你出气啊！”说着说着，朱朱拍了拍脑门，“不对，我不是要说这个，我要说的是，这个施洛华，听说来这里是为了追星的。不过她喜欢的明星可多了，具体追谁我也不知道，但应该不是现在剧组里的人，不然她早就凑上来了，不会等到今天。”

陈遇青也来了兴趣，问：“可能今天会有特约嘉宾？”

朱朱撇嘴说：“应该是，刚刚制片人叔叔神秘兮兮地跟我说，会邀请一位很火的人来客串，就是不知道是哪个倒霉蛋来，依她那个性，到时候指不定怎么死皮赖脸地往上贴呢。”

陈遇青忍不住“扑哧”一声乐了起来。被这样一个人喜欢上，可不就是倒霉蛋吗？一时间，抱着看戏的心态，陈遇青竟有些开始期待起来。

只是很快，知道来人是谁后，陈遇青就乐不起来了。

傅岫是快晚上十点到的，宋桥没跟着，不过生活助理、专属化妆师、专属造型师、贴身保镖都来了，排场不算小，加之傅岫冷着一张脸，气场又显得很大，因此一行人走进影视城的时候，很是吸睛。

不过陈遇青没第一时间见着，因为之前她的修容盘被施洛华摔碎了，里头的粉混杂在一起，要用了才发现，所以那会儿她和沈君白正在休息室找备用修容盘。

其实修容盘并不难找，主要是装修容盘的化妆包难找，毕竟休息室放了那么多东西，屋子里也是比较杂乱。

陈遇青当时火急火燎的，顾不上再躲着沈君白，也就没注意到两人的站位，等好不容易从一堆东西里翻出一个疑似化妆包的东西，弯下的腰一直，就这么撞在了沈君白的身上，而沈君白则下意识地伸手扶了扶她。

结果就这么一瞬间，休息室的门被人推开了。

陈遇青本来是背对着休息室的大门的，但那道视线着实太过让她如芒在背，迫使她不得不回头去看。

自打上次和傅岫不欢而散之后，两人便没有联系。虽然其间陈遇青几度想找他解释一下那天晚上的事情，但就像是好不容易试着探出触角的蜗牛，被当头敲了一棒，她现在连伸触角的勇气也鼓不起来。

她其实至今也没弄清楚为什么傅岫会回头找她。她不觉得自己有什么资本，让这皎洁的月亮，心心念念了这么些年。

陈遇青也知道自己这种畏畏缩缩的性子不行，可没有办法，她笑得再明媚，处事再周全，也藏不住时不时便从她骨子里冒头的怯懦自卑。王虹丽给她的东西，早就变成了她身上抹不去的烙印。

有的人，终其一生都在修补童年，陈遇青就是其中之一。

风从洞开的门里涌进来，尽管立春已过，但二月的风仍似小刀，嗖嗖地刮得人脸疼。

撞见两人拉扯的情景以后，傅岫并不如陈遇青想的那般摔门而去，反倒是径直往空着的座椅上一坐，眼中裹挟着霜，招呼身侧的化妆师给他上起妆来，像是压根儿没有看见陈遇青和沈君白。

不同于拍古装戏，拍现代戏时，常有许多咖位比较大的明星会带上自己的专属妆造师，让他们来设计妆容造型，甚至有时候连补妆这种事儿，也让他们自个儿的化妆师全权包揽。对于这种可以减轻工作负担的事儿，陈遇青之前的态度是喜闻乐见的，但等看到傅岫被他的的女化妆师捏着下巴上妆时，她才觉得这件事儿其实没那么好。

起码发生在傅岫身上时，她心里是有那么一丝丝失落的。

不过并没有时间给陈遇青沉浸在这些情绪里，找到修容盘以后，她便和沈君白打了招呼，匆匆地赶回了片场。她急着走，因此并未发觉打傅岫和沈君白见面起，两个男人看似不动声色，其实二者之间一直无声地弥漫着一股硝烟味。

2. 你是这么想我的吗

回到片场给演员补好妆以后，朱朱搬了个小板凳过来挨着陈遇青坐。她一张嘴总是闲不住，一坐定便忍不住兴致勃勃地跟陈遇青八卦："青姐你刚刚没在，不知道发生了什么事儿，我跟你讲，我知道施洛华追的人是谁了！”

陈遇青虽然也知道，但还是配合地问道：“谁啊？”

朱朱掩了嘴凑近她，做贼似的小声道：“是傅岫。”

陈遇青被她这态度弄得有些好奇，问：“怎么了，她不能喜欢傅岫吗？”

朱朱摇头，说：“不是不能，就是她这胆子够大的。我这个不是粉丝的人都知道，傅岫整治起私生来可是不留情面的。她这行为其实也能定义成私生吧，而且她刚还跟我炫耀，说让编剧给她加了一段吻戏来着。”

陈遇青一愣，不由得失声道：“吻、吻戏？”

“她是这么跟我说的，究竟是不是真的，我没找编剧问，所以也不清楚。”朱朱耸耸肩，“不过我觉得是不可能的啦，毕竟傅岫就是临时客串一个角色，估计也就几分钟的场景，怎么可能来得及安排什么感情戏？”

话是这么说，可陈遇青瞧了一眼一直巧笑嫣然地围在导演身边的施洛华，突然有种强烈的预感，觉得那场吻戏，可能真的存在。

没过多久，傅岫那边便收拾好到片场来了，陈遇青定睛一看，除了生活助理，他那位女化妆师倒没有跟着来。但很快陈遇青就被他的造型掠去了心神。

眼下的季节说是早春，但实际温度并没有升到多高，因为倒春寒，这天儿反倒还冷了不少，冷得陈遇青恨不得帽子围巾齐加身，不露一丝缝儿出来。可瞧瞧傅岫的那一身穿搭——极单薄的一件印着大字母的宽松连帽混色卫衣，搭配一条黑色休闲束脚九分裤，脚上蹬着一双白色匡威经典款高帮帆布鞋。

是，这身穿搭是够青春够潮，让陈遇青险些以为时光回溯到他们上高中那会儿。可关键是，这样不抗冻啊。虽说他现在外头罩了一件长款羽绒外套，可待会儿拍戏的时候得脱啊。

为了配合电视剧上映的时间，一些剧组往往是冬天拍夏天的戏，夏天拍冬天的戏，虽然陈遇青不明白这么做有什么必要，也觉得这就是件折腾人的事儿，但并不妨碍其他剧组争相效仿，甚至一些蹲班的媒体还把这个点当成噱头，大肆鼓吹明星的敬岗敬业精神。

就像现在，傅岫一露面，专门蹲片场的几家媒体便一窝蜂地拥了上去，话筒争相凑到他面前，问的问题也高度重合，无非就是什么“演的什么角色”“冷不冷”“可不可以约个特邀采访”之类的。

生活助理把这些人都一一挡了回去，只是被耽搁了这么一会儿工夫，陈遇青就觉得傅岫那张脸都给冻得发白了。导演忙招呼来陈遇青，让她帮忙给补点儿腮红，提一下气色。

陈遇青依言过去了，只是没能等她近到傅岫的身，一旁的施洛华便突然横插一杠，抢在陈遇青面前说：“导演，上腮红这种事情我也会，我看这位化妆助理姐姐也累了一天，不如让我来吧？”

陈遇青一听这声黏黏腻腻的“姐姐”，鸡皮疙瘩险些掉一地，心中暗诽这小妮子变脸忒快，但当下还是没动作了，只捧着妆盘站在离傅岫约莫两米远的地方。

当然，也不是陈遇青真的怕了这施洛华，而是在片场，一切的人员调配都要服从导演的安排，就算导演不同意施洛华的请求，那也要等导演把拒绝的话说出来，陈遇青才能进行下一步动作。

况且，陈遇青觉得这早被施洛华哄得心花怒放的总导演，不一定会说出拒绝的话。

果然，那位总导演马上朝着陈遇青挥了挥手，说：“那你去休息吧，这里让小施来就行了。”

“哦。”陈遇青往傅岫那儿看了一眼，见他连一个眼神都没有，便果断将妆盘放下了。

他既然不想理她，那她离他远一点儿就是了。只是临到头了，在开拍之前，陈遇青还是不声不响地挪到了傅岫的那位生活助理旁边，把她揣了有一会儿，眼下正发热的几片暖贴塞到那助理手里，小声嘱咐："你让他往鞋里和背上都贴两片，这几个地方保护好了，比较不容易感冒。"

助理被手心那炙热的暖贴暖得一缩，当即便喜笑颜开道："太好了，陈小姐，我来的时候买的几片都不太行，我揣到现在也没有多暖和。我这就去给傅先生！"

说完，助理便屁颠颠地跑过去了，陈遇青连那句"不要告诉傅岫这是我给的"都没来得及说。

这助理的性格和宋桥不一样。要说宋桥是笑面虎的话，这位助理便是愣头青，虽然没犯什么错儿，但在为人处世上，还是略欠火候。这种人按理来说是不大适合进娱乐圈的，微博上有人扒过傅岫身边的人的来历，扒到这位助理的时候，果然发现他是经纪公司某高层的一位亲戚。

陈遇青记得当时傅岫的一众粉丝还群情激愤，要求换掉这位生活助理，但后来大家渐渐发现他虽然在待人接物上不大行，但在生活上还算把傅岫照顾得比较好，加上不管是助理本人也好，还是傅岫也罢，都跟没看到他们的诉求似的，这件事便不了了之。

不过如今陈遇青觉得，这助理还是早换掉比较好，毕竟他在早看到傅岫不想搭理陈遇青的情况下，捏着那沓暖贴过去的时候，还特意跟他强调："这些全是陈小姐给的！"

然后那沓暖贴便被原封不动地送了回来。

"傅先生说他不要。"那助理挠了挠头，一股脑地把暖贴塞了回来，"不过还是谢谢陈小姐的一番好意。"

陈遇青被他这一通操作整得无语，心道：傅岫说不要你就不要，你难道不会等过一阵子装作是自己的再给他？

陈遇青也不好这般说他，最后只得装了满兜的暖贴恹恹地坐回棚子里待命。

朱朱看清了全部过程，但也没往别的方向想，只挨过来问：“原来你也追傅岫啊？”

陈遇青没说话。

朱朱只当她默认了，继续道：“怪不得刚才我跟你说施洛华可能会加吻戏时，你脸色不对。不过还好傅岫没收你的东西，不然施洛华肯定不高兴，到时候铁定要找你茬儿，她那个人啊，可小心眼儿了。”

补个腮红很快，但施洛华还是跟在离傅岫并不远的地方。她绞着手咬着唇，大眼睛扑闪扑闪地看着一个地方，明眼人都瞧得出她有多荡漾。至于傅岫，倒是没理她，等施洛华给他上完妆，他便自顾自地看起了剧本，余光都不带往施洛华那边扫一下的。

朱朱觉得这一幕解气，又起了话头，想跟陈遇青好好说一下施洛华是如何小心眼儿的，只是刚张了嘴，原本已经走到傅岫身边的那助理又去而复返，站在陈遇青跟前一脸为难的神色，说：“对不起，陈小姐，那个暖贴……你能不能再给我？”

陈遇青和朱朱齐刷刷地抬头看他。

助理抹了抹额头上的汗，讨好地冲她们笑了笑。都别这么看他啊，毕竟他也不知道，明明前一刻还让他把这些暖贴都扔了的人，下一刻见他空手回去复命，怎么就咬牙切齿地又让他拿回来？简直莫名其妙，怪不得宋桥哥说心累，这段时间告假了。

不过他不敢说也不敢问。毕竟是在人家手底下讨生活，虽说工资由经纪公司发，可人家真要开除他，还不是随随便便的一件事儿？

于是助理又把那堆热得烫手的暖贴抱了回去，寻思这下贴上，那祖宗就可以安安心心地开始拍戏了吧，结果转头又出事儿了。

当然，这事儿也怪不到傅岫头上，真要归咎，主要是剧组不厚道。因为事到如今，他们也没有和傅岫说过剧本改了的事情，而是指望着先斩后奏，让那位施洛华小姐饰演的、临时加进去的角色先来一个飞扑吻。

因为只要导演不喊卡，戏就要接着演下去，当然，前提是傅岫足够敬业。

但傅岫这个人，在拍戏方面，要跟他有商有量着来，那样他才能呈现出一个几近完美的角色，可若是胡搞瞎弄，那对不起，他可不会给人留什么面子，更不会乖乖配合。

于是片场的一堆人目睹了施洛华是如何飞扑过去，又是如何被傅岫给扔出来的。别说吻到了，施洛华连傅岫的一片衣角都没来得及摸到。

导演当即大声喊卡，瞧了眼被人搀扶起来，一副泫然欲泣、楚楚可怜模样的施洛华，脸色铁青地斥道："傅岫，你怎么回事儿？"

傅岫神色未变地站在原处掸了掸袖子，像是上面沾了什么脏东西一样，不紧不慢道："我的剧本里没有这个剧情。"

导演被他一句话堵回来，脸色由青变紫，好久才缓了气儿尽量好声好气地说道："这段剧情是临时加上去的，没告诉你是因为我觉得这段戏拍出人最真实的反应最好，而且以你的应变能力，也不至于处理不了。"

傅岫神色漠然，并不接受导演的这番解释："我觉得你应该提前知会我。"

导演张嘴，正要说话，傅岫又接道："你要是提前知会我有这段戏，我就不来了。"

导演一噎，险些背过气去。

傅岫会来，全因为这部剧的投资方之一和傅岫经纪公司的老总私交不错，而且那投资方也是三催四请，好不容易才让傅岫排了档期到这部戏里友情客串。说白了，是他们眼红傅岫的流量，想要蹭，而不是傅岫倒贴他们。因此，尽管傅岫这态度再不好，那导演最后也只得忍了，并做出让步，说："那这样，这段吻戏删掉，咱们接着演，成吗？"

怕傅岫再说出什么话来气他，那导演忙转头，招呼人堆里的陈遇青："那个谁，赶紧给小施补一下妆，补完了我们就接着拍！"

施洛华现在还是被人搀扶着，跟摔断了胳膊大腿似的，而原本她泫然欲泣的脸早因傅岫那番话变成了梨花带雨，不停啜泣着，好不可怜的一番模样，装得跟浑然不知情的受害人一样。

朱朱瞧不惯，在一旁愤愤地嘀咕出陈遇青的心里话：“这么会装，大号垃圾桶吧？”

陈遇青一个没忍住，嘴角一弯，便把笑带上了脸。结果让施洛华瞧见了，她便在陈遇青给她补妆的时候，借故发作了一番。

当然，她也不像今天下午那般趾高气扬，而是娇娇弱弱的，衬得陈遇青像寻机报复的小人一样。施洛华嗲声哭道：“助理姐姐，我知道下午的事情是我不对，我给你道歉。所以请你轻一点儿可以吗？你弄痛我了。”

因为眼妆被她哭花，正重新给她画眼线的陈遇青有些无语地瞧着自个儿手里的眼线刷，多娇贵啊，画个眼线都喊疼，那方才摔那一下怎么没给她疼死过去？

陈遇青心里暗诽，嘴上却还是应道：“好的，我再轻一点儿，请你不要动。”

结果刚说完这句话，那施洛华便将脑袋小幅度地一偏，紧接着杀猪似的号了一声，一只手捂眼，一只手在半空中这么一挥，“啪”地便扇了陈遇青一记耳光。

她用的力道不小，陈遇青当即便被她扇得眼冒金星，耳朵嗡鸣了好一会儿，才回过劲儿来，但这个时候，她看到的不再是施洛华，而是一堵宽厚的背。

隔着这堵背，她听到前方传来施洛华慌乱的解释：“我不是故意的，就是刚才助理姐姐的眼线刷弄到我眼睛里了，我不小心才——”

傅岫压根儿懒得搭理她这番说辞，声音冷然道：“道歉。”

施洛华一时便没了动静。

可傅岫没了耐心，一把将身后的陈遇青扯出来，语气不善道：“听不懂吗？给她道歉。”

陈遇青被他扯得一个趔趄，险些撞到他身上，好不容易稳住身形，见到周遭噤声围观的人眼中的好奇与探究，又想起里头还有几家媒体，心里便一咯噔，站出来和稀泥：“我没事，我没事，谢谢傅先生热心地仗义执言，不过施小姐也不是故意的，就不用给我道歉了。”

只是陈遇青话没说完，便被傅岫冷着眼一瞪，直接瞪得她腿肚子一软，再不敢冒头了。而本来想顺势上前拉住傅岫的生活助理，见陈遇青都偃旗息鼓了，登时也不敢上去了。

见他们都安分下来，傅岫这才又对施洛华说道：“你打了人，难道不该道歉吗？”

施洛华脸色发白，为自己辩解：“是她先弄到了我的眼睛。”

傅岫冷哼道：“我可没瞎。”

意思就是他看到施洛华故意偏头了？陈遇青愣了愣。当时他是待在拍摄现场的，而施洛华待在休息棚内，这距离不算远但也不近，加上天黑光暗，围观的人又多，傅岫能看到施洛华的这个动作，唯一的可能就是他的目光一直关注着陈遇青。

这个认知让陈遇青不由得胸口一暖，一时间，连脸上原本火辣辣的疼痛都消减了，心中有什么东西饱饱胀胀，似乎要满溢出来。

只是没等她细细品味，施洛华便尖叫道：“凭什么？我凭什么给她这种人道歉？她算什么东西？别以为我没看到，她借职位之便，让你的助理给你送东西！”

余光里，混在人堆中的娱记已经掏出纸笔在记了。陈遇青连忙冲那生活助理打眼色，好在这回那助理可算精明了，出来打圆场：“这位小姐，我想您可能弄错了。是我工作上失误，导致我买的几包暖贴都不是很热，所以我这才找陈小姐去借的。我和陈小姐是朋友，我们一起在《少年游》剧组待过，不仅如此，陈小姐还和我们宋老大认识呢。”

陈遇青忙点头附和：“对对对，就是这样。”

但这一唱一和，几乎完美的圆场并没有让傅岫的神情和缓多少，相反，他半垂下眼，目光从眼尾朝陈遇青瞥过来，竟是像冰凌子一样，一副恨不得就此戳死她的模样。

得，这下陈遇青是再也不敢开口了。

直到这个时候，众人才知道刚刚傅岫说的那些话有多客气，多给施洛华留脸。因为如今他的神情已从冰冷转成了厌恶，语气里也含着浓浓的讥诮，他同施洛华说：“她自是不算什么，但总比施小姐处处倒贴来得干净。”

说罢，也不顾施洛华由白转红的脸以及周遭的人抽冷气的声音，他顺手将陈遇青一拽，头也不回地走了。

起先陈遇青还挣扎，可傅岫用的劲儿很大，她死活挣不开，也就算了，任由他拉着。

一时风静，静到陈遇青能听到自己原本鼓噪的心跳又慢慢地平复下来。陈遇青不知道傅岫要牵她去哪里，也不去想他们身后是不是有尾随的娱记，更没考虑就这样被他拉走了，以后她该怎么在剧组立足。她就这么看了一会儿傅岫拉着她的手，又盯了一会儿他能完全将她护着的背，直到他们离喧嚣的人群远了，才轻声叫他：“傅岫。”

傅岫没应。

陈遇青停了停，又叫他，最终叫得他不耐烦了，他便将手一松，寒着一张脸转过身来：“陈遇青，给我闭嘴。”

陈遇青收回一时显得空荡的手，在他的冷斥下有些委屈地吸了吸鼻子：“哦。”

傅岫咬牙，被她这态度气得青筋直冒：“你委屈什么？陈遇青，你哪儿来的脸委屈？”

陈遇青垂头，下巴都快抵上胸口了，像小媳妇儿一样细声细气地说：

“傅岫，我不知道那天沈老师会和我表白的。”

傅岫一愣，似乎没料到以她的性子会主动和他提起这件事儿，当下便脸色稍缓，问：“你答应他了吗？”

陈遇青摇头：“没有。”

傅岫挑眉，眼中的冰川终于有了消融的迹象，瞧着该是信了她的话，只不过嘴上还是问：“没有，那你们刚才还在休息室里拉拉扯扯？”

“那是意外。”陈遇青简短地给他解释，“我找东西，不小心撞到沈老师了，他怕我摔倒，所以扶了我一下。”

眼下这个剧组是在靠近海边的地方取景，周遭也有住户，所以夜里也总是有煌煌灯火和啸啸海浪。但眼下陈遇青也不知道他们究竟在哪个地方，只觉得四下寂静，海浪拍打礁岸的声音没了，灯火也似乎离得很远，远到给她一种错觉，仿佛天地间就剩下她和傅岫两个人。

于是她散掉的那些勇气便这么聚了回来，驱使着她问出了那个她最想知道答案的问题：“傅岫，你为什么要找我复合呢？”

傅岫顿了顿，反问：“你觉得呢？”

陈遇青食指指甲掐着拇指指腹，低声说：“我觉得你可能并不是因为喜欢我，才想和我复合，而是因为你不甘心当年被我甩了，所以想回头报复我。”

傅岫一怔，沉默了好一会儿，才回道：“你是这么想我的吗？”

拇指指腹被陈遇青掐出一道道月牙似的痕迹，只是这样她似乎还觉得不够，便改掐为抠，抠到指腹出现殷红的血痕，方涩着嗓子说：“我觉得像你这样的人，对于自己喜欢的人也好，东西也好，都应该有更高的标准。”

而那个标准，并不是她够得上的。

“我这样的人，是什么人？”傅岫声音变得很轻，他又问了陈遇青一遍，“在你心里，我这样的人，是什么人？”

是过于遥远的月亮，是无法拥抱的光，是触不可及的人间理想。但陈遇青没有将这些话说出口，这样太卑微了，她不喜欢，傅岫也不会喜欢。

陈遇青问道："那你在重逢前的那几年里，为什么从来没有找过我？"

她觉得自己卑劣至极，她一次次地要求傅岫证明自己的心意，却不敢质问自己，既然喜欢他喜欢得不得了，为什么没有一次回头找他的想法?

听完这话，傅岫看了她一眼，目光渐渐柔了下来。他唇畔勾起一抹苦笑，说："我回头找过你的，陈遇青。"

而且不止一次。

3. 我们就到这里吧

第一次是在他们分手后不久，差不多一个多月。那时全国大学生科技创新大赛刚评完奖，傅岫参与的项目获得了一等奖，学校那边为了鼓励，还特意发了一千块的奖金。当然，这一千块钱和项目组的其他成员一分，没剩多少，但那个时候傅岫还是挺开心，并且忍不住想打电话找陈遇青分享这份喜悦。

他自小便不是一个喜欢交际的人，也对孤独习以为常并且乐在其中，即便到了大学，他也没去费心交什么朋友，毕竟他一直信奉人的悲欢并不相通，觉得很多事情分不分享也无关紧要。

只是等陈遇青来了又走了之后，傅岫才发现，偶尔的一两个瞬间里，他开始无法忍受孤独。他想念陈遇青有事没事便打电话给他，说一些他认为乱七八糟又鸡零狗碎的东西的时日，而且随着时间越往后移，这种感觉越发强烈。

他聪明，也一向忠于自己的情感，所以意识到自己还喜欢着陈遇青的时候，他几乎没有任何纠结，便拨通了那个被他一气之下删除却早就熟记于心的号码。

只是他拨了两通，也没有人接。听着那机械女声重复着“该电话号码是空号”，他原本炙热的胸腔慢慢冷了下来，没有再拨第三通了。

而傅岫最后一次回头，是在分手后的第三年。那一年，他遇到星探，犹豫着到底要不要放弃学业进入娱乐圈。其实最开始的时候他是没有任何犹豫的，他并没有做明星的打算，只是后来他的导师不知道怎么听到了这事儿，便颇为严肃地找他进行了一番谈话，大意是让他脚踏实地，不要去想那些他不行的东西。

如果只到这里，傅岫也暂且没有进军娱乐圈的打算，只是后来那导师像是生怕他跑了，特意致电他的家人，告知了他们这件事儿。于是他父母轮番上阵，劝傅岫打消那个他从未有过的念头，这还不够，那些亲戚从他父母那儿得了信儿，竟也开始时不时给他打个电话，苦口婆心地说娱乐圈有多么多么不靠谱，他的性格有多么多么不擅长吃这碗饭。

于是劝的人多了，就这么把傅岫的逆反心理给劝出来了。

最开始做出这个决定的时候并不顺利，在他认识的人里面，没有一个人是支持他的。傅岫虽一贯有主见，但好像当全世界都在反对他的时候，还是不免会心生一些挫败感。所以那个时候，他想起了陈遇青。

他在想，如果她还在他身边，听到这个决定的时候，会对他说什么话？那些年里，傅岫想起陈遇青的次数其实渐渐变得屈指可数，因为他本就是擅长和孤独相处的人，而且以往的小半辈子里，他也只接纳了一个陈遇青进入他的生命，她的离开，无非就是带走了她的那一份热闹，让他的世界重归平静已。

只是那“屈指可数”的每一次想念，往往都会让他在寂静的夜里辗转反侧，让他不由自主地拨下那个已经提示是空号的号码。

傅岫觉得自己就像是一锅即将熬干的汤，险险剩了一个锅底在承受着烈火的炙烤，他也不知道什么时候汤会熬干，锅会烧坏，但他并不想坐以待毙，因此在回复那个星探之前，点进了陈遇青的微博。

傅岫是不怎么用这些社交软件的，但陈遇青喜欢，她还总是给他微信分享一堆乱七八糟的东西，后来为了不让自己的手机振个不停，傅岫特意去注册了一个微博账号。

不过分开以后，陈遇青就改了微博名，从他的关注列表里消失了。后来有一次，一位高中同学发微博“艾特”了陈遇青一下，凑巧被傅岫看到了，这才让他和陈遇青几乎断了的联系又悄然续了起来。

当然，重新知道陈遇青的微博以后，傅岫并没有像个偷窥狂一样见天儿点进人家的主页，只是偶尔会翻一翻，从她发的三言两语里拼凑出她的近况。那个时候，陈遇青也不像以前一样一天要更新三四条动态，而是消停下来，隔好久才爬上来转一些什么电视剧上映的消息或者抽奖信息。

她的这种改变，不得不说在一定程度上抵消傅岫对她的埋怨的，起码分开以后，她过得并不像以往那样随意开心。而这也是傅岫想回头找她的一个依仗。

但等他点开她的微博，想给她留言时，才彻底醒悟过来，那依仗便如镜花水月一样可笑——在陈遇青微博主页的第一条，她新放了九张照片。照片有风景照，有人像独照，也有一群人的合影，但正中间的那一张，是她被一个男孩子揽住肩膀，两人紧密挨在一起的合照……

长风自远处吹拂而来，吹得不甚明朗的月色也似乎摇晃起来，海浪开始悄然上涨，漫上白日里被人踩得乱七八糟的沙滩，他的思绪便到此戛然而止。傅岫看着低头不语的陈遇青，并未将这些话说与她听。他一直很少让自己去想他们分开后发生的那些事情，因为他觉得人得向前看，总是沉溺于过去也于事无补。但直到看到那张照片他才突然明白，他不去回想，是因为不敢。

他不敢让自己想起她到底有多绝情，因为他还想爱她。

傅岫自嘲地笑了笑，轻声道：“陈遇青，你当年表现得好像有多喜欢我一样，但其实你最爱的永远都是自己。”

所以她才会在分开以后，迫不及待地注销了原来的电话号码，取消了微博关注，删除了一切联系方式，干脆利落，不给自己任何沉湎于这段感情的机会。

傅岫的目光暗下来。他沉默了一会儿，似乎是在想什么，而后慢慢开口，轻声道：“这段时间，是我不对。我不该缠着你，不该期望你能对我有什么回应，不该在明明察觉到你并不如我喜欢你一样喜欢我以后，还死活不肯放手，对不起，是我高估了自己，也错估了你，你从来、从来……从来就没有真正地爱过我。”

他一连说了三个“从来”，每说一个，音调便低一分，到最后，竟是轻到几不可闻。

食指终是被陈遇青抠破了皮，但是她是揣在兜里的，所以傅岫并没有看见。见她沉默着不说话，傅岫便当她默认了，接着道：“人们都说我是块焐不化的冰，可事实上，你才是……”

这话说完的一瞬间，傅岫一向挺直的背脊微微塌了下来，像是跋涉多年的人终于不再执着于目的地一样，他的语气里藏满了疲惫：“我累了，陈遇青。所以我们，就到这里吧。”

他放手了。毕竟事到如今，他已经做到这一步了，她却还在质疑他的感情，可见她骨子里对他没有分毫喜欢，一如当年她那么轻松地说出分手的话一样。倘使真受他强迫，他们重新在一起了，想必也迟早会再一次分开。

那么何必再折腾一次呢？他又不是没痛够。

“还请你以后离我远一点儿，可以的话，不要再出现在我面前了。”

第九章
负面新闻

1. 云出岫

第二天工作的时候，陈遇青的眼睛明显肿了。朱朱瞧见了，颇为担忧地问她："你怎么了？眼睛肿得跟核桃似的，这手怎么贴着创可贴，受伤了吗？"

陈遇青神色坦然地冲她笑了笑："没事儿，昨晚熬夜看了本小说，被里面的剧情虐到了，流了几滴矫情的眼泪，然后去找纸巾的时候不小心被东西划到手了。"

朱朱问："什么剧情这么虐？"

恰是演员上戏的时候，陈遇青没事儿，便低着头归整工具，以一种很是随意的语气回道："也不是什么新奇的故事，就是讲一对情侣差点儿破镜重圆，最后又劳燕分飞。"

"哦。"朱朱应了一声，显然对这种俗套的剧情并不感兴趣，她左右环顾了几下，见无人注意到她们，这才又往陈遇青身边凑了凑，带着满腔的好奇问道，"青姐，你和傅岫是什么关系啊？"

陈遇青面不改色："就同事关系啊，以前在一个剧组待过。"

“青姐，你难道都没看到傅岫护你那样儿吗？那眼神简直恨不得剜死施洛华好吧！现在你跟我说你和他是同事，你觉得我会信吗？”朱朱努努嘴，晃着陈遇青的胳膊跟她撒娇，“青姐，你就告诉我呗，我保证守口如瓶！”

“那我们不是同事关系，你觉得是什么关系？”一场戏结束，导演喊着补妆，陈遇青趁这机会把胳膊从朱朱手里抽回来，临走前拍了拍这姑娘的肩膀，笑道，“别想那些有的没的，你看我和傅岫先生像是一类人吗？他这人就是比较护短，看不得曾经共事过的同事被欺负而已。”

这她说的倒是实话，傅岫确实是很护短的。不管他嘴上怎么刻薄地说陈遇青，或者怎么逗她，都没关系，但一旦旁人这么做，那光是眼刀就足够把那家伙给“杀”了。

陈遇青记得快高考的时候，她曾经连着三次模拟考都没有考好，眼瞅着排名榜上她和傅岫的名次越拉越开，陈遇青那个时候急得嘴巴上都长燎泡了。偏偏那时傅岫也不知怎么回事，前两次还能耐着性子给她讲讲数学和英语，到了第三次，一看到她的分数便直接黑了脸，开口嘲讽道：“就你这点儿分数，能不能考上我们市里的大专？我怕读成人夜校也不够。”

陈遇青当时本来就难受，一听这话，眼泪“唰”地落了下来，但她哭得越狠，傅岫的脸色就越冷。他压根儿不安慰她，甚至连张纸也不给她递，就双手环抱，在她面前站着。等陈遇青自个儿哭累了，啜泣着停下来，他才又冷着嗓子恫吓道：“卷子给我。陈遇青，要是让我看到有题是我给你讲过，但你没做出来或者做错了，那你就等着死吧。”

陈遇青被他这话吓得一哆嗦，当即便跟个受气包一样泪眼婆娑地去翻书包了。

他俩进行这番对话时是在学校的风雨走廊里，因为靠近学校南门，所以路过的学生还挺多，尽管他俩已经尽量往走廊最里侧站了，但还是有同时认识他俩的同学，抱着看热闹的心态凑了过来。

当然，看的肯定是陈遇青的热闹，所以那同学一靠近，便指着陈遇青的大花脸哈哈大笑起来："陈遇青，你不是吧，你哭啦？你为什么哭？因为没考好？我还以为你习惯了，毕竟都这么多回——"

只是后面的话在傅岫冷冷的注视下戛然而止，那同学心虚地瞄着傅岫，模样就像一只尖叫鸡突然被扼住了脖子。

思及往事，陈遇青嘴角不自觉地染上了笑，不过很快这抹笑在导演的呵斥声中淡了下去。

"你怎么回事儿？我让你给他补眉毛，没让你给他扑粉！"

显然，这就是在找碴儿了。就算天气尚未回暖，但演员们动起来，也是会出些汗的，时时扑粉，给他们遮一下油光，算是化妆助理的一项基本工作。既然导演想要鸡蛋里面挑骨头，借故往她身上撒气，陈遇青也不会傻到顶他嘴往枪口上撞，当即便从善如流道："对不起，下次我会注意的。"

语气诚恳，态度真挚，直接让那导演一噎，隔着摄像机狠狠地剜了陈遇青一眼。

昨天傅岫说完那番话后便直接带着人走了，倒是陈遇青，在外头吹了一会儿嗖嗖的小风，才慢吞吞地回到拍摄现场。不过那个时候道具组的人已经在收拾道具了，毕竟是专门为傅岫腾出来的拍摄时间，眼下他甩手走人，属于他的戏份自然没办法再拍。

而施洛华受了委屈，自然也是气冲冲地走人了。陈遇青当时都想到了第二天娱乐新闻会怎么写，肯定是"傅岫耍大牌罢拍""傅岫剧组力护某女子"一类的标题。

陈遇青为此特意带了一天的手机，并让它保持开机状态，甚至时不时在工作期间开一下小差，浏览一会儿网页，也迟迟没有等到和傅岫相关的新闻登上热搜榜。

莫不是粉丝习惯了去控制舆论？陈遇青心想。

毕竟傅岫就那脾气，早不知多久以前，就爆出过好几次类似的新闻。这也是他一直被那些不喜欢他的人所诟病的一点，觉得他恃才傲物，过分狂妄。

很快陈遇青就明白过来了，不是粉丝控评了，而是施家想办法把新闻压了，毕竟这事儿的起因在施洛华，爆出了傅岫，必然会牵扯出她。而施洛华利用关系进剧组这事儿，归根结底也不甚光彩，施家为了形象，是肯定不愿意让女儿牵涉进去的。

陈遇青之前听朱朱那语气，还以为施洛华家里不怎么样，但眼下他们竟然能把这种一曝光就必然会掀起讨论热潮的新闻压下去，而且不单压了一家，竟是全压了下来。

陈遇青记得当时蹲在剧组的几位记者里，有两家还是规模数一数二的娱乐周刊，可施家也不知道用了什么办法，竟让他们闭了嘴，那是不是意味着如果他们想动傅岫，也会很容易？

一想到这种可能性，陈遇青便有些坐不住，想找朱朱打听点儿关于施家的消息，但这姑娘死活要让陈遇青松口说出和傅岫的关系，陈遇青跟她拗了几天，实在拗不过，便打算真假参半同她说一说，只是最后却没来得及。

因为施家果然对傅岫“动手”了。那一天，取代“傅岫耍大牌罢拍”或者“傅岫剧组力护某女子”登上实时热搜榜第一的，是“傅岫高中打架斗殴”的新闻，并掐头去尾放了一段傅岫一脚将人踹地上，又反手给了另一人一拳，最后摁住第三个人的脑袋往墙上撞的视频。

在剧组“游手好闲”的朱朱当时把手机捧来给陈遇青看，结果陈遇青一看那糊到炸的视频，手里的化妆蛋一下子就滚到地上了。

傅岫的粉丝还在据理力争，说这种连人脸都看不清的东西一定是别人故意做出来抹黑他的，但不仅是陈遇青，当年市中的一众学生都知道，视频里面以一敌三，揍人跟揍沙包一样狠的，确实是傅岫本人。毕竟这件事在当年，是差点儿让傅岫背了一个处分的。

当时市中的校规校纪定得颇严，只要参与打架斗殴，便会被记过处分。虽说当时有巷口监视器录下来的视频为证，证明傅岫是为了救陈遇青才动的手，但由于那巷子离学校近，校长认为这事造成了很不好的影响，所以硬是逮着傅岫要给他记过。好在最后许多老师为傅岫背书做担保，这才勉强让原本的记过处分，变成了不计入档案，并且在全校通报批评。

不过鉴于陈遇青也无辜，所以为了保护女孩子的名声，校方并没有过多透露这件事情的起因。

哪想这么一弄，出于杜绝再发生此类恶性事件的校长，直接让傅岫“一炮而红”，成为市中学子口中干啥啥都行，打架也第一名的“我岫哥”，差点儿把校长气死。

所以，在这种但凡认识傅岫的人便大概知道这件事的情况下，他的粉丝越争辩，到时候就会被捶得越狠。但粉丝这种群体，最大的特征就是偏爱，你让他们不为自己偏爱的人争辩，那怎么可能？更何况现在放出来的这段视频，早把与陈遇青相关的那一段给删了。就算没删，在一举一动都会被无限放大的娱乐圈，“傅岫高中打架斗殴”这种不良事件，就足够让他的星途自此蒙上污点。

在这个娱乐至死的年代，大多数人为了寻求刺激宣泄情绪，是不会轻易放过他的，更遑论他占据顶级流量这个位置这么久，早就不知道动了多少人的蛋糕，他们就等着他一朝跌落，再将他踩到再难翻身。

果然，到傍晚休息的时候，陈遇青打开手机，登录微博一看，发现最先发布傅岫打架视频的那个营销号，下面的评论已经是乌烟瘴气、骂声一片了。

粉丝们的口径就是“不是哥哥，勿碰瓷，哥哥独美，谁敢造谣就骂谁”。但说是这么说，碍于“粉丝行为，偶像买单”这个铁则，陈遇青也没有看到真有哪个粉丝骂什么很难听的话。而那些出口成“脏”的人，点进他们的微博主页一看，基本上不是刚注册的小号就是才关注傅岫，微博内容里关于他的动态寥寥无几。这样的人，一看就知道是出于什么目的。

但当代大部分网友在网上冲浪，基本以发泄情绪为主，一向是怎么爽怎么来。所以傅岫真正的粉丝发表的一些温和讨论的话被直接无视，而许多顶着“傅岫粉丝”名号的人故意说的那些激烈说辞，则直接被骂到了热评前几。

甚至陈遇青早前还通过朱朱的手机，看到了几条基本符合当年事实的，客观公正地替傅岫澄清的评论，但现在压根儿刷不到了。她知道，在这风口浪尖上，是没有人在乎真相的。

她也知道，这个当口，但凡她有点儿理智，也不该在傅岫明确说了“以后不想再见到她”之后还想着为他做点儿什么。可陈遇青控制不住，在看到一条问“视频里趴在地上，看不清脸的那个女生是谁”的评论后，陈遇青心一横，把朱朱拉到一处背人的地方，说：“朱朱，你帮我个忙，我就告诉你我和傅岫是什么关系。”

朱朱见前两天还死活不松口的人，突然这么主动，一头雾水道：“什么忙？”

陈遇青食指指甲狠狠掐了掐拇指指腹，朝她勉力笑了笑，说：“你等会儿就知道了。”

于是，在爆出傅岫打架事件的那天晚上十点左右，另一条相关热搜也登了顶，标题是“傅岫打架视频女主角现身”。

而点进这个话题，最热门的那条，便是名为“云出岫”的微博用户，录的一条手持身份证的长达五分钟的澄清视频。视频里明确地说了傅岫打架事件的起因经过结果，还列举了一大堆完整知悉这件事的人，比如市中的校长、老师等，并且言辞恳切地请求这些长辈，希望他们能出来帮傅岫作证。

网友们对这位“云出岫”进行了一番考察，发现她不仅是傅岫超话粉丝大咖，就连微博里所有发布的动态都是和傅岫相关的东西，而且连微博的注册时间也刚好和傅岫的出道时间吻合，显然是铁得不能再铁的一枚粉丝。但也正是因为这样，之前傅岫真正的粉丝质疑那个视频是假的，现在一些不是傅岫粉丝的人也开始质疑起“云出岫”这段视频的真实性。

他们觉得这位“云出岫”是被傅岫拿钱收买了，包括她口中提到的那些人，也肯定一早就被傅岫打点好了，所以，即便他们出面作证，证词也当不得真。

网络上的大多数人就是这样，借着网络的遮掩，拼命蒙住自己的眼睛，永远只愿意看他们想看的东西，一旦这东西背离他们的预设，他们便总觉得这是假的，是演的。

但陈遇青知道她做到这一步就够了，后面的事情，自然会有那些闻着味儿就扑上去吸血的媒体去揭露，去证实她的作用，就是利用流量制造噱头，放出那些人并不相信的真相，给傅岫留一个转机。

至于陈遇青为何不用“遇见天青色”这个粉丝更多的微博账号，一来她不想把孟清宵拉下水，因为自上次孟清宵“艾特”她以后，她微博涨的粉丝基本是从孟清宵那儿过来的，即便傅岫这件事情和孟清宵半毛钱关系都没有，也抵不住一些别有用心的人借机乱攀咬；二来那个微博账号隶属于沈君白工作室，她的一言一行都代表着沈君白，所以更不能用。

陈遇青知道，就算真把沈君白牵扯进来，他也会出面帮她，但和想保护孟清宵的想法不同，陈遇青对沈君白，是不想再有亏欠。因为她还不起，他想要的东西，她给不了。

陈遇青也清楚，以那些网友扒人能扒出祖宗十八代的本事，她的身份肯定藏不了多久，甚至到时候她和傅岫的桃色绯闻也没准会被扒出来，但那样也总比现在让傅岫深陷这种负面新闻，不能尽快脱身要来得好。

毕竟追星主力军多是中小学生，三观未定，而傅岫又做了一个相当不好的表率，一个处理不当，他的星途可能会就此陨落。

发布视频之后，陈遇青便将手机断了网，继续上工，但她心里总有些惴惴不安。倒也不是怕被网友骂，毕竟上次“化妆师事件”之后，她基本已被骂出了抗体，她只是在想要是傅岫看到这个视频，会怎么想。

毕竟前不久，他才说过她是块他不曾焐化的冰，自始至终没有喜欢过他。结果转头陈遇青就自爆身份，说是从他出道起就一直追随至今的元老级粉丝，换谁不得被她这通操作气死？

傅岫自然不能免俗，不过他没有立即找陈遇青，而是等夜深了，四下无人声了，才拨通了陈遇青的电话。

陈遇青心里存着事儿，自然是没睡着的。她猜到了傅岫会找她，也一早准备好了说辞，所以倒也没有不接这通电话的打算，只是她并不是一个人住，还有同为美工组的一位美术师在，眼下那姑娘正酣睡着，怕吵到她，陈遇青便蹑手蹑脚地走到阳台，反手将那推拉门关严实了，这才摁下了通话键。

“陈遇青，‘云出岫’这个微博一直是你在用对不对？”傅岫单刀直入。

陈遇青没打算在这种事情上骗他，便承认道：“是我。”

傅岫又问：“这几年，我过生日，一直都收到了浅青色的针织品，除了那次拍双人画报的时候，你亲手递给我的手套，其他的是不是都是你送的？”

陈遇青顿了顿，没料到他会这么敏锐，但事已至此，有些事就算被他知道了也无关紧要，她索性道：“是我，而且我每年都会去看你的演唱会。之前被你发现，我说我是陪朋友去的，那话是骗你的。”

“为什么？”傅岫停了一瞬，开口时原本玉质的嗓音变得沉哑，细听甚至能听到里面微微的颤抖，“为什么呢，陈遇青？”

“傅岫，如果我说我爱你，你信吗？”阳台有寒风，把陈遇青出口的话也吹得冰冷，她攥着脱了漆的铁栏杆，“我期望你比所有人都要过得好，期望你拥有最好的人生，未来一片坦途，也期望你拥有最能与你相配的爱人，你信吗？我爱你呀，傅岫，而且我可以爱你一辈子，但我怕你不爱我。你太遥远了，所以你也许不知道，我们之间的距离根本无法跨越。就像你努力拼搏之后，可以得到星光的加冕，成为熠熠生辉的人。而我呢，我用尽一切力气，最终也不过是从生活的一个大沼泽跃到另一个小泥潭，照样还是得在里头滚得灰头土脸。”

傅岫的嗓音越发哑：“你试都不试一下，你怎么知道无法跨越？”

陈遇青低头，有什么东西快速滴落，只是夜色太朦胧，连她自己也没看清楚：“万一试出来的结果不是我想要的，那我该多疼啊？也许你说得对，我是很自私，是爱得不够纯粹，可是傅岫，我真的……真的……真的不敢和你在一起。”陈遇青起先还想着这其实就是她编出来的一套让傅岫死心的说辞，但实际上，她知道这是她的心里话。

她怕他迟早发现她平庸的真面目，发现她的低俗虚伪、胆怯懦弱、一无是处，发现她不过如此，发现她压根儿不值得被他爱。与其回到他身边忐忑不安地等着那一天的到来，那还不如让她现在就亲手斩断两个人之间所有的念想。

“傅岫，就像你那天说的那样，我们就到这里吧。我不会再出现在你面前了。”

她看透了自己，她就是一辈子也走不出王虹丽给她创造的那个沙漠，她的自卑和软弱，就像两道附骨之疽，会牢牢地扒着她，让她不敢接受任何人的爱，也无法放开自己去爱旁人。

远方飘来一朵阴云，将月亮遮挡，路灯也坚持不住，闪动几下后下了岗，夜色如浓墨滴入水中一样悄无声息地弥漫开。

夜更深了，深到无人知晓有谁拼命将自己蜷成小小的一团，躲在阳台的角落，狠狠抠着柔软的指腹，哭得无声却肝肠寸断；也无人知晓有谁仰倒在一堆酒瓶中，一张一张地删着无论换过多少个手机，却一直都保存下来的照片，渐渐红了双眼。

2. 我会让他好好待在天上

六月的时候，发生了几件不大不小的事，一是惹了这么多事的这部现代戏杀青，二是陈策高考，三是陈遇青从沈君白那里出师。如果硬要说前两件事和她关系不大，那第三件事，对她本人来说，可谓是一件大事儿。

因为当时她的本意是辞职，不过沈君白并没有受理她的辞职信。毕竟顺利出师和辞职还是有很大差别的，足以影响陈遇青以后的职业生涯。

陈遇青当时心灰意冷，连陈策高考也只是打电话过去嘱咐了两句，压根儿没想这么多。不过就算考虑到以后的职业生涯会受到影响，她还是会辞职。毕竟她实在是没法在施家暗中向沈君白施压这件事儿上，做到无动于衷，也没有力气装成若无其事的样子和沈君白继续相处。

要不是好用的助理不好找，她又亏欠他诸多，陈遇青早在二月底和傅岫彻底闹掰的时候便走人了。

她拒绝沈君白的告白以后，他们之间的相处模式便跟当初相识时一样，客气又疏离。虽说对于工作上的一些事情，两人秉着职业素养还是该讨论就讨论，但他们都心知肚明，这段亦师亦友的关系，到这里便结束了。因为很多东西，碎了就是碎了，再怎么修补，也无法完好如初。

譬如她和沈君白，譬如她和傅岫。这世上，哪有那么多破镜重圆的故事。

不过临走的时候，陈遇青还是请沈君白吃了一顿饭，在H市最好的饭店里，郑重其事地谢了师。

当时包厢里就他们两人，沈君白仰头一口饮尽陈遇青递过来的酒后，笑容有些苦涩地问道：“遇青，除了你先喜欢上傅先生，再给我一个你无法喜欢上我的理由吧。不然我怕是难以释怀。”

陈遇青也仰头喝完一杯酒，等那灼人肺腑的劲儿缓过去，才道：“沈老师，我们很像。”

沈君白一听就知道她这话的意思，他轻轻叹了一口气，撇下眼，掩饰难过，说：“这是你无法喜欢上我的理由，却是我喜欢上你的理由。”

诚如陈遇青所说的那样，他们很像，或者说，太像了。有时候沈君白看着她咬着牙跌跌撞撞地往前走，就像看到了许多年前的自己。他何尝不是在身后无人支持的情况下，一路磕磕绊绊才走到今天呢？

他幼时也胆怯懦弱，却不得不为了生活而装得对一切都游刃有余，当然，他也很累，但面具戴久了，变成了身上一层撕不下来的皮，捆缚住他原本的灵魂，他尤其渴望有谁能看穿他的伪装，来到他身边解救他。

最初陈遇青的那句“你可以休息一下”，便是他动心的源头。那个时候他以为她只是误打误撞，毕竟她后面从未再提过相关的话，直到后来，随着一段时日的相处，他慢慢看到了陈遇青身上的伪装，这才明白，她是真的可以懂他。

寒夜里走久了，总是妄图有一个人能出现，和他一起抱着取暖，但他终究还是忽略了旁人愿不愿意走入这寒夜。

“对不起，是我唐突了。”沈君白给自己倒了一杯酒，然后举起酒杯朝陈遇青一敬，“其实现在想想，我也可以理解你为何不喜欢我了。因为除了教给你化妆上面的一些东西，我就剩一套虚伪至极的处事为人的方式可以教了。可那些是连我自己都不喜欢的东西，又如何能奢求别人喜欢上？”

陈遇青垂着头：“对不起，沈老师。”

沈君白失笑道：“遇青，你不用一副欠我良多的样子。虽说我教你，但你也在努力替我分担工作，而我对你好，不过是对你别有所图。所以我们之间，不存在欠不欠的问题，你不用有任何负疚，是我一厢情愿。”

陈遇青的眼眶有些潮，她不敢抬头，只死死咬住下唇，怕自己哭出声来。她知道，吃完这顿饭以后，她和沈君白之间的情谊，也就到此为止了。若他日有幸遇见，恐怕不过是点头问候一下。

桌上色香味俱全的菜肴并没有谁去动，沈君白斟了第三杯酒后，面容重新变得温和，和陈遇青最初所见到的那个“玉菩萨”一模一样。

他冲她温柔地笑，遥遥举杯：“遇青，祝你前途光明，祝你心想事成，也祝你早日挣脱藩篱，永远不会成为我这样的人。”

说完，他没有再看陈遇青一眼，推门极为从容地离去。

七月初的时候，陈遇青收拾好东西，回到了C市卿池开的那个小破工作室。

卿池也纳闷过，陈遇青跟着沈君白干得好好的，资源那么好，怎么说走就走？陈遇青也没显露什么异常的神色，就说是正常出师，暂时没接到新单子，所以先来她这儿凑合一下。

换平常，卿池可能会刨根问底，但那阵子她也正烦着，所以不但没有察觉到陈遇青的不对劲，反倒还找陈遇青倾诉起来。

她那事儿，说来也好笑。在和陈遇青倾诉的过程中，卿池一度因为羞耻而险些说不下去。

“你和那‘子皿觉’还在联系？”大致听了一下的陈遇青有些惊讶。她以为这种隔着网线的虚渺的关系，不会有多长久。

卿池不好意思，抿了抿唇：“之前就是偶尔和他吵吵嘴，反正一天也无聊，就当打发时间。结果后来不知不觉就越聊越多，越聊越久。”

“然后呢？”陈遇青虽这么问，但她心知肚明，一男一女聊这么久会聊出什么来？

“然后我就觉得他这个人好像还不错，就问他要不要挑个时间在线下见一面，”说到这里，卿池垂头丧气，“他就说不要啊。我心想，他可能不想见我，那就算了嘛，我也不是那种强人所难的人。不过凡事都要有始有终，我给他发过我的照片，虽然是修过的吧，但是他没有，从来没有，我也不知道他长什么样。我就让他发张照片过来，以后我要是在现实生活里碰到，我就趁早避开。”

陈遇青沉默了一会儿，有片刻的失落。像卿池这种敢爱敢恨，拎得起放得下的性子，说实话，她还是挺羡慕的，毕竟她就做不到。

卿池那边没有察觉到陈遇青的情绪变化，自顾自地又道：“结果这话说完，我都没怎么样，他反而生气了，扔下一句‘不用，我认得你，我到时候会自己避开’，就把我拉黑了！”

说到这里，卿池还是气，胸脯起伏着，恶狠狠地对陈遇青道：“很莫名其妙对不对？当时把我气得呀，差点儿摔了我好几万的镜头。但这还不是最莫名其妙的，你知道吗？因为就在这家伙把我删了没几天之后，他竟然又眼巴巴跑回来加我！”

陈遇青有些无语：“那你又理他了？”

卿池气呼呼道：“我一开始是没打算理他的，结果他就不停地发添加消息过来啊。我当时火得不行，就又把他加上了，想问问他到底想干什么。结果我还没开口呢，他就甩了一个C市机场的地址过来，让我哪天什么时候到几号出口去。我当时就跟他说了，我让见面，你不见，你现在说想见我，我就要见了？把我当什么了？”

陈遇青似笑非笑：“不错，挺有骨气。”

卿池瞥了她一眼，知道她猜到了后面的发展，顿时气势全消，缩了缩脖子，心虚道：“但是你也知道，我这个人一向经不住诱惑。我当时是拒绝了，结果第二天他就给我拍了一张手持孟清宵和傅岫双人签名照的照片过来。”

说到这里，卿池的脖子又一直，理直气壮道：“还不是都赖你？我当初让你给我要他俩的双人签名照，你要是要到了，我也不会这么一副没有见过世面的样子。”

突然蹦出来的傅岫这个名字让陈遇青的心抽痛了一瞬，但她面上不显，瞟了卿池一眼，快速跳过这个话题，随口道：“接下来呢？你俩见面了？关系定下来了？”

这话像是戳中了卿池的痛处，她原本鲜活生动的表情一瞬间黯然。陈遇青以为发生了什么大事，一时间也顾不上自己那点儿悲痛的心思了，忙追问道：“怎么了？他欺负你了？”

卿池摇头，撇了撇嘴，略带哭腔说：“不是，就是，我见到他的时候，发现我房子塌了！”

陈遇青没懂，仰头看了看安然无恙的屋顶：“你好好说话！”

卿池又抽泣了一会儿，道：“就是……‘子皿觉’那个浑蛋就是孟清宵！我吃的糖是假的！”

陈遇青听完，一口气险些没提上来。她抖着嗓子问：“就这？”

“这还不够严重吗？我可以是假的，但我每天做梦都希望他们是真的啊！”

陈遇青嘴角抽了抽，心道，这话要是当着傅岫的面说，卿池不被他打“死”才怪。槽多无口，她想安慰卿池，一时间又不知道从何安慰起，便道：“也是，孟清宵出道前的本名就叫孟觉，是我们大意了。那接下来呢？你们见过面以后，发生了什么事？”

卿池垮着肩膀盘腿坐在单人沙发上，回想了一下那天的场景。

其实说见面也不大恰当，因为她直到最后一刻，才认出“子皿觉”就是孟清宵。而在这之前，她就是抱着“趁等的人还没到先追追星”的心态，混在一堆接机的粉丝中，想借机蹭个签名。

卿池虽说追星，但她娇气，平时也就砸砸钱买点儿代言产品，或者去听个演唱会，这是轻松式追法，让她去接机或者蹲点，和一大群人挤来挤去，她还真不乐意。所以挤了一会儿，自觉再挤下去得散架的卿池，便萌生了退意，想退出人群。

哪想她刚退了一步，本来埋头给旁人专心致志签名的孟清宵，像是脑袋顶上多长出一双眼睛一样，一瞬间就发现了，接着停笔，手朝着她的方向够了够，将卿池手里那本用来记客户身份信息，临时掏出来的土里土气的皮革小本子一钩一摊，唰唰就写了几笔。

卿池当时还挺激动，双手颤抖着接过那个皮革小本子，想好好瞻仰一下偶像的亲笔签名，结果没旁人的本子回来时都是只多了个签名，偏偏给卿池的除了小本子上多了个签名，竟还多了一个粉红色的小纸袋，顺带附赠一枚意味深长的眼神。

孟清宵的工作团队是有这个习惯的，去哪儿都会提前准备一份礼物，到时候在等候的粉丝中随机抽取一个人送出去。当时卿池收到礼物后，其他的粉丝除了艳羡，倒也没有别的反应。

只是卿池有些不知所措，愣愣地看着皮革小本子上那洋洋洒洒的“子皿觉”三个字，以及纸袋里那张双人签名照，脑袋里像是炸开了烟花。

卿池慢慢咂摸着当时自己的心境，好像除了最开始的茫然和后面的生气以外，还有几丝甜甜的感觉。她忍不住红了脸，见陈遇青还在等她的回答，轻咳一声清了清嗓子，这才别别扭扭地开口道：“也、也没发生什么事儿，就是后来他忙完工作以后，来工作室找我，结果我俩吵了会儿架，又一起去吃个了饭。”

陈遇青无语：“那你俩这样不是挺好？你现在摆这副苦大仇深的样子是要干什么？”

卿池噎了噎，低头摆弄了一会儿自己的手指，才慢吞吞道：“就是觉得我俩见个面都偷偷摸摸的，虽然有时候很刺激吧，有时候又觉得挺没劲的，像是我俩在干什么见不得光的事情一样。”

陈遇青一愣，继而叹了口气，说：“我以为你在知道他身份的时候，就做好了这种准备。”

他是明星，万众瞩目，加上正处于事业上升期，所以注定他身边的人只能站在聚光灯照不到的暗处。登月哪是这么简单的一件事儿，好多人只能接受纤尘不染的皎洁月光，所以连月球本身的暗面都要藏起来，更别说让月光中掺杂别人的影子了。

这道理卿池也不是不懂，但人的情绪哪里是那么好控制的？她沉默了一会儿，才问陈遇青道：“如果是你，遇到人的是傅岫，你会怎么做？”

陈遇青低头，狠狠掐上伤口还没好的拇指指腹，平静道：“如果是我的话，我会让他好好地待在天上。”

3. 住院

打那次谈话以后，卿池和陈遇青没再谈论过关于孟清宵或者是傅岫的话题。陈遇青在卿池的工作室留了下来，重新做回了她的镇宅化妆师，并且对不时找不到卿池人的事情睁一只眼闭一只眼。

陈遇青其实偶尔也在想要不要劝卿池悬崖勒马，但每次看到卿池眉眼带笑地回来，又觉得还是随她去吧。未来的事情谁也说不准，起码现在她是开心的，不是吗？

想通以后，陈遇青不再像个老妈子一样管着卿池，反倒是尽量从卿池身上接过她也能做的一部分工作，给卿池腾些时间出来，卿池感动得热泪盈眶，每次从外头回来一定会给她捎一大堆吃的。

陈遇青来者不拒，卿池买多少她便吃多少，隐约有些暴饮暴食的倾向，尽管这样，一个月下来，陈遇青不但没长肉，整个人反倒瘦了一大圈，下巴削尖，瞧着都快戳得死人了。卿池起先还担心，觉得这闺蜜打从沈君白那儿回来以后便有些怪，话少了不说，还老是背着她不知道接什么电话，接完了整个人还看上去没什么精气神儿。每次卿池有心想跟陈遇青沟通，结果她三言两语将话题一带，沉浸在甜蜜中的姑娘就这么被糊弄了。

一直到八月，七夕节那天，她俩的工作室约好了给一对情侣拍私房照，陈遇青给他们上着上着妆，突然就晕了过去，怎么叫也叫不醒。

卿池魂都差点儿吓飞了，忙不迭地叫了救护车，在等检查结果的时候，还忍不住哭哭啼啼地给正在参加一档综艺录制的孟清宵打了电话，在他的安抚下才好不容易镇定下来。

恰好这个时候，陈遇青包里的手机响了起来，卿池看了看屏幕上显示的“别找我了”这种奇怪的备注，又瞧了瞧白色病床上虚弱至极还眉头紧锁的好友，抹了把眼泪，最终还是摁下了通话键……

陈遇青醒过来的时候，卿池正给她削苹果。卿池没做过这些细致的活儿，所以姿势显得有些不伦不类，好不容易削完一个，结果果肉早去了大半，桌上还摆着几个果肉更少的，显然这已是她削得最好的一个。

陈遇青忍不住“扑哧”一声笑起来，这声音惊动了正和苹果做斗争的人。她一下子就转了头过来，黑亮的眼珠子一瞬不瞬地瞪着陈遇青，哪想瞪着瞪着，这人就哭了，说：“你是不是除了我给你带回去的那一顿，平时都不好好吃饭？急性胃炎，你看着吧，以后有你受的！”

陈遇青的脸色还有些苍白，见卿池担心到哭的模样，抿了丝笑出来：“我就是最近没什么胃口，我也没想到会这么严重。”

“你没想你没想！”要不是陈遇青还虚弱着，卿池恨不得一指戳到她脑门上，“我看你就是故意折腾自己！有什么事情，你要是觉得不好解决，你就不能找我帮忙吗？”

卿池这话没明说，但谁都能听出来她意有所指，只是陈遇青的眼神闪烁了两下，做出一副坦然的样子，笑道：“我没有什么事啊。”

卿池看了她两眼，见她闪躲，便知她不想让她掺和进去。她和陈遇青多年好友，自是知道她的脾性是有些犟的，但凡她不想开口，那么即便你打落她的牙齿，她也绝对不说。卿池拿她没什么办法，想了一下，决定还是循序渐进，便俯身给她掖了掖被子，转移话题道："那你先在这里好好休息一下，我去把住院手续办了，医生说怕万一出现胃溃疡，让你在这里先挂两天吊瓶。"

"哦。"陈遇青乖巧地应了，甚至打趣了卿池一下，"苹果不给我吃吗？我觉得那个大小刚好。"

卿池被她侃得脸顿时涨红，中气十足地骂了一声"滚"。

出了病房以后，卿池想起那通电话，还是忍不住敛神低叹了一口气。

却说孟清宵这边，本来正在录一档户外真人秀，卿池打来电话的时候，刚好是拍摄间隙，大家都休息的时候。他玩心重，手机一贯不离手，所以平时跟卿池聊天也没有谁生疑，但那都是在微信上聊，眼下她一通电话拨来，他被经纪人眼神责备了一通，才左顾右看，走到远处接通了。

因为正是七夕节，所以虽然接的时候需要很小心，但卿池肯给他打电话，孟清宵心里还是很开心的，只是刚语调愉悦地"喂"了一声，他便被卿池的哭腔吓到了。

卿池语无伦次地说了一通，孟清宵费了老大劲儿才捋清楚：她的好朋友在工作的时候突然晕倒，正在医院急救。

孟清宵之前并不知道卿池和陈遇青是好朋友，他就知道有个和卿池合伙开摄影工作室的化妆师姑娘，但具体这姑娘是谁，卿池没细说，他也心大，没有过问。当然，卿池不说，是因为她也不知道陈遇青和孟清宵认识，以为他俩就是曾经一起工作过的关系。

就在发生这事儿差不多半个月前，在他和卿池确认关系的那一天，陈遇青突然半夜在微信上找他，用极为郑重的语气交代他，让他要好好待卿池。也是从那一天起，孟清宵才知道卿池老挂在嘴边的好朋友，原来是陈遇青。

他和陈遇青的关系也不错，虽然后来傅岫和她的关系彻底冷了，但不妨碍他时不时找陈遇青唠个嗑打个趣。

得知她晕倒了，孟清宵也挺担心的，只是因为工作，一时没办法脱身。他一边安抚卿池，一边交代她一些需要注意的事情，等她情绪渐渐平复下来，才在远方工作人员的催促声中挂了电话。

往回走的时候，孟清宵捏着手机，心思一转，又一猫身，藏在一棵被修剪成球形的冬青树后头，从电话簿里翻出一串号码，只犹豫了一瞬，便拨了出去。

真人秀的工作人员又开始催命似的催孟清宵赶紧复工，孟清宵从冬青树后头探头，做了一个稍等的姿势，又把视线移到正在拨号的手机上，嘀咕着："你倒是快接啊！"

好在刚说完这句话，电话便连通了，孟清宵猛吸一口气，不等对方开口，炮语连珠道："陈遇青突然晕倒了，现在在 C 市的市立医院里，不知道严不严重，但卿池说一时叫不醒，那我想应该是比较严重的，所以你要不要去看看她？"

那头顿了顿，问："谁是卿池？"

孟清宵没忍住翻了个白眼："她朋友，我女朋友行了吧，我说你心思怎么这么多呢？你不去，她那沈老师先去了，可别怪我没提前给你透风啊。"

那头听到"沈老师"这三个字就冷哼了一声，说："随便，谁爱去谁去，我不去。"

工作人员又开始催促，甚至已经往这里找来了，孟清宵最后不得不咬牙切齿地扔下几句："好，傅岫，这可是你说的啊。我让你给我犟，你回头可千万别找我喝酒！你看我到时候搭不搭理你！"

哪想对方比他挂得还快，冷嘲着甩了一句"谁稀罕"，便把通话掐断了。气得孟清宵一口气没提上来，险些当场撅过去。

犟是吧？行，他等着，他就不信没他傅岫后悔的时候。孟清宵愤愤地嘀咕：“行，你不去，我自己去。”

孟清宵把安排好的行程都走了以后，这才得了半天空闲，买好一个大果篮，捂得严严实实地往医院去了。而这时，距离陈遇青晕倒，已经过去了五天。

其实陈遇青也没什么大事儿，就是因为剧烈腹泻引起脱水性休克，按理住个三天就能出院，但卿池不放心，硬是押着她不让出院。有时陈遇青态度强硬一点儿，她就撇嘴哭，一把鼻涕一把泪地说什么都怪自己没照顾好她，都怪自己只顾谈恋爱，说她要是有什么好歹，自己万死不足以谢罪啥啥的。

每每都弄得陈遇青颇为无奈，后来索性不提出院这茬儿了。

不过，陈遇青也有要求，就是在她住院的这段时间里，摄影工作室不能因此关门，这就导致卿池除了下班时间，是不能到医院来陪陈遇青的。当然，这也是陈遇青的主要目的。生病让她变得似乎更加脆弱了，脆弱到只想缩进自己觉得安全的壳里，静静地待着。

这是陈遇青性格里缺失的一点。和那些被偏宠着长大的孩子不一样，她从来不会向人喊痛，因为潜意识告诉她，就算喊了，也不一定有人会听，可能别人还会嘲笑她矫情。

所以啊，让她一个人待一段时间，慢慢就好了，她一直都是这么过来的。

闻着医院浓重的消毒水的气息，陈遇青打算像前几天一样蒙着被子大睡一觉，哪想刚要闭眼，便见隔帘一动，一个蒙头捂脸的人矫捷地窜进来，接着没把自己当外人似的往她床沿一坐，一把抓住她露在被子外的手，语气哀戚道：“青儿啊，这才多久没见你，怎么就把自个儿折腾成这副模样了？”

陈遇青本来被吓到了，一听这声音，因病中脸色苍白而突显得越发漆黑的瞳仁里蓦地便带上了笑，说：“大夏天的你裹成这样，热不热啊？”

孟清宵瞪了她一眼，这才把帽子、口罩和黑色外套脱了下来，摆着手给自己扇风：“没良心的，我这是为了谁啊？”

陈遇青从床上坐起来，自床头抽了几张纸巾给他擦汗，打趣道：“想必一半是为了我，但另一半为了谁，可就不好说了。”

孟清宵被她打趣得面皮一红，本来想和她闹几句，结果看了眼她身上显得空荡荡的病号服，心里一下就不好受起来，犹豫道：“你和老傅，是不是发生什么事儿了啊？”

上次傅岫打人事件一出来，孟清宵便有心帮傅岫说话，但经纪人眼疾手快地摁住他，还改了他的微博密码，俨然一副说什么也不能让他搅进这浑水里的架势。孟清宵也没办法，好不容易到了晚上，软磨硬泡才把微博要了回来，结果点开一看，就是陈遇青上热搜的消息。

那风口浪尖的，孟清宵知道她站出来将会承受多大的压力，只是他给她打电话也打不通，索性打傅岫的电话，想问问他这到底是怎么一回事儿，到底是陈遇青自愿出面的，还是被他的经纪公司逼的。傅岫的电话倒是通了，只是并不是他接的，而是宋桥。

当时孟清宵听宋桥的语气，明显能察觉到他松了一口气，他在电话里跟孟清宵说：“我哪敢去逼陈小姐啊？我要去逼了，那祖宗不得杀了我？也不是经纪公司的人，他们压根儿什么也不知道，我没跟他们告密。是陈小姐主动那么做的，她估计也知道这件事会给傅岫带来多么沉重的打击。她那么做对我们来说自然是最好的，正好傅岫不肯说，还省得我们大费周折去寻找视频里的那个女孩子。”

孟清宵当时气得够呛，恼火道：“那你们想没想过她现在站出来会面临什么样的事情？”

宋桥也无奈，说：“孟先生，事急从权，而且陈小姐事先没和我们有任何商量。你和陈小姐关系好，我理解你的心情，毕竟傅岫也快把家里能砸的东西都砸了，可把大众的视线从影响极为负面的新闻上，转移到桃色绯闻上，总比毁了傅岫的星途要好吧？KI 公司就算再窝囊，处理这种绯闻还是有经验的，您放心，我保证过后会把陈小姐摘出来，这样可以吧？”

诚然，宋桥后来确实做到了，他找了几个职业粉丝，主动把陈遇青和傅岫是邻居的关系曝光了，顺利引导大众将关注点放到了陈遇青为什么总是跟在傅岫身边这个问题上。

由于当年除了陈策，没有人知道陈遇青和傅岫交往过，所以陈遇青被成功塑造成了“痴恋傅岫无果，多年后却还是愿意勇敢为他站出来抵挡流言蜚语”的这么一个可怜弱小又无助的形象。

那以后，别说傅岫自家的粉丝，就连一些讨厌傅岫讨厌得不得了的人，也会发私信给她，惋惜地劝她两句“何必呢”。

可孟清宵知道，那件事情顺利解决后，傅岫并没有多开心。孟清宵当时想，也是，要是他发生了什么事儿，卿池主动跑出来给他挡刀，他也会不开心。等过一阵子，孟清宵闲了，想去找傅岫叙一叙，才知道这家伙已经连推好几个通告，足有两个月的时间没有出工了。

见陈遇青沉默着，明显不想继续这个话题的模样，孟清宵也不好强迫她，便道：“我就是见你俩这阵子都过得不好，才这么一提，你要是不想说，也没有关系。总之，你先好好养病，等好了，我再来带你和卿池一起出去玩儿。”

说罢，孟清宵便不再提这事儿，陪她说了会儿别的，重新把陈遇青逗得开心了，这才又蒙着脸走了。

走出医院，在明晃晃的阳光下，孟清宵还是没忍住，从电话簿里扒拉出一个号码，编辑一段文字发了出去——“C 市市立医院住院部五楼消化内科 506 号房 2 床，瘦得快成个骨架子了。听说她家里也出了事儿，好像是她爸做生意被骗了，欠下不少钱，现在气得住进了医院。总之，你爱去不去，到时候再出什么事儿，你可别后悔。”

4. 你乖，你哭出来

孟清宵走了以后，卿池没过多久便羞答答地打电话过来跟陈遇青告假，说下午不能过来陪她了，叮嘱她到了时间一定要好好吃饭。

陈遇青笑着应了，结果转头便一觉睡到了晚上九点。

护士下午查完一次房后便没有再过来，原本和陈遇青在同一病房的病友都陆陆续续地出了院，暂时没有别的人搬进来。陈遇青被手机的振动声吵醒的时候，面对空无一人的病房，竟有些想哭。

当然，她最后没有哭出来，只是翻了个身，将备注名为“别找我了”的电话挂了，准备继续睡。只是安生了没一会儿，那振动声便又催命似的响了起来，大有她不接便能一直响下去的架势。

陈遇青长长地叹了一口气，裹着被子坐起来。这已经不是第一次了，前几天她不想接，便索性关机，结果吓坏了给她打电话没打通的卿池，怕她出事儿，卿池大半夜穿着睡衣就跑到医院来了。

后来陈遇青也不敢再关机，只开了振动模式，任由手机响，但她是知道王虹丽执拗的那股劲儿的，陈遇青给她记过时，最长的一次，她从晚上八点开始，一直不间断地打到了凌晨一点。

要说前几天陈遇青还有耐心陪她耗，今天却是莫名攒了一股火，不想再忍下去了。她接通电话，语气里的厌恶毫不掩饰：“我说了，我能给您的钱都给了，您再像蚂蟥一样想吸我的血，也没有了。”

病房门口的门锁传来“咔”的一声，似乎有谁在外头将把手拧了一下又松开，但陈遇青并没有注意到，她沉浸在自己的愤怒中，说话又快又急：“是，我是您生的，是您养大的，所以我现在还叫您一声妈。但您也别拿这个绑架我，您怎么在生之前不问问我的意见，不问问我要不要做您的女儿，想不想被您养大？”

仲夏夜的风带着燥意从病房大敞的窗户里灌进来，垂挂的蓝色窗帘被吹得高高扬起。陈遇青的声音提高，饱含愤怒：“对，没错，我忘恩负义，我狼心狗肺，我不懂您的良苦用心。您的教育方式多好啊，您的教育方式就是说我一无是处，说我无能无用，说养我还不如养个能逗您趣儿听您话的猫猫狗狗！”

说到这里，愤怒里头又沁出委屈来，她的声音渐至哽咽：“您夸过我哪怕一回吗？在我和陈策之间，您选择过我哪怕一次吗？大二那年，我家做生意失败，赔了不少钱，您跟我说家里没钱供我念大学，如果要继续读，就得我自己兼职挣学费和生活费，结果呢，您转头就花了大几千给陈策报了一个市里最好的英语补习班。好，我知道您嫌我累赘，所以我书也没有继续念了，我找学校退了我一半学费，又找了好几个朋友东拼西凑，好不容易凑了两万块钱，报了个化妆学校，打算学出来以后自己养活自己，再也不靠您了，可然后呢？”

窗玻璃上映着婆娑树影，随风摇曳生姿，发出窸窣的声响，细细听来，像是谁在小声啜泣。陈遇青停顿了一下，把自己激动过头的声音缓下来，换上一种平和的语气继续陈述道：“然后您觉得我的工作不够体面，挣得也不够多，所以迫不及待地想我嫁人。妈，您别说让我结婚是为我好，您真当我不知道您在想什么？您无非就是想让我找个人来一起负担陈策。是，陈策是我弟弟，我也很爱他，可这都不是您把他赖在我身上的理由。我给他钱花，是因为‘我想’，而不是‘我必须’，您懂吗？”

陈遇青这间病房的窗户是正对着门诊部的，此时有被急救的人送来，救护车蓝色的预警灯不停乱晃。陈遇青就这么远远瞧着，冷笑一声，道：“您别骗我了，您不爱我，您从来就没有爱过我。不然您怎么会在我很小的时候就把我扔在家里，自己跑去别人家做客？怎么会把好吃的东西都偷偷藏到陈策的房间？又怎么会等我高中一毕业就拆了我的房间，连张床都不给我留？”

她背对着病房的门坐在床上，背部的蝴蝶骨微微凸起，让她的身影显得越发伶仃。不知道对面又说了什么，她听了一会儿，原本挺直的背便慢慢弯了下去，一瞬间疲态尽显，她的语气也变得轻飘飘的，似乎没什么着力点撑着她："该我还给您的，我以后会努力去还，但如今我的底已经掏给您了，再没有多的了。我是不会找我朋友借的，您不卖房子，还想着把那房子留给陈策结婚用，那您就等着那些催债的人找上门来吧！妈，我说真的，您别以为我狠不下心。"

说完，她也不听电话里的人还说了什么，将电话一切，瞧着手里的手机又像是什么洪水猛兽一样，直接将它扔到乱成一团的被窝里。

她长舒一口气，肩膀越发垮，就这么保持着这个姿势静静坐了一会儿，然后突然抬手，捂住自己的脸，背也变得越发佝偻起来，像是一只拼命想要保护自己的刺猬，整个人都蜷成了小小的一团，轻轻地颤抖着。

须臾之后，才有闷闷的哭声从紧抱的臂弯之中传出来。

门把手又被拧动，传来轻轻的"咔"的一声响。不过这回陈遇青听到了，她的身体明显僵了一瞬，而后她慌里慌张地扯着病号服蓝白条纹的袖子擦脸。

她以为是护士例行查房，正转身想要回到病床上去，结果一见来人，登时愣在原地。

起初两人都没开口说话，隔着四五步的距离，就这么两相对峙着，直到外头有纷沓的脚步声传来，傅岫才抿了抿唇，开口道："孟清宵跟我说你生病了。"

"也没什么大事儿，马上就能好。"陈遇青扬起一个笑。她的双眼红肿尚未消，便让这笑看着多少有些牵强。

傅岫借着从窗户漏进来的路灯微暖的光看了她一眼，嗓音暗哑，问道："那件事儿，为什么不和我说？"

陈遇青愣了愣，接着眼眶便蓦地一热，心中的酸楚在这一瞬间，好像因为这句话变得无法压制，开始一股一股地往上冒，堆到嗓子眼，让陈遇青想就这么呜咽出声。不过很快理智回笼，驱使着她猛地别开眼——她无法接受他的同情，那样会比让他厌恶还要令她难受。

见她不答，傅岫又问了一遍：“为什么不和我说？”

陈遇青往后退了一步，不敢看他，却试图激怒他：“我们不是说好不要再见面了？”

可傅岫根本不接这茬，朝她的方向迈了一步，垂在身侧的手握紧成拳，眸光冰冷如霜，固执地一字一句地问道：“当年你和我分手，是不是因为这件事情？”

陈遇青再往后退了一步，只是病房本就不大，她一退再退之下，很快背便抵上了一堵平坦的白墙。白墙的温度在夏夜中也冰冷刺骨，贴着肌肤，寒意便似乎渗透进四肢百骸。陈遇青忍不住微微瑟缩了一下，想远离这寒冷，可她眼前又立着个傅岫，她无路可逃。

陈遇青别无他法，眉头一皱，狠狠瞪着傅岫，试图让他知难而退，可哪想瞪着瞪着，她先掉了眼泪。

她难堪极了，伸手抹了一把脸，一面暗怪自己不争气，一面有些咬牙切齿地开口：“我该怎么跟你说呢，傅岫？我又能怎么跟你说？告诉你我被家人抛弃了，然后让你养我吗？”

傅岫又向着她走了一步。男人的腿长，步子大，这么三两步便把两人的距离拉得很近。可陈遇青无法忍受似的，等他站在她伸手便能触到的地方时，她突然疯狂地捶打着他，推着他，似要将积攒的委屈愤怒统统发泄出来，歇斯底里地喊着：“你够了，你够了！算我求你了，你就让我远远地看着你行吗？你去做你的月亮，照谁都可以，就是别来照我可以吗？”

傅岫不肯平白挨打，他倏地抓住陈遇青的两只手。那腕骨嶙峋，他只虚虚一握，便轻易将她制服，他亦是恨得不行的模样，咬牙切齿道：

“不够，不行，不可以！凭什么你说什么就是什么？”

陈遇青挣扎着，看傅岫就像是在看累世的仇人一样：“你就是非要让我看清我过得有多狼狈，你才甘心是吗？看来我之前说得没错，你就是想报复我，你就是见不得我好，哪怕那点儿好是我假装出来的，你也不乐意！”

“对，你说得没错，我就是见不得你好！”傅岫也发了狠，任由她挣扎着，就是紧攥着她的手腕不肯松手。最后，陈遇青精疲力竭，他也没好到哪儿去，只觉得心胆俱裂，口中都隐隐泛出一股铁锈味儿。一时间，他恨不得就这么两口咬死她，又恨不得将她紧紧抱住，融进自己的骨血，从此什么也无须她承担。

“陈遇青，你就是个白眼狼！”最后，他恨到张口骂她，手腕却是一收，径直将她往怀中一拽，就这么搂住她，似要为她搂出一方天地来。

紧接着，他收了那恶狠狠的语气，手轻抚上那伶仃的背，一遍一遍地哄着：“哭出来，陈遇青，你乖，你哭出来。”

怀中原本还硬着脖颈的人便这么骤然软了下来，露出了“刺猬”最柔软也最伤痕累累的那一面，揪着他的衣衫，像揪住救命稻草，喉中溢出一声细细的呜咽，而后终于一心一意地放声哭了起来。

窗玻璃外头除了暖橘的灯，还有皎洁的月，光影交缠在一起，模糊了窗内长长相拥着的那两道身影。

许久，仲夏夜的长风吹来，光影又轻轻地一摇一晃，让那些被尘封多年的记忆碎影，终于愿意摊在这温柔夜色下……

第十章

再度拥月

1. 往事

大二上学期，放寒假的时候，陈家的气氛便一直不怎么好。

王虹丽和一贯唯唯诺诺的陈遇青她爸关在房里吵了好几回，虽然没听懂他们到底为什么吵，但直到除夕前，陈遇青都自觉地夹起尾巴做人。除非必要，平时她都是窝在自己屋里和傅岫发短信，绝不出去在王虹丽眼前晃。

即便这样，陈遇青还是被王虹丽逮住骂了几顿。那个时候陈遇青心里便隐隐有不好的预感，因为王虹丽虽然总看不惯她，但也没有找碴儿找她出气找得这么明显的。当时陈遇青沉浸在和傅岫的甜蜜中，也没有细想。

除夕那晚，她和傅岫看完烟花回来，结果一进玄关便撞上了从来不守岁的陈家两口子。陈遇青当时的第一反应就是她和傅岫的事情暴露了，心中正忐忑不安，结果一向不主动开口的陈爸还和蔼地冲她招了招手，以一种爱怜的眼神看着她，当时陈遇青便腿肚子一软，险些夺门而逃。

那个时候陈遇青还是很畏惧他们的，毕竟当时她未涉世，还把自己摆在小孩的位置上，对于亲近不了的大人，只剩打心里带出来的害怕。加上王虹丽沉着一张脸，陈遇青便更害怕了，向他们靠过去后，都不敢坐，只垂头绞着手，一副乖乖挨训的模样。

这副样子倒是让王虹丽的脸色缓了不少，她竟破天荒地冲陈遇青颔了颔首，说："先坐吧。"

陈遇青当时还挺受宠若惊的，哪想她屁股刚挨着沙发垫，王虹丽便和她爸对了一下眼神，然后她爸便开口道："遇青，有个事儿，我们想着你也大了，所以和你商量一下。"

这真是个稀罕事儿，平时在王虹丽面前，哪有她爸说话的机会？陈遇青当时心里就"咯噔"一下，嗓音都不自觉地变得尖细，问："什么事？"

"是这样的……"她爸点了根烟，在缭绕烟雾中徐徐开口，把他因为投资失败，赔了不少钱这事大致说了一下，其间又挨了王虹丽几句骂，最后才点题道，"家里呢，实在是没什么钱了。你那学费，不是交了一年的吗？这还有半个学期，所以啊，爸爸妈妈想，你要不趁着这个机会，好好锻炼一下，试着挣挣自己以后的学费和生活费？"

大抵知道把压力就这么转移到无辜的女儿身上太可耻，陈遇青她爸说着说着便咧起嘴干笑两声："当然，要是挣不到也没关系。爸妈就是想，你也大了，也到了可以分担家庭重任的年纪，所以……"

后面那些残忍的话，他还是没能狠心说完。一旁的王虹丽，可没这份体谅陈遇青心情的耐心。她接过话头，直接道："你要是继续念，暑假就别回来了，毕竟车票也贵。留在学校多打几份工，平时的花销也省着一点儿，下学期的生活费我可以给你垫着，但之后可就没了啊。"

其实就算没有这桩事，陈遇青平时也在勤工俭学，她还花这些钱，在年前给陈策买了双鞋，给她爸买了件针织衫，给王虹丽买了条丝巾。眼下那条丝巾就在王虹丽脖子上系着呢，陈遇青想到王虹丽收到丝巾时也不似作假地开心，搞不懂她为什么转脸就能这么戳自己女儿的心窝子。

那时陈遇青还天真地以为王虹丽是爱她的，虽然相比起来，可能更爱陈策一些。但那个除夕夜发生的事就像一记狠狠的耳光，彻底把陈遇青从这种假象中扇了出来。

当时陈遇青还是莽撞的性子，被王虹丽伤了心以后，便带着对她的愤怒去办了退学手续。大学退学是不用家长出面的，只需辅导员打电话核实一下即可。不得不承认，当时陈遇青的愤怒之下，其实是带着自损一千，看能不能伤王虹丽八百这种心思的。但王虹丽心肠远要比陈遇青硬，和辅导员没说上两分钟，陈遇青便见辅导员在她的退学申请书上写下了“同意”两个字。

“后来的事情，你应该刚刚也听到了。”陈遇青靠坐在床头，目光落在白色的被子上，抿抿唇，“大概在三月份的时候，我拿着退了一半的学费，又找大学时关系比较好的朋友借了些钱，然后报了化妆学校。那里包住，我就搬过去了，只是离学校比较远，所以后来你到学校找我，才会等那么久。”

“其实我当初想过要不要和你说这些，但我的自尊心不允许。”分析自己极力想要隐藏起来的一面是件很难的事情，但也许哭得久了，陈遇青的心防打开，那些她以为她到死也不可能说的话，就这么对着从方才起便一直沉默的傅岫说了起来，“我喜欢你，我也一直很羡慕你。你有一双明理的父母，从来不会当着旁人的面对你大喊大叫，你自身也足够优秀，学校的老师个个儿都很喜欢你，而且就算你性格冷淡，不爱搭理人，学校里也有许多人想跟你做朋友。但我不一样，我得笑，得装作没心没肺，得拼了命地努力学习，才可能得到那些你也许根本不屑一顾的东西。”

被角冒出来一个线头，陈遇青摸过去，将它缠上指尖轻轻绕着，低声说：“你是光，傅岫，但我不是。”她是在黑暗中踽踽独行的丑陋的乌鸦，自以为可以抓住那束光，所以拼了命地骗自己是只凤凰，这才有了和他在一起的胆量。

“其实我至今也不懂你为什么会和我在一起。喜欢你的人很多不是吗？连死皮赖脸缠着你的人也不止我一个。”当年文科班好多又漂亮又大胆的女孩子，总是堵在傅岫上下学的路上，给他塞各种零食、情书，甚至课间也假借串班之名，一双眼放肆地往他身上瞟。她们从来不把陈遇青放在眼里，觉得她没什么威胁力，连陈遇青也一直很清楚，她相较于其他女孩子的优势，可能就是和傅岫做了邻居这么一条。

但陈遇青从来都不相信，他会因为两人仅仅是邻居就喜欢上一个人的性子。他的爱憎一向分明，就像对待那些给他塞情书的女孩子，他不喜欢，那么她们送的任何东西他都不会看一眼。

陈遇青牵动嘴角勉强笑了笑，继续道：“其实和你在一起之后，我总是很害怕，怕你有一天发现我不过如此，反应过来自己做了怎样一件傻事后，会毫不迟疑地抛下我。有的时候我俩闹不开心，其实我也想发火的，但我不敢，我怕我一凶，你就有借口不要我了。所以我只能朝你撒撒娇，使使小性儿，做出一副可怜可爱的小女生模样，希望你倘若有一日真的想要离开我，会有一丝‘她那么娇，我走了，她肯定会哭吧’这样的念头，进而犹豫一下。”

后来又发生了那样的事儿，被家人选择抛弃的陈遇青终于看清乌鸦就是乌鸦，站在光的旁边，只会让自己看清楚自己一身羽毛到底有多黑。

“我不配你，傅岫。”堂堂正正将这句话说出口以后，陈遇青觉得自己整个人瞬间轻松了不少。之前她一直在躲闪，自卑到不敢直面自己的自卑，说话也不肯这般坦荡，平白让傅岫猜来猜去，还怪对不起他的。

思及此，陈遇青有些愧疚地说：“对不起啊，傅岫，我没想过再出现在你面前，去搅乱你的生活。我原本只想抱着我那点儿念想，一辈子做你不知名的一位小粉丝，正大光明地说我喜欢你。但我没想到……”

他竟对她旧情难却，以至于她在惊慌之下，也有那么几丝得意忘形，这才昏了头，没把持住才和他纠缠不清。

傅岫听了这么半天，终于在陈遇青说完这番话以后，给出了第一个回应。他问："当年我在你的微博看到的那张合照，里面那男的是谁？"

陈遇青一噎，没料到她发自肺腑地说了这么一通以后，他最先问的竟然是这么一个问题。他蹙着眉，一双眼紧紧攫住她，里头是毫不掩饰的在意，便让陈遇青的心微微一塌，霎时松软起来。她回想起来，说道："不是谁，是当时跟我同期的并在同一个化妆师手下的助理。那天我们杀青，他们一帮男生喝高了玩儿真心话大冒险，结果他输了，那帮人就非要让他跟我合照，还要让我把照片放到微博上，不然就要再灌他酒。我想着这人平时对我还挺照顾的，不想他难堪，所以就放了，但我第二天就删了，谁知那么巧……"就这么一晚上的时间，就被傅岫看到了。

傅岫抿了抿唇，显然不大满意她这回答，抬眼扫了陈遇青一眼，似乎想要说什么，最后又咽了下去，只道："你以后不要跟不相干的男人照相。"

陈遇青"哦"了一声，随即又觉得有些不对。他俩话是说开了，但她也没说两人重归于好了啊，他这一副理直气壮地指使她的气势是几个意思？陈遇青瞟了他一眼，手指继续绕着那根线头，吞吐道："傅岫，我俩不是说好就这么算了的吗？"

"是算了。"傅岫接过话茬，以一种平淡的语气道，"所以我不计较你以前不跟我说实话这些事情了。"陈遇青眨巴眨巴眼，心里寻思着，听他这口气，难不成还要让她跪下来谢谢他不计较？

哪想傅岫话锋一转，以一种自然得不能再自然的语气继续说："我不计较过去了，陈遇青，我们重新开始吧。"

要不是陈遇青在认真听，恐怕得以为他是在说"今天天气真好"这种内容，差一点儿就松口应下来了。但也就是差一点儿，差得更多的是陈遇青一直都在线的理智。她又去掐指腹，线头随着这个动作被她扯断，变成乱糟糟的一个小线团。她轻声说："不行，傅岫，我配不上你。"

傅岫皱眉，瞪了她一眼，说："你闭嘴，配不配，我说了算。"

陈遇青被他一凶，瑟缩着往后躲了一下。傅岫见她这下意识的举动，眼里闪过一抹懊恼，当即便改善了语气，和缓道："陈遇青，你不要给我定什么标准。你要知道，我喜欢什么，什么就是标准。"

陈遇青不敢直视他的眼睛，也不敢正视他这赤诚坦荡的话，她惧怕做那只又被打回原形的乌鸦，所以她翻来覆去只有一句"我配不上你"。

傅岫气得一抬手就掐住了陈遇青的脸，手指卡在嘴巴两边，让她噘起嘴，再也说不出一句话来气他。

"陈遇青，"他一边叫她的名字，一边倾身凑近，让两人只相隔咫尺之距，若是有人这时候推门进来，怕是以为他们将要亲吻，陈遇青本来也以为傅岫要亲她，但他拉近距离后，什么也没做，任由他俩的呼吸声交融在一起，哑声道，"你不是一直纳闷我为什么会喜欢上你吗？我现在就告诉你。"

时间拉回到陈遇青一家搬过来的那一天。

那天很热，热到平时学习基本不晃神的傅岫也忍不住支起了窗户，想透口气。当时楼前的黄桷树还没被砍，茂盛的枝丫一沾了夏日的阳光便忍不住疯长，如潮水一般漫过傅岫房间的窗，挡了大半阳光的同时，也挡去了他倚窗而立的身影。

傅岫就这么躲在浓荫里，漫无目的地四下看着，放空自己的大脑。也许正是因为刚好处于这种状态，陈遇青那一瞬间才能入他的眼。总之，等傅岫回过神时，他的视线已经自动聚焦在陈遇青身上了。

即便是现在回想起来，傅岫也不得不承认，当时陈遇青是没什么亮眼的地方的，甚至可以说有些狼狈。

按照平常，傅岫对这种普通至极的女生是看都不会看一眼的，毕竟那些优秀的，他也不一定会看。可那天不知道怎么了，吹着夏日徐徐的风，他竟然颇有耐心地趴在窗台上，数了半天这女孩究竟来回搬了多少趟东西。

那堆东西不是什么大件儿，就是多而杂，一次性抱得多的话，容易丁零哐啷往下掉。起先还有两个大人和一个小男孩在帮忙搬，后来见没什么重的东西，估摸着去屋子里收拾了，牵着小男孩儿上了楼便再没有下来。

傅岫其实听到了，那个小男孩儿本来是想下楼的，只是被一道严厉的女声呵斥住了，那女声说："这么热，你下去干啥？东西又不重，陈遇青多搬几回就搬完了，你别下去添乱。正好厨房里剩了几块西瓜，冰箱还没安好，你去拿来，爸爸妈妈跟你一起吃西瓜，不然待会儿坏了。"

应该是小男孩儿问了问题，中间那女声停顿了一会儿，又响起来："留什么，现在西瓜就那么一点儿。我们先吃了，以后再买呗。"

傅岫知道陈遇青也听到了，因为那女人嗓门本就很大，话又乘着风被这么一送，傅岫觉得不只陈遇青，可能隔壁栋楼的人也能听见。果然，那女人的话音刚落，傅岫便见正往一个盒子里装一些零碎玩意儿的女孩子动作明显僵了一下。

当时傅岫的心里其实没什么感想，就一脸漠然地瞧着，权当无聊时的消遣。哪想下一瞬，他便见陈遇青左右看了看。

傅岫起先并不知道她在看什么，直到他看见她抬起胳膊飞快地往脸上抹了两把，才大致明白过来，她应该是在看周围有没有人。

她在哭。意识到这一点后，傅岫心里便莫名油生了一股愤怒，让他想冲下去把那个受气包拉到她爸妈面前，问他们凭什么不给她留西瓜！但这个念头就在他脑子里这么一转，到底没有付诸实践。他知道，她不乐意让旁人看见她哭的样子。

傅岫不知道他为什么知道，但他就是知道。

知了被晒得奄奄一息，却还是坚持不懈地趴在树干上嘶鸣，被油油绿叶筛过的光落在地上，碎成斑驳的光斑。或许是因为蒸腾的暑气，或许是因为别的，少年心动往往只要那么毫无章法的一瞬间，也只需偷看那么一眼……

“所以陈遇青，我其实，远比你以为的，更了解你。”他了解她的软弱，她的胆怯，她的自卑，“你无须担心我看透你什么，因为我最初喜欢上的，就是你拼命想藏起来的那一个自己。”

只是年少时过分自负，总觉得自己不开口，她也会懂他的那份心，还太过自我，明明知道她有那些坏毛病，却还是在分开的时候，为了维护自己的尊严而不揪住她刨根问底。

明明他啊，喜欢上陈遇青的时候，远比她喜欢上他的时候要早。只不过骄傲如他，在后来他独自与旧时光相抵时，才慢慢醒悟过来。

“别哭了，陈遇青。”泪水沾湿指尖，傅岫捧住陈遇青的脸，不让她躲开，凑上前，在她的眼角烙下一个亲吻，小声说，“你只要知道，之前我们说的那些话统统不作数了。我们还不算完。”

反正，他不允许。

2. 有我在呢

陈遇青出院后，卿池简直把她当个易碎的瓷娃娃供起来了，一天三顿，顿顿不落地盯着她，而且什么事都跟她抢着干，就差上厕所的时候扶着了。陈遇青哭笑不得，不由调侃道：“怎么最近都围着我打转？我又不是男人。”

卿池倏地红了脸，一贯大大咧咧的妮子绞着手指跟新媳妇儿似的，嘟囔道：“这不是他新接了部戏，没空嘛。”

陈遇青故意拖长调子“哦”了一声，做出一副痛心的模样说：“我说怎么老围在我身边呢，原来我就是你的备胎。卿池，你没有心！”

卿池羞完了，也不接陈遇青这戏，横了她一眼，嗔怪道：“到底是谁没有心？也不看看是谁一天到晚抱着手机不撒手，运营商发条短信过来都激动得跟什么似的。陈遇青，你肯定是有什么情况了，你却还不告诉我，明明是你没有心！”

谁想看戏竟看到自个儿身上了，刚好往外掏手机的陈遇青也脸红了，支吾道：“没、没有……”

卿池哼了一声：“没有情况？哄谁呢？你也不照照镜子，看看你那春光满面的模样，就差刻上‘我有情况’四个字儿了！”说到后来，卿池嘬嘴咕哝着，“算了，不说就不说，反正你总是什么也不跟我说。”

仔细想想，卿池那话也没错，陈遇青确实很少跟她分享自己的心事，也就是偶尔遇到一些拿不定主意的事情，才会主动找她讨论一下，而且讨论的过程中，往往只是抛出核心问题，省去事情具体的细枝末节。反观卿池，空闲的时候，她是恨不得今天吃了什么都跟陈遇青说的。

这么一想，她这做人姐妹的，好像确实没有做好。陈遇青耙了耙头发，觑了眼生上闷气的卿池，挪过去，扯了扯人家的袖子，讨好道：“哎呀，别生气了，我也不是故意不跟你说的，就是这事儿吧，它八字还没一撇。”

是的，她还没松口答应跟傅岫和好。毕竟冰冻三尺非一日之寒，她那性子，一时半会儿是改不过来的。好在傅岫没紧逼，只在宋桥的催促下离开医院的时候，忍不住往她脑袋上敲了一下，恶狠狠地撂下一句话：“行，我陪你耗，我倒要看看你究竟能给我耗到什么时候！”

思及此，陈遇青只觉得脑袋瓜疼，但卿池一脸愤愤道：“你瞧你这一脸甜蜜劲儿，还跟我说什么八字没一撇，我看那一捺都有了！”

陈遇青窘了窘，不想再继续这个话题，便又往卿池那边挨了挨，抱着她的手说：“《少年游》不是播了吗，我们晚上一起看啊？”

卿池还别扭着，瞥了她一眼，嘀咕：“我才不要跟你看。”

陈遇青挠她痒痒，逗她：“那你想跟谁看啊？孟清宵啊？让他陪着你一起嗑糖吗？”

卿池估计是想象出了那个画面，一个没忍住，“咯咯”笑了起来，两人滚成了一团，刚才那点儿不愉快霎时消散。

晚上八点，准时坐在电视机跟前，并在茶几上摆了一堆零食，正准备开开心心和卿池追剧的陈遇青，因为一条新闻，好心情顿时跌到了谷底。

微博实时热搜榜上，占据榜首的新闻，是“傅岫恋情曝光”。

起先陈遇青还以为是她和傅岫的事儿曝光了，结果忐忑不安地点进去看了看，才发现是傅岫和《少年游》里面一个女演员的绯闻。

《少年游》这部剧打播出起，热度就一直居高不下。为了维持这种热度，剧组时不时会在网上透露一段剧组的拍摄花絮，前几天就放出了一段傅岫和这位女演员在戏外互动的短视频。

视频里是女演员和傅岫对戏的一个场面。其实当时陈遇青也在旁边，知道傅岫和她就是正常探讨，但敌不住剪辑后期太鬼才，角度那么一找，光影那么一加，把那女演员抬头冲傅岫甜美微笑，弄成了一个缠绵悱恻的慢动作……所以最后呈现出来的效果，就跟两人有点儿什么似的。

更要命的是，傅岫之前偷跑到医院来看陈遇青这事儿被娱记拍到了，而且还拍到了她和傅岫在窗前相拥的画面，不过由于距离隔得远，当时病房里又没有开灯，刚好陈遇青又是背对着镜头的，所以那照片拍得并不清楚。那个娱记本来蹲的是那女演员，因为那女演员正好在C市拍一档真人秀，在过程中受伤就医，正好就是陈遇青待的那个医院。

这狗仔起先并不知道那女演员到底住几号病房，待傅岫一出现，便自动把看不清脸的陈遇青当成了女演员。

当然，娱记放出新闻的时候没具体提是谁，只含糊地提了一句那个时间点那演员也在C市的市立医院，但网友们多会联想啊，照片和视频一结合，基本就把傅岫和那女演员的事儿坐实了。之后各大营销号紧跟着一扒，还发现那女演员是KI经纪公司刚签了小一年的新人，这不正好方便两人日久生情吗？

陈遇青抠着拇指，咬着唇，瞧着那条爆料微博下面的评论。虽然大多数粉丝誓死不认，但还是有不少看热闹不嫌事大的路人，故意说一些诸如“锁了”“郎才女貌”“好配”之类的话，弄得陈遇青一点儿看剧的心情都没了。

卿池见她盯着手机情绪不对，也点开微博看了一眼，结果瞪大眼惊恐道：“那、那不是你吗？合着你那‘八字’是傅岫？”

卿池和陈遇青多熟啊，别说高糊的背影图，就算是陈遇青跟别人一起“化成灰”了，她也能认出哪堆灰是她姐妹儿的，更别提陈遇青住的那间病房她几乎每天要去一趟。

“你这么大事儿都不告诉我！”卿池柳眉一竖，起了架势又想好好臭骂陈遇青一顿，结果一瞥身边人委屈的模样，又不由得担心道，“你怎么了？醋了？这不是新闻刚出来没多久，你得给他的公关团队一些时间吧？”

“谁吃醋了！”这话就像是戳中了陈遇青的痛脚，本来还垮肩驼背的人一下子就挺直了背，大声道，“他想跟谁传绯闻，和我有什么关系！”

卿池捂着耳朵往旁边躲了躲，说：“没关系你这么激动干什么？你看你那嘴角，都快垮到你胸口了。”

“我没激动！我就是……就是……”陈遇青“就是”了半天也没“就是”出什么来，好在一通电话适时将她从卿池一脸的促狭中解救出来。她本来迫不及待地想接，结果一看联系人，摁通话键的手又顿住了。

是沈君白。

从那顿谢师宴后，陈遇青和沈君白便再也没有联系过，就连微博那“飞白工作室化妆师”的认证，也不知道什么时候被加了个“前”。

陈遇青这人吧，你说她长情，她跟傅岫分手的时候又干脆果断，包括处理沈君白对她的感情这件事儿，也丝毫不拖泥带水，可真要说她绝情，她又能不动声色地喜欢傅岫这么多年，并且把每一个给她施过恩惠的人记在心中。

所以真要让陈遇青像对待以往那些对她有好感，却被她狠狠拒绝的人一样，跟沈君白彻底泾渭分明，再没什么来往的话，她还是做不到。于是她收拾了一下情绪，走到小露台，将电话接通："沈老师，有什么事儿吗？"

沈君白倒也直接，问："那张偷拍照里的人是你吗？"

陈遇青犹豫了一下，如实道："是我。"

沈君白在电话那头短促地笑了一下，轻轻地嘲讽了一句"我就知道"，继而变回正常的语气，含笑温柔地说："恭喜你们啊！"

陈遇青眼眶一涩，险些落下泪来。

好在沈君白那边继续道："我今天找你，其实还有别的事儿。"

陈遇青正了正神色："您说。"

"你之前合作的那部《捕蛇者传奇》不是上映了吗？所以又有几部戏的导演想找你合作，他们在微博上给你留言了，但迟迟没有收到你的回复，就给我打电话了，想问我要一下联系方式。我不确定你还想不想进剧组，所以打电话征求一下你的意见。"

陈遇青这才想起来，之前她出面给傅岫澄清之后，由于收到了大量的谩骂，所以不管是大号小号，她都设置了免打扰，拒绝接收一切私信，哪想设置完了，她便一直忘了再改回来。

陈遇青有些赧然，连忙大致解释了一下，说："都怪我这记性。可以的，麻烦沈老师了。"

"不麻烦。"沈君白笑道，"我还以为你会为了躲我，不再进入这个圈。那样就怪可惜了。"

陈遇青一时默然。

沈君白也没有再多说什么，草草寒暄了几句以后，便将电话挂了。只是断线的前一秒，陈遇青听他飞快地说了一句“遇青，你若能和他走到最后，请帖就不用给我寄了”。

陈遇青说不清心里是什么感觉，在露台吹了一会儿风，准备进去的时候，手机又响了，陈遇青看了一眼，本来被风吹得差不多的那股劲儿又起来了。她接通，语气疏离：“傅先生，这么晚有什么事儿吗？”

傅岫被她这一句“傅先生”喊得有些发蒙，好半晌，才从被这声“傅先生”勾起的那些不好的回忆中抽离，问：“陈遇青，你怎么了？”

陈遇青抠着露台栏杆上的喷漆，心里堵着一口气：“没怎么啊。傅先生有什么事就说，没事儿我就挂了。”

“你敢！”傅岫被她这态度弄得有些火。他微博一直都交给团队在打理，没什么事儿的时候一般不会主动登录，虽说也有小号，但是被陈遇青那张合照气到之后，也很少用了，所以他并不知道发生了什么事儿，只当陈遇青又故态复萌，开始跟他上纲上线了。

“之前我跟你剖心析胆说了那么多，你全当耳旁风了是吧？”傅岫咬牙，看谁都是冷冰冰的那一双眼冒着火，“我一拍完广告就给你打电话，一直提示占线，你又在背着我和谁聊呢？”

陈遇青梗着脖子回道：“沈君白。”

得，眼下傅岫那双眼不止冒火了，那火星子都快喷溅出来了。跟他在一个车厢的宋桥都怵得往旁边挪了挪，就怕被波及。

好在傅岫没腾出心思搭理他，只连连冷笑，手机都快被捏碎了。他嘲讽道：“行啊，陈遇青，你能耐了。”

陈遇青也是一时昏了头，眼下听傅岫明显不善的语气，心里也打起了鼓，但她心知这时已经骑虎难下了，索性一横心，说：“到处跟人传绯闻的人，有什么资格管我跟谁打电话！”

说完，不待傅岫反应，“啪”的一声断了通话。傅岫怔了半晌，才倏地将眸光一转，冷薄地朝缩在一边的宋桥看去，问：“什么绯闻？”

宋桥忙举手表示无辜：“可不关我的事儿。是经纪公司那边安排的，就那个凌菱，之前跟你一起进《少年游》剧组那姑娘。她也算是有点儿手段的，从别人手里抢了几部戏，最近又拍了几个广告，知名度算是大有提升，但跟你比，这哪够啊？完了那帮高层又是会吸血的，你都要走了，不得压榨一下你的剩余价值啊？然后就来了这波捆绑营销。”

宋桥边说边觑着傅岫的神色，见他一脸阴沉，也不知道他是不是气着了，又忐忑道：“我知道你最不喜欢跟人捆绑了，公司那边打电话过来的时候，我也明确给你拒绝过了，哪想他们这么不要脸啊，转头就把热度买上去了。”

见傅岫还是不吭声，宋桥一咬牙，索性道：“这样吧，要是陈小姐误会你了，我给她打个电话解释一下，保管给你哄好了，成不？”天底下哪个经纪人能做到他这样，不棒打鸳鸯就算了，还得做那月老的红线、搭桥的鹊？

宋桥委屈，但他不说。毕竟他算盘打得响着呢，就KI公司那浆糊管理、垃圾营销，得多少年才能再出一个傅岫啊？宋桥会为了他们得罪傅岫？不值当。

宋桥正不安地胡思乱想着，可预想中傅岫大发雷霆的画面并没有出现，身旁的人“扑哧”一声笑起来，原本阴冷的神色如寒冰遇上暖阳，一下便融化了。

傅岫捏了捏鼻根骨，眼中的愉悦快要泄出来，道：“别哄了，就让她醋着吧。老说些混账话来气我，也是时候让她气一气了。”

宋桥瞄着傅岫正乐不可支的模样一哽，心道，老了老了，这些年轻人的情情爱爱，他是完全看不懂了。

傅岫说归说，最终还是在不久之后的一个采访上，当着众多记者的面，亲口否认了那条绯闻。他话说得圆滑，只是否认了他和凌菱有什么超过朋友的过密接触这件事，却并没有否认那张模糊不清的照片上的其中一个人是他。

有脑子转得快的记者发现了，当即便问："那这么说，照片上的人不是凌小姐，而是另有其人吗？方便透露一下那人是谁吗？"

那群记者也知道傅岫难搞，本是秉着职业精神这么一问，心里是不大指望他能正面回答的。哪想平素让他多说半个字，他都会用冷冰冰的眼刀剜几下，此刻竟破天荒地抿唇轻笑了一下，耐心道："现在暂时不能透露，因为我还在追求中。不过她不算是娱乐圈的人，希望各位手下留情，纵使发现了什么，也别去打扰她。等尘埃落定那天，我一定亲自敬各位一杯酒，好吧？"

一时间，在场的娱记都"疯"了。当天和傅岫相关的好几条新闻瞬间登顶微博热搜排行榜。话题有"傅岫大方承认恋情""傅岫追求圈外人""傅岫笑了""上辈子拯救银河系的女孩"……这一下，傅岫微博的数千万粉丝也"疯"了。

其中就包括已经沦为傅岫颜粉的卿池。此时她正摇着陈遇青的肩膀，激动得语无伦次："他说的是你吧？不算是圈里人，你确实不算！他肯定说的就是你！我的妈，太有魄力了，这个男人，竟然承认了！孟觉那浑蛋要是敢这么做，我一辈子都跟着他好吧！"

陈遇青被卿池摇得隔夜饭都快吐出来了，好不容易才将她安抚下来，自个儿却是忧心忡忡地叹了口气，说："我之前听别人说，KI 公司不准艺人谈恋爱的。他怎么这么莽撞啊，宋桥也不拦着，要是公司起诉他怎么办？而且这样突然爆出恋情，粉丝无法接受，大批脱粉了怎么办？"

说着，她掏出手机，絮絮念着："不行，我得跟宋桥说一下。我又没有答应他，什么圈外女友，根本没那回事儿，那些话都不作数，让他们赶紧想办法公关一下。”

卿池一把摁住陈遇青的手，原本激动的情绪总算沉下来，半是心疼半是不解道：“陈遇青，你看你这出息！你抖什么呀？他没具体说是谁，而且言语之中又那么护着你，肯定不会让人伤害你的，你到底在怕什么？”

陈遇青翻电话薄的手停下来，头微微垂着，露出一段纤细的颈，许久，才扯了个似哭似笑的表情出来，说：“我也不知道。我就是怕他坠落了，沾满泥淖了，才开始后悔因为一时冲动，而失去了他本该拥有的东西。”

卿池想了想，伸手抱住她，慢慢地说：“想这么多干什么呢？你假设的那一切都是还没有发生的啊，它们可能发生，不也有可能不会发生。因噎废食是不对的，难道我们因为惧怕未知，就要拒绝明天的到来吗？不如把一切都交给时间去验证吧，嗯？”

白头到老的誓言，不也得等两个人都闭上眼睛的那一刻，才知是不是真的吗？卿池正经没两秒，拱了拱陈遇青的肩膀，促狭道：“你真担心他，就给他打电话啊，不然人家怎么知道你这么爱他，对不对？”

陈遇青原本还稍显惨白的脸颊，登时飞上了一抹红，嗔怪道：“我才没有！”但到底是没有担心他，还是没有爱他，她没说。

九月，各大高校开学。陈策考上了 C 市的重点大学，这大学就在陈遇青和卿池的工作室附近，王虹丽和陈遇青一道送陈策入校后，顺道拐来看了一眼，眼中满是瞧不上。也许因为卿池左阿姨右伯母地喊着，她到底是忍住了，说：“你爸还在医院躺着呢，我也不要求你回去伺候，就让你照顾好你弟，这没问题吧？”

陈遇青知道这话的意思，是让她负担陈策的生活费。当时正好有个穿着黑 T 恤，戴着同色口罩和帽子的男生进店来，陈遇青便使了眼色，让如临大敌的卿池去接待。她自己则将王虹丽带到了里间自己住的地方，压低声音道："妈，您每个月就要让我往家里打四千块钱，剩下的钱我自己糊口都难，怎么照顾陈策？"

"那你找你朋友借啊？搞这些花里胡哨的东西，肯定家里不缺钱，你问她借点儿怎么了？"王虹丽咕哝着，"又不是不还给她。"

陈遇青冷笑一声："那到时候是您还，还是我还？"王虹丽便不说话了。

陈遇青不想跟她掰扯，叹了口气，往外赶人："话我已经说得很清楚了，您不买房子，那您就等着催债的人找上门，把您从家里毫无尊严地赶出去。"

"怎么说话呢！"王虹丽也怒了，但和以往比起来，这怒火明显要弱得多，起先陈遇青以为是她之前那番话起了作用，但很快她就知道并不是，因为王虹丽紧跟着说道，"还有一个方法。你爸前些年有个合作伙伴，现在发达了，家里开了公司，就是这些年都没怎么走动，和我们家关系淡了。不过前几天我听人说他们家的儿子想找个女朋友结婚，所以我和你爸想让你去见见面，把这段关系重新建立起来。"

陈遇青一听，登时瞪大了眼。她有些不可置信地问："你……你说什么？"

王虹丽瞟了陈遇青一眼，也知道自己这话对女儿不公平，但很快她又理直气壮起来："就是去见见面而已，而且人家人才又不差，你也不吃什么亏。"

陈遇青没回话，站在原地，只觉得寒意从脚往上冒，不大一会儿她浑身便轻轻颤了起来。她想问王虹丽到底为什么这么理直气壮，可嗓子眼就像被什么堵住一样，她徒劳地张了张嘴，最后却是溢出一声痛到极致的呜咽，眼泪毫无征兆地滚了下来。

王虹丽却像是看不见自己女儿的眼泪一样，梗着脖子继续道："只要你能和那家的儿子结婚，那以后我就再也不管你了，你就什么都不欠我们了。”

“不要再说了！”突然有一道愤怒的男声响起，陈遇青和王虹丽俱是被吓了一跳。朝着声源看过去，被打开的房门前，此时站着三个人。一个是神色尴尬的卿池，一个是不知道什么时候跟过来的余怒未消的陈策，还有一个则是方才进来的裹得一身黑的男生。

卿池最应付不来这种场面，朝陈遇青递了一个歉然的眼神过去，便找了个倒水的借口忙不迭地溜了。

这种时候也没人管她，陈策吼完那句话后就噔噔两步过去，将他姐往身后一扯，铁青着一张脸对王虹丽道：“姐什么都不欠你的。是我欠你，我去卖血还那些钱，行了吧！”

“你说什么呢！”王虹丽横眉竖目，“合着我生你们养你们，辛辛苦苦这么多年，我提点儿要求都不行是吧？她一个女儿家，迟早得嫁人，那嫁谁不是嫁？”

“您这要求可提得有些过分。您女儿是个独立的人，而不是什么物品，可以被您随意地送来送去。”这时，在陈遇青身后倚着门框，也不知存了什么心思，一直没走的“一身黑”开口，冷淡的语气里满是讥讽。他口罩、帽子未摘，只露了似噙了霜的峰眉利目出来，通身低沉的气场不敛，吓得王虹丽也不由得哆嗦了一下。

但王虹丽在家里是霸道惯了的，很快便稳下来，瞪着眼问：“你是谁？有什么资格管我们的家事？”

那人冷笑一声，伸手一把将陈遇青拽到自己身边来，毫不客气道：“敬您是长辈，现在让您体体面面地走出去，您要再拖延，我可就顾不上尊老爱幼那一套了。”

王虹丽怒道：“你敢动我，我就报警！”

“他不能动，那我呢？”陈策伸手拽住王虹丽的胳膊，将人往外头拉，语气冷硬，“妈，我要跟你谈谈。”

王虹丽僵着脸不肯动："你别拉我，我不走！"说着，眼刀又去剜陈遇青，"是不是你让陈策过来的？你安的什么心？你不愿意就不愿意，我难不成会逼你吗？"

"一身黑"适时地往前走了一步，刚好挡在陈遇青面前，并没有让王虹丽如愿用眼刀剜到她。

而陈策索性不跟她对话了，只闷头拽着王虹丽往外走，不过路过陈遇青时，还是轻轻地说了一句："姐，对不起。"他其实不需要道什么歉，因为并没有做出什么伤害陈遇青的事，可他知道，他的存在就是对陈遇青最大的伤害。

王虹丽被拉走后，一时间，里间便只剩了陈遇青和那男孩。两人也没说话，好一会儿，陈遇青才往前挪了一步，从背后一下子将人抱住了。

她整个脑袋都伏在那人宽阔的肩背上，所以并没有看到露在口罩外面的那双眼眸里，因她拥他而瞬间融霜，似冰冷雪原一下变成了初盛春林，他说："知道我是谁吗，就抱？"

俄顷，陈遇青的声音闷闷地传来："傅岫……"

傅岫便笑了，手覆在陈遇青的后脑勺上，轻抚了两下，语调柔得能沁出水似的，他说："乖，不要伤心了，有我在呢。"

3. 你在我身边我就会一直开心

陈遇青让卿池把店关了，又自个儿把大厅里的窗帘拉得严严实实，恨不得光都透不进来后，才把傅岫从里间领出来，给他倒了一杯水，安排他在长沙发上坐下，问："你怎么来了？"

傅岫这时已经将口罩和帽子都摘下来了，露出那干净漂亮的一张脸，高耸的眉骨一挑，开始冲着坐在长沙发另一头，情绪已经平复下来的陈遇青"秋后算账"："我不能来？你自己说说，我叫了你几次，你哪次是答应出来的？我还以为你是打算一辈子都不见我。"

陈遇青颇为心虚地缩了缩脖子，嗫嚅着为自己辩解：“这是放暑假了，接的单子比较多嘛！”

傅岫冷哼一声，没说他对这话到底信不信。以陈遇青对他的了解来说，他肯搭声儿，就代表他对这件事儿，其实并没有看上去那么生气。于是，陈遇青放松下来，问他：“宋桥呢，没跟你一起？”

傅岫一听这话便知陈遇青在想什么，瞥了她一眼，嘲道：“不是偷跑出来的，一路上也没人发现我，你放心，把你的嘴好好管住就行了。”

陈遇青听懂了他的言外之意，他就是让她待会儿别说什么送客的话来气他。缩在一旁的单人沙发里的卿池，听不懂他们之间的机锋，抱着抱枕怯怯举手：“那个，我插句话，傅先生是怎么找到这里的啊？”她才不信以陈遇青那个脾性，会主动交代。

“我问孟清宵要的。”

卿池毫不掩饰欣喜，但毕竟跟傅岫不熟，硬是让自己矜持下来，问：“傅先生最近和他有联系吗？他怎么样，拍戏还顺利吗？”

“我就和他联系了那一次。他们剧组最近在山里，信号不怎么好，估计还得半个月的时间才能出来。”傅岫收了之前对陈遇青的嘲讽，客气道，“你要是想见他，我可以试着安排一下。正好有比较熟的媒体要去探班，我可以让宋桥给你弄张记者证来，明天一早就可以走。”

“可以吗？”卿池顿时坐不住了，“噌”地从沙发上站起来，也不管什么矜不矜持了，语无伦次道，“那我先去整理东西，你们聊，你们好好聊，我就不打扰了。”说罢，便一阵风似的走了，行动力堪称一绝。

卿池一走，傅岫便故态复萌，似笑非笑地瞅着陈遇青，不紧不慢道：“也不知道某个人得到什么时候，才能在要去见我时，能够这么激动。”

陈遇青眼观鼻，鼻观心，假装没听见，甚至转移话题：“水没了，你还要吗？我给你去倒。”

傅岫眼疾手快地扣住她不让她动，没好气道：“总之你跟我在一起，就浑身不自在是不是？”说完，想起了什么，再开口时便真的带了些怒，“你跟你那沈老师在一起也这样吗？”

陈遇青对于他这样都能吃上醋感到诧异，又有些好笑，斜着眼偷偷睨他，故意道：“你跟那女演员互动的时候不也挺自在的？”

“我都辟谣——”话说一截，看见陈遇青眸光中露出来的促狭，他心头便似被什么东西轻轻一撞，霎时松软下来，接着不由分说地将人揽进怀里，头埋进她的颈窝，也不顾热不热，半晌才低声道，“公开吧？”

“不行！”原本乖乖巧巧地任由他抱的陈遇青，一下子便激烈挣扎起来，结果被傅岫一摁，不得不安静下来，不情不愿地被他箍着，“之前就想说你了。你好好的，干什么跟记者说那些话？你要辟谣，直接连那张模糊的照片一起辟了不行吗？”

傅岫哼了一声，报复似的将手臂紧了一圈，等陈遇青喊痛了才松开，慢悠悠道：“那张照片是谣言吗？”

陈遇青噎了噎才说：“不是，但是——”

“没有但是，我想那么做，所以就那么做了。再说了，你不是因为那个绯闻还吃醋了吗？”说到这里，傅岫闷闷地笑了两声，显然心情很好，“你以为那些娱乐记者是吃素的啊，真因为我那几句话就放过你？反正我们迟早会被曝光，那还不如早一点儿，自己大方站出来，到时还能博一个坦荡的名声，你觉得呢？”

陈遇青满脑子都是他公开恋情后的种种弊端，压根儿忘了她其实还没答应复合，也没发现傅岫的话里俨然两人已经在一起，只认真分析道：“不行，迟点儿要比早点儿好！你总得给你的粉丝一个时间去过渡吧，而且你和 KI 公司的合约也快到期了，你拖到那个时候，就不会存在违约这一条了。”

“你还知道我的合约期？”

陈遇青脸一红，勉强镇定道：“就……别的粉丝也在讨论啊。”

傅岫瞟了一眼她红透的耳根，忍不住笑道：“也是，别的粉丝都知道了，你这元老级别的会知道也不足为奇。”

陈遇青本来就有些心慌，他一展颜，她更是觉得一颗心贴着耳膜跳动着，像是要从胸腔里蹦出来一样。偏偏傅岫还一双眼紧紧盯着她不放，陈遇青索性将脸一捂，破罐子破摔道：“别笑了，你快别对着我笑了！”

年少的时候，她便对他的笑没什么抵抗力，好在那时他不常笑，她的痴迷属性便没暴露得那么多。可最近他不仅靠着笑上了热搜榜，跟她说话的时候那上扬的嘴角就没下来过。

傅岫靠过来抱她，陈遇青起先不肯，捂着脸扭了两下，后来拗不过他，只得放下捂脸的手，整个人埋进他坚实的胸膛。过了一会儿，察觉到他还在笑，陈遇青也被带动着勾起了嘴角，问：“这么开心啊？”

原来知道她在乎他，他是这么开心啊。

要是以前，傅岫是铁定不会承认陈遇青这话的，可眼下他不仅承认了，还承认得大大方方，生怕陈遇青听不明白一样：“开心。你吃醋我开心，你担心我也开心，你在我身边我就会一直开心。”

陈遇青愣了愣，这一刻，她清楚地听到了自己心中曾经筑起的那些高墙，轰然倒塌的声音，她知道自己又完了，又想要把那弯月亮据为己有了。

眼眶有些发潮，陈遇青往傅岫的臂弯里埋了埋，才闷声闷气道：“可是傅岫，我怕你后悔。你也看见了，我身后还有那么一个累赘。”那个原生家庭，她可能一辈子都摆脱不了。

“我不管那些。”傅岫收拢手臂，附在她耳边，坚定地轻声道，“我只要你。你一直在，我就不会后悔。”

陈遇青以为卿池就去个一两天，哪想这妮子竟是大半个月没回来，说是在剧组附近的酒店住下了，打算陪孟清宵一段时间。她一走，工作室便开不了张，弄得陈遇青每天闲得头上都快长蘑菇了，日子过得还特别惴惴不安，生怕哪天一觉醒来，就是她和卿池双双被曝光的新闻。

唯一让她感到宽慰些的，就是最近王虹丽没再打电话骚扰她了。

傅岫自从那天见过她以后，便又忙开了，跟个陀螺似的连轴转。什么国内剪彩、国外秀，有时候一天要飞好几处地儿，大半时间都在飞机上过了。好不容易休息了，给陈遇青打个电话，往往是讲着讲着他就睡了过去，可把陈遇青心疼坏了。

傅岫以前也忙，但那个时候是因为他还没有名气，所以一些小型活动也会出席，可是以他现在的咖位，陈遇青觉得一些对提升他名气作用不高的行程，其实压根儿不该接。她也算是半只脚踩在娱乐圈里的人，清楚里头的不少腌臜事，知道有时候公司为了整治手底下不听话的艺人，会极尽剥削之能事，故意安排许多活儿的。

她一颗心便高悬起来，下一次和傅岫通话的时候，趁他没睡，直接问道："是不是你的经纪公司故意在整你？"

那时傅岫刚通宵录完一个综艺，本来整个人累得不行，想赶着她早上起床的点儿给她说一声"早安"，再去洗漱休息，结果一听她声音里浓浓的担忧，一时竟不觉得累了，仰躺在柔软的床上，单手覆在眼睛上挡光，懒洋洋地回："你从哪儿知道的？"

陈遇青沉默了一会儿才说："我猜的，我还猜是不是施家又故意在整你。"她这猜测其实并不是完全不合理，毕竟以KI公司那小作坊似的做派，还真有可能觉得跟傅岫签约无望，便联合施家一起搞他。在这种情况下，增加行程都是小把戏，就怕他们私底下使什么龌龊手段，硬要把傅岫毁了。

这么想着，陈遇青便有些急，语调拔高："快说，是不是啊？"

"陈遇青，你凶我是不是？"傅岫哼了一声，侧首将脸埋进枕头中，明明嘴角已经染上了笑，却还装出冷淡委屈的口吻。

陈遇青可冤了，连忙说：“我不是，我没有，我就是担心你！”

傅岫哼哼两声，笑意蔓延进声音里，说：“那你叫声‘傅岫哥哥’来听，我就不生气了。”

陈遇青再迟钝，也明白他这是在拿她逗趣儿呢，当即便涨红了脸，磨了磨后牙槽，挤出三个字：“不要脸！”

傅岫倒理直气壮：“这有什么不要脸的，你以前又不是没叫过，而且最开始也不是我让你叫的。”

陈遇青憋了憋，挤出一句话：“那时候我小，不懂事儿！”

他俩在一起的时候，有一次出去约会，忘了什么原因，她把傅岫惹恼了，怎么哄也哄不好，最后要回去了，陈遇青一急，便抱着人胳膊嗲声嗲气地叫了一声“傅岫哥哥”。于是自此以后，这厮只要一生气，就非得让陈遇青叫他“傅岫哥哥”。

但那也是年轻的时候，爱娇爱俏，才能叫出这么腻歪的称呼，现在让陈遇青叫，她只觉得羞耻极了，怎么也开不了那口。

好在傅岫没硬逼她，在电话那头咕哝了几句后，便放过了她。只是这么一来，陈遇青没能套出什么消息来，只能等着下一次傅岫的电话打来。可下一次，他又不肯好好听她说，将话题七绕八拐，绕得陈遇青压根儿忘了自己要问什么。

如此反复，等到九月底的时候，他成立工作室，签约新公司，虽然新公司的业务正好和施家有冲突，但还是压了施家一头的娱乐消息、经济新闻一出来，她才知道为什么只有她在紧张。

“幼稚！”陈遇青恨恨道，知道他是故意想让她为他担心，想让她时时刻刻都念着他，但还是忍不住怒从心头起，恶向胆边生，趁卿池还没回来，从最近向她发出邀请的剧组里挑了一个拍摄时间最长——足足有八个月的位于 H 市附近的剧组，将包袱一卷，招呼都没打一声便走人了。

让他再嘚瑟！

4. 我爱你

新进的剧组要拍摄的是一部大女主古装爱情剧，进组的时候导演就给陈遇青提了一个要求：“美！给女主化最美的妆！”为了让陈遇青心无旁骛地给女主角打理妆发，导演甚至还大手一挥给她配了三个助理。

可巧，其中的那个大助理正是之前在《少年游》剧组跟陈遇青一起在沈君白手底下工作的齐悦小师妹。之前沈君白本来打算带齐悦的，不过那个时候她家里出了点儿事，便没跟成，所以眼下齐悦看着陈遇青一跃成为主化妆师，甭提有多羡慕了，抱着陈遇青的胳膊就是一顿干号。

陈遇青一直挺喜欢这个小师妹的，所以也不摆架子，任由她亲近。闲暇的时候两人还带着妆发组的其他人偷摸着出去撸个串儿什么的，气氛倒是比陈遇青之前待的那个《捕蛇者传奇》剧组要好，所以时间过得飞快。

转眼便到了十一月。

这一个多月来，陈遇青很少和傅岫联系。

当然，不是她还气着，而是她忙，傅岫也忙，两人的时间基本是错开的。别看陈遇青现在是主化妆师，她干的事儿可不比之前做助理的时候少，给主演做妆发就算了，关键是她得带手底下的三个人。

齐悦还好，起码基础扎实，其余的两个，基本就是半吊子水平，好多技巧都不会，一不会便来问。而陈遇青不是藏私的人，自然是尽心尽力地教，如此一来，便时常不得空，所以傅岫打来十个电话，她能接到两个就算好的。

等她忙完了打过去，又换傅岫不得空了。时间一久，傅岫不高兴，陈遇青也有些郁闷。

立冬那天，其中一个主演请全剧组吃饺子。陈遇青因为又错过傅岫的一个电话，正捧着饭盒，盯着那还冒着热气儿的饺子不开心呢，便听到一个清冽的声音在休息室突兀地响起。

“还不吃？再看就冷了。”

陈遇青听见这声音，先是怔了几秒，而后猛地仰头，眼里瞬间有了光彩：“傅、傅岫，你怎么来了？”

傅岫本来是冷着脸的，结果视线和陈遇青一相触，瞬间便柔和下来。他挨着陈遇青坐下，旁若无人地问：“这段时间有没有好好吃饭？”

陈遇青本来还挺高兴见到傅岫，结果下一刻便被他这动作吓破了胆。休息室里还有其他人，像是剧组的工作人员，以及傅岫新聘请的助理。眼瞅着他们的视线纷纷往这边看过来，陈遇青忙去推傅岫，试图亡羊补牢。哪想傅岫根本不领情，陈遇青一伸手，他趁势将她的手一抓，直接放进自己焐得暖暖的衣兜里。

这一下，纵使陈遇青浑身是嘴也说不清了。偏傅岫还嫌不够，身子一歪就靠在她身上，冲着她那盒饺子挑了挑眉，说：“我也想吃，你喂我一个。”

这撒娇似的话一出，顿时满室默然。陈遇青木然地往他嘴里塞了一个饺子，自暴自弃地想：得，还补什么牢啊，这羊都自个儿蹦狼嘴里让它吃了。

最后还是许久未见的宋桥出面，一副见惯了大风浪的模样，从饭店给全剧组每人订了一份热汤，这才打破了这有些僵化的场面。过后陈遇青才知道傅岫并非专程来见她，而是他新签的公司投资了这部戏，让他来客串一下，加加热度。

傅岫说这话的时候，知道这客串的戏份是某人主动去要来的宋桥，在后面没忍住翻了个白眼。不过陈遇青没看见，因为那个时候她正一边给傅岫上着妆，一边心疼他又瘦削了不少的脸。她忍不住咕哝：“KI公司想趁着合约期满最后再压榨压榨你，我能理解，但你现在不是新签了公司吗，怎么还这么忙？”

傅岫就等着她问呢，当下便道：“跟他们做了点儿交易。”

陈遇青上套：“什么交易？”

“半年行程排满，换我能堂堂正正地把你公开。”傅岫笑开，视线从妆镜看过去，黏在陈遇青脸上，“所以，就冲这个，我以后做什么事情，你可都得站在我这边，别拆我的台。”

而知道事情真相，就站在他们不远处的宋桥一听，白眼都快翻到天上去了，看看这张嘴，明明是冲半年业绩，好空出时间谈恋爱的一件事儿，被他说得跟被周扒皮压迫的长工似的。明明他的工作室和新签的公司是合作关系，恋爱自由，硬是被他在陈小姐这儿模糊成了雇佣关系，恋爱也身不由己了。

眼瞅着陈遇青眼里的心疼和感动都快溢出来了，宋桥不动声色地叹了两口气，陈小姐这道行啊，还是太浅。

陈遇青知道傅岫说“别拆他台”的意思是等他决定公开的时候，让她别否认，但陈遇青以为这怎么着也得是半年以后的事，哪想就在他完成客串的戏份，离开剧组的当天晚上，他在万众瞩目的旭日奖的颁奖典礼上，捅破了这层窗户纸。

旭日奖是由S市举办的一个颇有含金量的，对历年的电视剧进行检阅和评判的奖项。早在《少年游》播出之前，就有传言说《少年游》的导演要拿这部剧去冲奖，但当时傅岫打人事件的余波还未过去，即便有一大批证人出面给他作证，还是有不少职业水军在不遗余力地嘲讽他，其中一个被嘲讽的点就是他妄图靠《少年游》这部剧拿视帝。

其实平心而论，傅岫的演技不错。虽然和一些老戏骨还不能相提并论，但起码自他从唱跳男团转型到拍戏起，每一年的进步都是肉眼可见的。而《少年游》的导演又是国内数一数二的大导，有他的加持，傅岫更是有了质的变化。

但有的人就是喜欢捂住眼睛堵住耳朵，不肯去看不肯去听，明明“敌人”已经进步一大截了，他们还是停留在最初攻击“敌人”时那弱小拙劣的模样里。所以如今，旭日奖的“优秀男演员”最终花落傅岫时，空气里响起的都是清脆的打脸声。

颁奖的时候陈遇青还没有下工，因为晚间有一场大型打斗戏，需要大量的伤痕妆，三个助理忙不过来，所以陈遇青看到五位提名的男明星的镜头一起出现在直播画面里，最终放大了傅岫的镜头后，便退出了直播间，下场帮忙化妆去了。

她负责的仍是主演。

男主演倒是好弄，因为这幕戏里他受的伤不多，但女主演就有些麻烦，身上得化剑痕妆、鞭痕妆，完了还不能太狰狞，得突出女主演楚楚可怜的模样。这要求对陈遇青倒也不难，就是工作起来需要更细致些。所以一接触到女主演，陈遇青便立刻进入一种心无旁骛的状态。

直到发现女主演以及一旁正为她举着手机的助理频频拿小眼神瞄她，陈遇青才分出神来，一脸疑惑地问：“怎么了？是哪里有问题吗？”

“没有，就是……”女主演又觑了她一眼，忍不住问，“你刚刚没有听到吗？”

她既然说没有问题，陈遇青便继续往下化，口中随意应着：“听到什么？”

“表白啊。”女主演一副欲言又止的模样，“刚刚我在看颁奖典礼，傅岫前辈在致辞的时候，和你表白了。”

陈遇青的手一抖，化妆刷也跟着落了。直到这时，陈遇青才发现不止女主演和她的助理，周遭的人，不论是演员还是场记，抑或是导演，只要手里拿着手机的，都在往她这里瞅。

陈遇青试探着问离她最近的女主演：“他提我名字了？”

女主演点点头，说：“提了。估计很快那些媒体就能找到你。”

陈遇青这下是彻底说不出话来了，索性从腰包里又掏了把刷子出来，硬着头皮顶着众人的视线继续埋头化妆。

那女主演比傅岫入行要晚，火归火，但还没达到傅岫那种程度，不过一张面皮也是美而媚的，看着陈遇青一脸的“清汤寡水”，心里便有些道不清究竟是艳羡还是嫉妒的意味，驱使她主动和陈遇青搭话。她问道：“你不害怕吗？”

陈遇青一时不解：“怕什么？”

女主演道：“怕日后傅岫前辈抵挡不住诱惑。你应该知道的，这个圈子里，爱情的保质期有多短。他现在这么高调，以后受伤的还不是你？”

陈遇青手下一顿，但很快她便笑起来，慢慢道：“以前应该会怕，但现在好像没那么怕了。爱是两个人的事情，就算日后生变，也不会只伤我一个人。”

那女主演瞧着陈遇青那不卑不亢、明显是被爱着的模样，似懂非懂地“哦”了一声，然后垂了眼，没有再找陈遇青搭过话了。

大概在晚上十点的时候，剧组收工，伴随着导演的一声“过”，早候在剧组外的一家媒体，便扛着设备进来找陈遇青了。打头的是位打扮周正的男记者，见陈遇青似乎有些紧张，也没急着问什么，而是先安抚道：“陈小姐别怕，我姓路，叫路云，是中视娱乐的记者。这次是傅岫先生让我们来找您的。”

这话一出，在场的人都有些惊讶，但转念又明白过来，傅岫这个举动实际是在保护陈遇青。毕竟与其先捂着，等营销号把陈遇青的行程扒出来那天，再让各家娱记一窝蜂地去打扰她，还不如提前爆给一家靠谱的媒体，让他们把大众最关心的问题都问了，占了独家，那么之后基本不会有什么人来找陈遇青。

陈遇青估计也想到了这一点，便跟着路云他们走到了一处空阔的地方。不过等摆开架势要采访的时候，陈遇青还是有些不自在，路云察觉了，便笑起来，以一种话家常的语气道："陈小姐今晚看了傅岫的获奖致辞吗，知道他都说了什么吗？"

陈遇青摇头："不知道，只看了一半，然后就去忙了。"

路云打趣："是不是看到傅岫获奖的那一刻，就放下心了？"

闻言，陈遇青不由得有些窘迫。

"没关系。"路云笑道，掏出手机点开一段视频递给她，"现在看也不迟。"

陈遇青是从别人嘴里知道傅岫在致辞的时候朝她表白了，因为不好意思，她本来想的是晚上回去自个儿躲被窝里看，可眼下路云一把那段掐头去尾的视频递过来，陈遇青便移不开视线了。

视频里，傅岫一身裁剪合衬的高定银灰色西装，最大程度地凸显了他优越的头身比，让他显得更为挺拔，而发梢处和衣服同色的漂染，又高度贴合了他平常冷淡禁欲的气质，营造出一种生人勿近却又让人无法忽视的气场。

可视频里，就是这么一个冷眉冷眼的人，站上那璀璨的舞台，依照惯例感谢了那些对他有过帮助的人之后，突然换了神态，用一种对旁人从未有过的温柔语气缓缓诉道："在这里，我还要感谢一个人。当然，并不是感谢她的陪伴，也不是感谢她的支持。我要感谢的，是她终于愿意鼓起勇气与我相爱。"

说到此处，有看好戏似的鼓掌声，也有场外粉丝的躁动声，但这些都没能影响到他，他只停顿了一瞬，像是在脑海中想起了那个人的相貌，接着便在嘴角攒出一丝笑，继续说："我知道，现在公开这件事儿，对我未来的发展会有什么影响，可比起那些影响，我想我应该更不能忍受我的未来里没有她。我也知道，她其实并不完美，不自信，不果断，对我也不积极，甚至还不那么漂亮，但我需要她，就像每个人都需要呼吸一样，已经成为一种本能。而没有人是可以违背本能的，我也是，所以——”

“陈遇青，你听好了，我爱你。”爱你的乐观，也爱你的胆怯；爱你的善良，也爱你的自卑；爱你展示给旁人的积极，也爱你灵魂里所有的缺点。

视频播放至尾声，路云收回手，将手机揣进兜里，眼带促狭道：“陈小姐，你现在知道了吗？”

陈遇青眼尾红红，脸颊也红红，听到路云的打趣，一时还没有回过神来，好一会儿才揩了揩眼睛，结结巴巴地回道：“知……知……知道了……”

之后路云又问了陈遇青一些问题，比如他俩第一次见面是在哪里、为什么会喜欢他之类的。起先陈遇青怕这些问题里有什么陷阱，回答得都比较谨慎，后来还没结束盛典的傅岫偷摸着给路云打了个电话，嘱咐他别设什么坑给陈遇青跳，路云又把这通电话转给陈遇青接，这才打消了她的疑虑。

陈遇青放开之后，采访进行得很快，半个小时不到便收工了。

由于剧组的人都走了，所以路云他们最后把陈遇青送回了酒店。路云褪去记者的身份又和陈遇青聊了聊，大抵说了一下他和傅岫的交情，陈遇青这才知道原来之前卿池去见孟清宵，就是靠他帮忙。于是她心里不免对这位路记者充满好感，最后告别时，说个“下次再见”都说得满是真情实感。

没公开之前，陈遇青一直绷着，生怕哪天被爆出来了，但现在真的公开了，她又觉得像是心头一块大石被移开了一样，突然便松快了起来。等她上了楼，面对着无人的走廊，她不免又想到傅岫的那番话，整个人便像是掉进了蜜罐，觉得呼吸的空气都是甜滋滋的。

陈遇青想找人分享这份喜悦，便打了卿池的电话，不过打了两次都没通，想着她可能还陪着孟清宵在山里，信号不好，就作罢了。不过情绪还是亢奋，她便进了卫生间掬了两捧冷水往脸上浇。浇完了，正擦着脸的时候，齐悦来找她要明天的工作计划。

齐悦是个好奇心旺盛得不得了的姑娘，陈遇青以为怎么着她都会问几句吧，哪想这姑娘拿了工作表便准备走，整得陈遇青都很是诧异。他主动喊住她，问：“你不惊讶吗？”

齐悦回头，冲陈遇青嘿嘿一笑：“不惊讶，我早料到会有今天。”

陈遇青反倒惊讶了：“多早？”

齐悦不卖关子，直接道：“就我们刚进《少年游》剧组不久，你不是被借去当了他半天的化妆师吗？回来的时候你在车上睡着了，是傅岫老师抱你回来的。我当时看到了，但是他不让我说。”

陈遇青一怔，突然沉默下来。

齐悦问：“你咋不说话了？”

“嗯……”陈遇青捂脸往地上一蹲，闷声闷气道，“没什么，就是突然有点儿想哭。”

她以前一直以为是傅岫在往前走，而她则跟在他身后跌跌撞撞地追随，但其实不是，是傅岫一直停在原地，默默地等着她回头。

她自诩爱月亮，只愿借他一厘光辉就好，可事实上，月亮爱她远比她爱月亮要多。原来她所看到的那些，她一直不敢贪心的，四处照耀的光芒，只要她想，是可以只暖她一人的。

终于啊，她再一次拥抱住了月亮，这一回，她说什么也不会放手了。

第十一章
恋情公布之后

1. 我可喜欢你了

公开恋情这件事并不是一个结束，正相反，它其实是一个开始。由于傅岫的身份，他的行为可谓是引起了粉圈的一次大震动，有粉丝支持，也有不少粉丝反对。

反对的粉丝说他是失格，认为傅岫是靠着他们支持走到今天的。这些粉丝里，绝大部分是以他女朋友身份自居的女友粉，她们有一个最大的特点，就是要求喜欢的明星必须单身。

可如今傅岫不仅不是单身了，还在那么隆重的一个场合高调示爱，这行为在他们看来无耻得很。

而支持他的粉丝也不多说什么，就一句话表明立场：“我们欣赏傅岫的才华，他的个人生活是自由的。”

一时间，不少人就“偶像该不该谈恋爱”这件事而争执起来。虽然严格意义上来说，有了很多代表作的傅岫，不能算是偶像了，但粉丝这个圈子，因为人数众多，所以很容易人云亦云，傅岫的团队也深谙其中的道理，所以这些日子一直都网络上做一些正确的引导，同时给傅岫接了好几个访谈类节目，想让他更多地发声，做一些正面积极的回答。

因此两人公开了以后还是和没公开没什么区别，一个月里别说见面了，连电话都没办法好好打几通。非要说生活有什么变化的话，就是还待在剧组的陈遇青，跟之前相比，别人对她多了几分礼遇。甚至有时候一些无良媒体想给陈遇青下套，也会有人出面提醒她。

陈遇青知道他们都是看在傅岫的面子上，才会这般对她，所以承情的时候不免有些不安，好不容易和傅岫通上话后便问他："我这样到处给你欠人情，会不会不太好？"

傅岫却不以为意，说："事到如今，还分什么你的我的。人家帮你，你受着就好了，到时候你还或我还不都一样吗？"

这副理所应当的语气听得陈遇青红了红脸，却还是存心跟他犟嘴："那不行，亲兄弟还得明算账呢。"

傅岫轻哼一声："那亲媳妇儿亲老公呢，要不要算？"

陈遇青的脸便更红了，啐他："你要不要脸？"

打两人将话说开，明确彼此的心意以后，傅岫说话便时不时这样没个正形，陈遇青也总喜欢跟他犟两句嘴。如果被旁人瞧见了，肯定得说两人在一起了就性情大变，其实只有他们清楚，不是因为在一起了才性情大变，而是因为变了性情才能重新在一起。

不然依从前两人都是锯嘴葫芦啥也不说的那样儿，能重归于好才怪。反正就目前来说，陈遇青还是挺喜欢这种相处模式的，起码她不用再像少时一样赔着小心，处处拘着。

两人又玩笑了一会儿后，傅岫那边传来一阵催促声，不知道又有什么行程。于是他惯常叮嘱了陈遇青，让她不要接受哪几家媒体的采访，别随便拆寄到剧组去的礼物后，这才挂了电话。不过这次挂断前，他额外加了几句："你那位合伙开摄影工作室的女性朋友，你最近注意着点儿。她好像和孟觉出了点儿问题。具体是什么问题我还不清楚，孟觉不肯说，总之，你上点儿心就是了。”

距离卿池去找孟清宵已经过去了三个多月，而这三个多月里，陈遇青和她联系的次数屈指可数。起先是因为卿池在山区，信号时有时无，后来陈遇青忙着工作，忙着应付公开恋情后的一堆事情，便渐渐忽略她了。眼下傅岫提起，陈遇青才惊觉，孟清宵那部戏都杀青了，她却不知道卿池有没有回家。

做人朋友做到她这份儿上，也是卿池够倒霉的。陈遇青自责地猛敲了一下脑袋，骂了自己一句“重色轻友”后，当即便拨了一个电话过去。只是依然没通，她便去社交软件上找，可语音通话邀请没人接，发消息也没人回，卿池就跟人间蒸发了似的。

偏好事不成双，就在陈遇青心急如焚想着要不要请假回一趟C市时，有人在网上利用中视娱乐独家采访里“陈遇青和傅岫曾经交往过”这件事儿，大肆做起了文章，说两人是说谎精，一直都在欺骗粉丝。

之前因为傅岫打人那件事儿，陈遇青站出来为他澄清，便有不少粉丝质疑两人的关系，后来宋桥使了点儿手段，把两人的关系往“认识，但不熟，是女方一厢情愿”这方向上引，虽然成功把陈遇青从舆论中心拉了出来，让大众觉得傅岫和陈遇青的过去是完全没有交集的，可到底也为如今的事儿留下了一个隐患。

中视娱乐来采访，问起他俩的过去时，陈遇青其实也想过要不要说实话的，是傅岫一通电话打来，这才打消了她的顾虑。当时傅岫说：“只要在太阳底下行走过，就一定会留下影子。”

虽然身边认识他们的人不知道他们曾经交往过，可那些不认识他们的人呢？他们曾经在那些不认识他们的人面前拥抱、牵手，那些人以前不认识他们，可如今说不好。所以与其到时候扯无数个谎言去圆一个慌，还不如一开始就坦白。况且，如今的两人都觉得那段过往没什么值得遮掩的地方，无非就是年纪太小，过分惧怕旁人的目光，还没学会怎样好好爱一个人。

所以早做好准备的陈遇青知道会有这么一天，只是刚巧碰上了卿池的事儿，让她忍不住有些烦躁。加上好多媒体不停打电话来问，还在剧组门口蹲人，弄得陈遇青愤怒又莫名委屈，晚上跟傅岫开视频的时候，竟没说上两句就哭了。

当时傅岫刚洗了澡，头发还没来得及吹干，正往下滴水呢，一见陈遇青哭了，他就顿时不动了，坐在手机跟前。他也没哄，就手杵着下巴，一声不吭地瞧着，最后瞧得陈遇青实在哭不下去了，自动收了声，才不紧不慢道："没考虑到你的感受，是我不对，待会儿我就让人去把这件事处理了。"

陈遇青抹了抹眼睛，抽抽噎噎地问："什么意思？你本来没打算立马处理吗？"

傅岫"嗯"了一声："本来也不是多大的事情。毕竟当初那个你一厢情愿的说法出来的时候，我和你都没有表过态。就是公司想趁这个机会炒一下热度。"

陈遇青登时急了："那你先别让人去处理！"

"可你这不是哭了吗？"傅岫笑，声音低低的，"哭得我心都疼了。"

"你烦死了，这个时候还说这些话！"陈遇青又羞又窘，但到底还是没忍住，偷偷挑起了嘴角，过了一会儿，又一脸不好意思地小声问，"傅岫，你觉不觉得我现在很娇气啊？"

应该是发梢上的水落到了眼睛里，傅岫低了低头，取过搭在一旁椅背上的毛巾擦了擦，才回道："我觉得，还不够。"说罢，他重新抬头，一双眼眸似乎蒙着水汽，勾魂夺魄似的，非让陈遇青看得失了神，才慢悠悠地接道，"还可以更娇一些，比方说……叫我两声'傅岫哥哥'什么的。"

陈遇青顿时有些无语，问：“你就这么喜欢这个称呼啊？”

傅岫毫不犹豫地点头：“当然。”她喊一声，他骨头就酥一半，男人的劣根性。

“哦——”陈遇青慢吞吞地应道，半垂着眼，不知道在琢磨什么，隔了一会儿，自眼尾处露了几丝娇怯的眸光出来，飞快地叫道，“傅岫哥哥。”

“没听见。陈遇青，你乖，你再叫一遍。”

“我不。”

“好吧。”傅岫悠悠叹了口气，一副惋惜的模样，可一双眼眸亮亮的，里头似乎有一簇璀璨的烟花绽放，存了心勾引谁一样，他缓缓地说，“不叫也可以，那你什么时候可以天天帮我吹头发啊？我自己吹头发怪麻烦的。”

陈遇青本来想说“吹个头发而已，哪里麻烦了”，结果一瞬间突然明白了他这话里的深层意思。她觉得自己整个人立马就沸腾了，臊得从头发丝儿到脚趾都冒着热气，也不敢往视频里看，结巴道：“什、什么天天，听不懂，挂了！”

说完，手机一撂，整个人往大床上一扑，扯过被子将自己一蒙，双腿像弹涂鱼一样使劲儿扑腾了两下，这才透过被子闷声闷气地传出一句“我这是什么狗屁回答啊”。

傅岫说到做到，次日一早便让新成立的工作室在微博上发了声明。大致内容就是梳理了陈遇青和傅岫重新在一起的时间线，否认了“陈遇青站出来为傅岫澄清时两人就在一起了”这个传言，又解释了昔日两人在一起时隐瞒恋情的做法，最后顺带对网络上脏话连篇的人来了一波“律师函警告”。

在宋桥的示意下，陈遇青亲自转发了那条声明，并附文：“他很好，好到让曾经胆怯的我，不管是爱或者被爱，都不敢堂堂正正。”

这句话戳中了很多人在面对喜欢的人时，卑微又小心翼翼的心理，一时间，陈遇青这条微博的转发数量，就超过了工作室发出的那条声明。“不自信的人如何培养正确的恋爱观”这个话题，引发了无数网友的讨论。如此一来，舆论风向一转，陈遇青瞬间从人人喊打的“骗子”变成了爱情里的“可怜虫”。

但这样一来，有的网友又有话说了，他们觉得傅岫并没有表面上那么爱陈遇青，陈遇青能得到傅岫，肯定是因为她奴颜媚骨，不惜放下尊严去讨好、迎合傅岫。

不过这番言论正像小火苗一样准备起势燃烧的时候，便被中视娱乐的认证记者路云放出来的一段视频掐熄了。

那是路云早年前的一段采访视频。视频的画质一般，时间有点儿长，加上路云还在评论里打趣自己当年青涩的采访功底，所以一开始谁也没当回事儿。后来有闲着没事儿干的网友点开视频一看，发现这是路云曾经采访傅岫并在中视娱乐官方微博上放出来的视频。

再往后看，又觉得不像，因为路云这版明显问的问题要比官方微博那版多。

这网友正巧是傅岫的粉丝，一口气看完并转发，道：“说嫂子奴颜媚骨的，烦请看一下这段视频，精华部分从二十三分四十九秒开始。反正这糖我先吃为敬了。”

这网友是有点儿粉丝基础的，而且和当初陈遇青的追星小号一样，互相关注的都是傅岫的粉丝，于是就这么一传十，十传百，不消多久，傅岫便又一次上了微博热搜榜。

陈遇青这个时候还不知道。因为正好是圣诞节，剧组给所有人都放了半天假，傅岫那边也没安排行程，所以两人便约好了见个面，去邻市看个海什么的。其实两人都不怎么喜欢海边，嫌风大还腥，不过这种节日，不想待在屋里的话，不管去哪儿都是人，索性趁着天冷，自己开车，找个无人的海滩图个清净。

打重新和傅岫在一起后，这种正儿八经的约会还是头一次，加上卿池那边也终于回了陈遇青的消息，报备了平安，因此一路上她都有些按捺不住地兴奋。

傅岫看在眼里，只觉得连日的疲惫瞬间驱散了不少。唯一让他不满的，就是副驾驶座上的人注意力一直在手机上。他微不可察地皱了皱眉，食指在方向盘上轻点了两下，开口："我要喝水。"

"哦。"陈遇青头也不抬，摸到储物箱里放着的矿泉水，直接给他塞过去了。

傅岫抿了抿唇，加重语气道："我要吃小面包。"

这回陈遇青的视线倒是从手机上挪开了，但只是为了翻零食袋。她翻出小面包以后，还是直接往他怀里塞，看都没看他一眼。

傅岫这回是真的有点儿火了，不过细听下来，他明显生气的语气里还藏着几分委屈："陈遇青，你这半天究竟在看什么？"

陈遇青挂着耳机埋着头，含糊道："朱朱发给我的视频，马上就看完了。"

好，傅岫这下是彻底被气到了。而察觉到车厢内的气温骤降的陈遇青，那"掉线"的求生欲终于重新连接上，忙不迭地将手机往中控台上一搁，小心翼翼地问："生气了？"

傅岫不理她。

他在开车，陈遇青不敢去扒拉他的手，只得扯住他衣服的一角，象征性地晃了晃："哎哟，不要生气了，我不是故意的，我就是因为……那个视频太好看了，所以没忍住多看了几遍嘛。"

傅岫这才冷哼了一声，酸气冲天道："谁的视频把你迷成这样？"

陈遇青眯着眼笑起来，趁他不注意，侧身攀上他的肩头，在他颊边

“吧唧”就是一口，亲完了，也不下来，就着这个姿势，将下巴搁在他的肩膀上，嘴巴贴着他的耳朵，悄声说：“你的呀，你难道不知道只有你才能将我迷住吗？傅岫哥哥……”

耳根红透的某人强装镇定，有些咬牙切齿道：“陈遇青，你别朝我耳朵吹气。”语气冷硬，像是在极力忍耐着什么。

朱朱发给陈遇青的视频是剪辑版的，就两分多钟，但陈遇青看了不下十遍。

视频的开头，是跟如今相比尚显青涩的路云在提问，他说：“不知道您在素人时期，交过女朋友吗？”

路云对面的皮沙发上，坐着的便是傅岫。除了发型，傅岫和现在其实没什么区别，就是气质上还要更偏冷一些，让他显得有些不好相与，这也是当年他最让人诟病的一点。这段视频的前面部分，在面对路云的提问时，他其实也有些不冷不淡。

可当路云把这个已经有些涉及隐私的问题问出来时，傅岫的气质却突然变了，他先是愣了两秒，而后蹙眉，像是瞬间竖起了刺要保护自己的刺猬。就在大家都以为他可能不会回答这个问题时，那些刺忽而又软了下来，他无力地回道：“交过。”

路云得到回答，便顺势继续问：“那您还记得当时你们为什么在一起吗？”

像是被这个问题蠢到，傅岫看了路云一眼：“还能是因为什么？肯定是喜欢啊。”

路云当时还没现在这么游刃有余，面对这种情况，明显地尴尬了一瞬，最后还是看了看台本，硬着头皮继续问：“您说交过，那你们现在是分开了吗？”

“不然呢？”

路云干笑了两声：“方便说一下为什么分开吗？”

当大家以为傅岫会继续说什么“不喜欢了”或者“不合适了”这种回答时，他的状态又变了，神态从“不耐烦”“能问点儿有智商的问题吗”变成了明显被戳到了心窝子带了些落寞的，垂眼低声道：“可能，她不是很喜欢我吧。”

这话一出，所有人都明白了当年中视娱乐放出来的采访视频里为什么没有这一段，这要放出来，当年KI公司费心为他打造的冷心冷情人设可就崩得彻彻底底了。毕竟没哪个冷心冷情的人，会用这么深情又难过的口吻说出这样的话……

朱朱把这视频发过来的时候，一边催她看一边幸灾乐祸地说：“施洛华要气死了，费劲心思想抹黑你们，结果什么都没捞到。”

陈遇青这才知道，原来之前那些舆论，是施洛华找人引导的，她本来还有些气愤，可等她把视频看完了，心里已经浑然忘了施洛华这回事儿。她只是想哭，想回到那个时候的傅岫身边，跟他说：“我喜欢你啊，我可喜欢你了。”

所以她才一直不敢抬头，怕到时候对着他哭得一发不可收拾，毁了这次约会。

其实相爱的两个人里，哪有什么可怜虫，都是小心翼翼地捧着一颗心，递过去怕烫着对方，收回来又拼命想往对方贴近。

2. 帮我吹个头发

圣诞节过后，陈遇青和傅岫又有很长的时间没有见过面。跨年夜那天是剧组一起聚的餐，闹到半夜，闹得陈遇青最后又错过了傅岫的电话，不过回到酒店的时候，陈遇青却意外地接到了卿池的电话。

打圣诞节那天她发短信告诉陈遇青平安后，这妮子又销声匿迹了，不管陈遇青怎么发短信、打电话，她都没再回复。陈遇青又担心又憋了一肚子气，脑子里设想了一万种骂她的句式，可真等接起了卿池的电话，出口的不过是一句“新年快乐啊，亲爱的”。

卿池那边很静，静到可以清楚地听到她浅浅的呼吸声，过了好久，陈遇青才听她哽咽着回道：“新年快乐，小青儿。”

那天两人聊了半宿，卿池一直在哭，说话断断续续的，陈遇青理了许久，才理出了事情的大概——

卿池和孟清宵分手了，不是孟清宵提的，而是卿池提的。因为那天她在路云的帮助下，兴高采烈地出现在剧组的时候，孟清宵见到她，第一反应不是开心，而是慌张。

“那个山路很难走的。”说到这一段的时候，卿池几乎泣不成声，“去的时候又下了雨，我几乎是走一步就摔一跤，最严重的一次，摔下去的时候，手摁在了一块尖利的石头上，当即就把手掌划破了。当时我都快疼哭了，可我还是忍着爬上去了，因为想见他。”

可那个时候，孟清宵连看都不敢看她一眼。

“我知道剧组的人太多了，他怕别人察觉到什么。可我衣服的袖子上还沾着血，哪怕他假装成一个陌生人，来问我两句，也就够了。可你知道吗？他连这点儿勇气也没有。傅岫敢正大光明地说出自己有喜欢的人，敢当着全国人的面说爱你，可孟觉呢，连关心我都不敢。”

卿池也知道他的职业注定他们只能像下水道的老鼠一样躲躲藏藏，她也一早就做好了准备，去面对下水道的潮湿阴暗。她不奢盼地上那肆无忌惮倾洒的阳光，可这并不代表她不喜欢太阳啊！她所求的，不过是敢从缝隙里漏进来的那微弱的一缕光。

“后来下山的时候，我故意给他发信息，说我要留下，让他告诉我他们剧组下榻的酒店的位置，结果他却派了他的经纪人过来，把我带到了离他们酒店很远的一个旅馆。我当时还不肯死心，硬是在那里住了半个月。”

那个旅馆很小，很破，窗户外的防盗网都没焊实，半夜风一大，便能听见铁丝打在玻璃上的声音，有一天晚上还遭了贼，整个走廊都是杂乱的脚步声。可就是这样的环境，孟清宵还敢让她在那里住这么久。

“当时我就想啊，我自小就是骄纵的脾气，从没在谁那儿受过什么委屈，我何必为了这么一个人，活得这么卑微呢？他是很好，作为朋友，够义气，作为明星，也很宠爱粉丝，作为一个员工，他也算称职，可作为一个男人，他失败极了。所以我就跟他分手了。”

她知道他喜欢她，可这份喜欢就像生长在暗处角落的花，没有雨露阳光的滋养，枯萎只是迟早的事儿。何不快刀斩乱麻，在它还盛放着的时候，从枝头掐下来，做成一个永远美丽的标本，让彼此都体面呢？

可是……

“小青儿，你告诉我，是不是难受着难受着，就会好了？”

“嗯，会好的。”陈遇青揉了揉眼，把眼眶里的眼泪揉回去，换上轻快的语调，“这种事我可有经验了，你信我，很快就会好的。等过年的时候，我来找你，咱俩去酒吧喝杯酒啊蹦个迪什么的，就什么事儿都没有了。”

卿池和孟清宵这件事儿，陈遇青没办法单纯地站在谁的立场去责怪另一个人，他们都是她的朋友，她自然不希望任何一个人受到伤害。可事已至此，说什么也于事无补。何况她从傅岫那里听闻，孟清宵这段时间也并不好过，只希望两人都能尽快从这段失败的感情里走出来。

不过这件事到底还是影响到了陈遇青，之后的时间里，她一直都有些恹恹的，除了工作，对什么事都提不起劲儿来。这种状态一直持续到过年的前一周。

陈遇青现在待的这个剧组，计划次年五月杀青，现下剩余的工作量说多不多，说少不少，即便要赶也不急在这一时，制片方便大手一挥，提前一周给所有人放了年假。

陈遇青老早就惦记着去陪卿池，所以这一放假，便买好了晚上的机票，收拾收拾东西准备往C市跑，只是刚出影视城，就被宋桥截和了。

宋桥也是和陈遇青许久未见，只是有他自作主张让陈遇青离傅岫远一点儿，以及陈遇青答应了最后却和傅岫搭上了这些事儿，导致两人现下有些尴尬。车开了一路，除了最开始的寒暄，两人便一直没什么交谈。

最后还是傅岫一通电话打过来，这才打破了这僵硬的氛围。

“宋桥接到你了吗？”傅岫的声音懒洋洋的，估计是刚起床。

陈遇青知道他昨晚又通宵录节目了，所以尽管对于他这种招呼不打一声就让人来截她的行为憋了火，最后还是心疼道：“接到了，你刚醒吗？吃东西了吗？”

“嗯，刚刚梦到你了，所以一醒就给你打电话。”不知道是不是睡迷糊了，傅岫说话时尾音拖着，跟撒娇一样，“还没吃呢，想等你来和我一起吃。”

陈遇青顿时就有些招架不住，憋着的那点儿火瞬间泄得一干二净，当下也温温柔柔地回道：“那你先随便吃点儿东西垫垫，我应该快到了吧？”说完，又不太确定，便往宋桥那儿看了一眼，看到宋桥点头，才肯定地对电话那头说道，“我快到了，你也可以再休息一会儿，醒了就能看到我了。”

说完，两人又腻歪了一会儿，这才挂了电话。结果挂完电话一转头，瞥见正在开车的宋桥憋笑的脸，她顿时不好意思起来。有了刚才简短的一个对视，他俩之间的尴尬氛围减轻了不少，宋桥更是率先开口，玩笑道：“还好我那时候棒打鸳鸯没成功，不然哪里能看到今日这番模样的陈小姐和傅岫啊。”

“宋先生快别说笑了，我还没多谢你之前没把我和他的事情汇报给公司呢。”

“我可不是没眼力见儿的人。”宋桥笑，像尊慈眉善目的弥勒佛一样，“我啊，最会看人，不然当初那么多发展比那祖宗要好的新人，我怎么一眼就相中他了？因为我知道他一定会大红大紫的。”

陈遇青本来正点头附和他的话，不料宋桥话题一转，一脸诚恳道：“你也是，陈小姐，你以后也一定能有一番天地的。”

陈遇青怔了怔，不解道：“为什么你会这么觉得啊？”

“就是觉得你和傅岫挺像的，你们一直都很清楚自己想要什么，一直都很清醒。”比如傅岫想要火，想要在娱乐圈拼出一个名头来，那些年他便比任何人都要努力自律，常常自己在无人的训练室，一练就是半宿。

而陈遇青想成为优秀的妆造师，便一直心无旁骛地往这条路上跑，宋桥每见她一次，都能在她身上看到很明显的进步。所以本来一直存了心想干扰两人的宋桥到后面便看开了，毕竟这样的人，一旦把那份绕成一团疙瘩的感情理清楚之后，就不是他可以阻止得了的。那与其到时候讨人嫌，两边不讨好，还不如佛系一点儿，权当看戏了。

想到这里，宋桥便笑得越发真诚起来，存了讨好未来老板娘的心，剩下的时间便跟打开了话匣子一样，开始滔滔不绝起来。

如此聊着，本来就不远的路途很快便到了。

陈遇青以为她会被带到傅岫住的地方，没想到宋桥竟是将她送到了一个晚会的后台。这是在 H 市举办的，一个旨在评出年度网络热点人物的网络盛典晚会，早几年傅岫也出席过，不过陈遇青都是在视频网站上看的，因为没时间还抢不着票。而今年因为她那追星小号被暴露了，所以现在她追傅岫的行程基本靠他自己说，一旦傅岫不说，她就只能像今天这样两眼抓瞎了。

宋桥估摸着知道一开始陈遇青可能会慌，所以一下车便拿了口罩和帽子给她戴上，领着她进场馆的时候尽力把她藏在身后，即便这样，在快要进入休息室的时候，陈遇青还是被认出来了。

“遇青？”来人先是试探着叫了一声，等只露了一双眼的陈遇青微微侧身看他，他便换上了肯定的语气，欣喜道，“你怎么来了？”

“沈、沈老师？”陈遇青摘口罩，结果一时手忙脚乱，耳背被口罩的系带勒了一下。

沈君白见了，身体前倾，做出一个想上前帮忙的动作，但瞬间又退回来，只看着陈遇青微笑，温柔道：“你慢些，别伤到自己了。”

陈遇青尴尬地笑了一下，不答反问：“沈老师，您是来参加活动的吗？”

沈君白“嗯”了一声，说：“主办方里有我的朋友，邀请我过来玩一玩儿。你呢？我听说你新进的剧组在H市附近，你们放假了吗？”

陈遇青不问他是怎么听说的，只点头回道：“今天下午刚放的假。”

“这样啊。”明显已经无话可说了，可沈君白没有就这样离开，他轻抿了一下唇，看了看陈遇青旁边的宋桥，慢慢道，“你是来这里见傅先生的吗？”

陈遇青一时不知道到底该怎么回，便垂下脑袋支吾着应了一声。

而后便传来了男人一句似嘲似叹的低语：“早该知道是这样……”很快，他又变回温润礼貌的样子，笑了笑，说，“我还有点儿事，就先走了。遇青，提前祝你新年快乐，也祝你以后万事皆安。”

如果不能再遇见你，那么祝你，早安，午安，晚安。

陈遇青压下心里的酸涩，扬起一个明朗的笑，回道：“沈老师，我也祝您日后诸事顺遂，万事胜意！”

他大大方方地和陈遇青擦肩而过，没有回头张望一眼。倒是陈遇青停在原地，看了几眼沈君白的背影，这才收回视线，继续往傅岫休息室的方向走。只是刚一转身，她便瞧见了不远处正倚在门口的傅岫。

陈遇青一看他那表情，就心知自己要完蛋。她忙疾走两步，想跟他解释，哪想傅岫挨都没让她挨着，一声不吭地甩下一个冷冰冰的眼神，自顾自地进了休息室，然后往椅子上一坐，沉着脸让他的造型团队给他弄造型。

陈遇青跟在他身后进去，见小几上摆着还没开封的几盒饭菜，知道他估计为了等她，什么东西也没吃，当即便软了声气，凑过去哄：“就是正好遇到了，说了几句话，别的什么都没发生，不信你可以问宋桥，他就在旁边看着呢。”

说着说着，她觉得他这一副小孩子使性儿的样子怪逗的，便没忍住笑了，托腮坐在他旁边：“嗳，你说你也是……四舍五入也算是奔三的人了，怎么还是跟十几岁的时候一样，这么爱醋啊？我寻思你吃东西不是挺喜欢吃甜的吗？”

这话一出，不止陈遇青，休息室里的其他人也没憋住，偷偷笑了起来。

傅岫有些不好意思了，耳根蹿上两抹红，斜睨了陈遇青一眼，冷道：“那我见你吃饺子还挺喜欢蘸醋的，怎么不见你为我醋上几回？”

“你也不看看你的老婆粉有多少，我要每个都醋一醋，那我不得酸死啊？”陈遇青弯着眼，笑眯眯的，“所以还生我气吗？”

傅岫“哼”了一声，没接她这话，反问：“所以你现在要开心一些了？”

陈遇青顿时赧然。因为卿池那事儿，陈遇青好久没走出来，虽然跟他通话的时候尽力掩饰自己的低落，但没想到还是被他察觉了。心窝像被熨帖了一下，暖意四处蔓延，陈遇青把椅子往傅岫的方向拖了拖，在不干扰化妆师工作的情况下，凑到他耳边，小声道：“开心了，见到你就开心了。”

傅岫被她这动作惹得喉结上下滚动一番，张嘴似乎想要说什么，最后只是偏头用越发黑沉的眸子，意味深长地看了她一眼。

而陈遇青被他这似乎想要将她拆吞入腹的眼神看得呼吸一滞，脸一红，忙拉开距离，转头指着小几上的东西，讪讪道：“吃……吃饭……”

由于这网络盛典是傅岫年前的最后一个行程，而他工作室的年会已经举办过了，所以晚上九点，那晚会一结束，傅岫差人还了赞助商的东西后，便被陈遇青火急火燎地拉着往机场去了。

陈遇青想的是早点儿回去陪卿池。不过她就惦记着自己有机票，等拖着傅岫到了机场，取票的时候才傻眼了，因为傅岫没票，而时间最近的下一班航班，也得等到凌晨三点。

因为是公众场合，所以两人都蒙得严严实实的，即便这样，陈遇青还是从傅岫的身上看到了“如果你敢把我扔这儿，你看我揍不揍你”这句话。

讲实话，陈遇青一开始是有这种念头的，不过一对上他的眼，立马就怕了，忙不迭地把机票往旁边的垃圾桶里一塞，以表决心：“咱俩一起等三点的那班。”

傅岫这才满意地挑了挑眉，大手一捞，将排在末尾准备买票的人捞到怀里裹着，往大厅外走：“急什么，你这大半夜回去打扰人家睡觉啊？”

陈遇青被他胳膊夹着，一边踉踉跄跄地走，一边结结巴巴地问：“那、那怎么办？再买晚点儿？我看有一班是早上七点的，就是、就是好像挺难等的……”

说话间，傅岫已经带着她走到了大厅外。和大厅里的暖意十足不同，一出来，寒风便跟刀子似的往脸上割，陈遇青一个不防，呛了口冷气进去，当即便咳了起来。这时，傅岫已经拦到了一辆车。

他先将陈遇青塞进车里，又三下五除二地把行李放到后备厢，完了自己才钻进来，帮陈遇青顺了顺气，说：“这大过年的，你那朋友又不会跑。我们先去机场附近找个酒店，开个房休息一下，休息好了再走。”

陈遇青一听，顿时咳得更大声了。

傅岫看了陈遇青一眼，手上倒是还在帮她顺气，可身体已经往她这边压过来了，用只有他们两个人才能听到的音量笑道："你在想什么？我又没说只开一间房……"

陈遇青被他调侃得又羞又窘，憋了半天，才憋出三个字："不要脸！"

傅岫这时已经坐正，只从眼尾露了几丝带笑的眸光往陈遇青那儿一瞟，对她这话不置可否。

酒店距离机场有十公里，车上暖气开得足，陈遇青跟傅岫闹了一会儿后，也不知道什么时候睡了过去，等傅岫叫她的时候，车已经停到了酒店门口。

陈遇青还迷糊着，揉了揉眼睛，鼻音浓重地问道："几点了？到了吗？"

傅岫左手拎行李，右手去牵她，耐心地回她："到了，现在十一点还不到，我们从机场过来只花了十来分钟。"

陈遇青嘟囔："这么快吗？那我怎么感觉睡了好久？"

傅岫觉得好笑，牵她的手一松，往上顺势搂住她的肩膀，说："明明是我通宵录节目，怎么反倒是你一副通宵没睡的样子？"

虽然傅岫的脸被口罩遮住了，但他那劲挺的身姿还是很吸睛的，他一搂着陈遇青进了酒店大堂，里面的人便都把视线投到两人身上了。而陈遇青反应还迟钝着，一时没注意到，等客服小妹捏着傅岫的身份证欲言又止时，她才一个激灵，忙站军姿似的站直了身子。

傅岫只感觉到怀中一空，原本热乎乎的胸膛骤然冷下来，不由得皱了皱眉，便又想去扯陈遇青抱住，结果见陈遇青扭着身子躲，就知道她这一觉醒来是又犯从前的毛病了。当下他牙根儿就开始痒了，恨不得咬她几口。

傅岫面上也不显，等开好了两间房，又等了一会儿，才草草冲了个澡，裹着长浴袍，去敲陈遇青那间房的门。

陈遇青正洗漱呢，含着牙刷，满嘴泡沫，问：“谁？”

傅岫倚着门框淡淡道：“我。”

“哦。”陈遇青听出这个声音，便漱了口，拉开门闩放人进来，问，“有事儿？”

傅岫一本正经地回答：“有事儿。”

陈遇青以为真有什么事，一脸诚恳地问：“什么？你说。”

傅岫把从自个儿房里拆下来的吹风机往她手里塞：“帮我吹个头发。”

陈遇青噎了半晌，愤然道：“你自己不会吹吗？”

傅岫很是义正词严地说：“我有女朋友为什么还要自己吹？”

这话一出，陈遇青一时竟不知该如何反驳，最后只得接过吹风机，把人往房间里自带的梳妆台前一摁，认命地给他吹起了头发。

和之前在《SHOW》杂志社的那头短发相比，现在傅岫的头发要稍微长一些。濡湿时看不出来，但吹干了，额前的发便柔顺地垂在他的眉骨处，顿时中和了他不少锐意，呈现出一派温良无害的模样。陈遇青贼心一起，手一个没控制住，便贱贱地想去撩人家额前的头发。

结果指尖才触到那软缎似的发丝，她的手便被截住了。傅岫从妆镜中看她，挑了挑眉，慢慢绽开一丝笑，问：“做什么？”

她开着热风给傅岫吹头发，手是很暖和的，而傅岫坐着没动，手稍稍有些凉。于是这一热一冷相触，不由得让陈遇青心神一荡，整个人顿时就不对劲起来。

“不干什么。”她支吾道，想将手抽回来，但被傅岫一扣一拉，最后陈遇青反倒是整个人都趴在他身上了，两人的距离顿时近得连彼此的呼吸声都能听见。

傅岫眸光含笑，偏偏还要假装出一副疑惑的样子：“投怀送抱？”

陈遇青恼羞成怒，撑着他的肩膀，想借力起身，偏偏傅岫另一只手不知什么时候揽住了她的腰，稍稍用了点儿力气一收，陈遇青便又跌回了他的怀里。

“傅岫！”陈遇青又羞又气，但上身和他紧紧贴合，她又不敢随意挣扎，只得弯腰任他抱着，将脸埋进她的颈窝。

“嗯？”听到陈遇青隐含薄怒的语气，他半合着眼懒懒地应了一声，却没了下文，像是压根儿没打算哄她。只是过了不一会儿，傅岫将头微微一侧，嘴唇擦过她的耳朵，悄声说了一句话。

没人知道傅岫到底说了什么，只知道唯一听见那句话的陈遇青当即便红了脸，好半晌才伸手回抱住了傅岫，闭着眼睛极轻极轻地“嗯”了一声。

空调运转的嗡鸣声持续不停，偶有寒风路过，轻轻敲打一下窗户。夜渐渐深了，月亮只露了个头，旋即便躲进云朵里，像是羞得不敢去照亮那一室的旖旎柔靡……

3. 我愿意

傅岫把陈遇青送到C市以后便自己先回了G市，而陈遇青则在卿池家住够了五天，等卿池终于开始笑了，这才在除夕的前一天，一步三回头地买了票回自己家。

其实要不是傅岫催得厉害，陈遇青应该还会赖在卿池家过个年，毕竟卿池的爸爸妈妈还挺欢迎她的。不过陈遇青掂量了一下她真这么做后傅岫下狠手收拾她的概率，最后还是乖乖地收拾好了行李。

下车以后是陈策来接的她。本来傅岫要来，但陈遇青考虑到车站庞大的人流，一旦他不小心暴露，指不定会引起拥堵，便很果断地拒绝了。当然，被拒绝以后的某人是肯定会生气的，这不，打下车起陈遇青的手机便没进过兜，一直在发消息哄人。

好不容易这厢消停了，一扭头，陈策那儿又别扭上了。

陈遇青知道自己去年一整年都有点儿忽视他，他高考那阵子，她明明有机会也没有回去看他，所以心里有些愧疚，便放下手机主动跟他说话，玩笑道：“怎么了？这么久没见，你不想我啊？”

陈策也大了，这两年身高猛蹿，已经高出陈遇青好大一截，不过眼下还是被陈遇青逗得红了红脸，闷声闷气道：“我想有什么用，你又不想我。”

陈遇青噎了噎，最后不着痕迹地叹了口气，冲陈策的脑袋上撸了一把，笑道：“我之前很长一段时间都心情不好，想着你要高考了，不能影响你，所以才很少联系你的。”

陈策觑了她一眼，发出灵魂提问：“那高考后呢？”

于是陈遇青又噎住了。高考后，她忙着工作，还忙着和傅岫谈恋爱。

“好嘛，对不起。”

陈策轻轻地“哼”了一声，嘀咕：“重色轻弟，每次都是这样……”

陈遇青对这话有很大的异议，说：“喂喂，饭可以乱吃，话不可以乱讲，什么叫‘每次’，我哪来的‘每次’，不都是你傅岫哥哥吗？”

“对啊，每次都是傅岫哥哥！”陈策开始不高兴地数落着，“不管是很久之前，还是现在，你哪次不是一碰到他，就跟变了个人似的，一颗心直往他身上扑，哪里还顾得上我啊？亏我、亏我还每次都把好吃的好玩儿的给你留着，你扪心自问一下，你心里想过我这个弟弟吗？你遇到的那些事儿，要么就是我从网上看来的，要么就是我自己问来的，你哪次会主动跟我说？”

说到后来，陈策越说越大声，越说越委屈，搞得陈遇青既心虚又头疼，心虚是她好像真的有些重傅岫轻他，头疼是怎么她身边的这些男人，一个两个都要她哄。

陈遇青无奈地叹了口气，朝天竖起三根手指，说：“那我保证以后我的什么事都跟你说，好吗？”

陈策还是气哼哼的，拉着她的行李走得飞快，说：“我才不信，你就知道敷衍我。”

“真的真的。之前是念着你小，但你现在长大了，能承事儿了，以后就算你不想知道，我也会赖着跟你说！”陈遇青追上去，嬉笑道。

对一个男孩儿最好的肯定，就是把他当成熟的大人看待，陈策的脚步这才慢了下来，瞥了陈遇青一眼：“真的？”

“比真金还真！”

“那好吧，我不生你气了。”

陈遇青长舒一口气，得，总算又哄好了一个。她这阵子，别的没什么长进，这哄人的本事倒是炉火纯青了。

说话间，两人已经走到了小区门口。远远瞧见自己家那栋破旧的楼房时，陈遇青的脚步变得有些犹豫，她想了想，问陈策：“那些钱，到底是怎么还的啊？”

打王虹丽之前在卿池那里被陈策拉走以后，她便没再给陈遇青打过电话。她不找，陈遇青自然不会上赶着给自己添堵，自然是没联系过的，只每个月按时打钱过去，对其他事一概不管不问。前几天陈策给她打电话，催她回家过年时，说了一句“欠的钱基本还清了”，陈遇青才知道这事，但那个时候她在陪卿池，也没细问，所以不知道房子到底是卖了还是没卖。

显然陈策不想就这件事多说什么，只含糊道：“抵押了，不过还能继续住几年。”

陈遇青皱眉，以为是抵押给银行去贷款了，便说：“抵押了几年？够撑到你大学毕业找到工作吗？到时候——”

“哎呀，姐！”陈策打断她，抿了抿嘴，沉声道，“反正这件事儿你就不要管了，不然到时候妈又不肯放过你。”

对陈遇青来说，把王虹丽搬出来比什么都有用。她立马就闭嘴了，连上楼的脚步声都不由自主地放轻，像是生怕把王虹丽惊动了，又寻隙找她不痛快。

只是等姐弟俩终于到了门口，陈策掏钥匙准备开门的时候，对面突然响起“咔嗒”一声，吓得一靠近家就浑身戒备的陈遇青一抖，差点儿叫出来。

一身休闲家居服的傅岫先将自家的门掩上，再歪头瞧着陈遇青惊魂未定的模样，有些好笑：“怎么，这才几天不见，就不认识我了？”

陈遇青食指点了下嘴巴：“嘘！你小点儿声，被我妈知道就完了！”

“知道什么？我俩在一起的事儿？会上网的人应该都知道了吧？就算不知道，总有人会告诉她吧。”

陈遇青一时语塞，忘了他高调示爱的事儿，但还是嘴犟地反驳道：“万一呢？反正你小声点儿。”

说话间，她家的门也“咔嗒”一声开了。陈策一边把行李拖进去，一边跟陈遇青道：“没万一了，她早知道了，新闻刚出来的时候，隔壁栋楼王阿姨家上高中的女儿来我家哭了一天。”

陈遇青噎了噎，进门前忍不住回头看了傅岫一眼，那眼神仿佛在说“老少通吃，可真有你的”。

傅岫笑，双手环抱倚在门上，一副懒散的模样，眼神却没片刻离开过陈遇青。好一会儿，等陈遇青背身去换鞋了，他才扬眉，冲着正好向他看过来的陈策，比了一个“嘘”的手势。

陈策自然知道他这个动作是什么意思，就是瞧着他看他姐的背影都眼含宠溺的样子，还是忍不住郁闷了一下。

他想起大概四个月前，国庆节的时候，他从学校回来办房屋抵押贷款的那一天。

那天，王虹丽还在跟他怄气，扔下一句“你看着办”便跑医院陪护他爸了。因为现在这个房子是当初王虹丽全款买下来的，户主一栏就填了陈策的名字，所以办理房屋抵押贷款的时候，仅需要他出面。

尽管提前查阅了很多资料和案例，可那些具体流程，陈策是不大清楚的，只能在临出门前，去网上查一下。

正查着的时候，他家的门铃便响了。起先他还以为是他妈想通了去而复返，哪想门一打开，外头竟是口罩摘了一半的明星邻居。

陈遇青后来解释过她当年和傅岫真正的分手原因，但陈策有傅岫对他姐不好这种先入为主的观念，又加上去年除夕时，看到傅岫冷着脸将他姐扔下，所以见到人的一瞬间，他不是客套欢迎，而是皱了眉，语气极为不好道："干什么？"

傅岫当时似乎没想到陈策会对他抱有敌意，挑了挑眉，也有些冷淡道："不干什么，来帮你姐解决麻烦。"

陈策瞪他："我姐没什么麻烦。"

傅岫懒得跟他兜圈子，直截了当道："我给你两百万，把房产过户给我。你们一家人可以无期限地继续住在这个房子里。"估计是见陈策一脸屈辱的样子，傅岫最后补充道，"这个房子已经有些年头了，说是靠近学区，但离市中心又不近，又不通地铁，你去银行抵押，评估下来撑死给你四五十万。据我所知，你爸欠的钱应该不止这个数目，好像还有一部分是通过高利贷借的，那利息早不知滚到多少了，所以你抵押的那点儿钱根本不够用。当然，我也不是在施舍你，我喜欢你姐，不想她为这些事情烦心，你就当我花钱讨她开心好了。当然，以后你工作稳定了，想把房子过户回去，我也不拦着。"

陈策当然知道他说的话句句在理，只是垂在身侧的手攥紧了又松，半晌才从牙缝里挤出话来："我姐都不知道我要去做抵押，这件事儿你是怎么知道的？"

傅岫倒是坦荡，说："那天你和你妈在你姐朋友的工作室吵架的时候，我也在场。你拉着你妈出去的时候，我让我经纪人跟踪你们了，所以就知道了你以你的学业要挟你妈卖房。”

陈策一噎，好半晌才顺过气来。不过他气归气，到底知道傅岫提出的方案是目前他家这事儿的最优解，最后便稳了下来，一字一句地说：“当我借你的，等我有能力的那天，我会连本带息还给你的。”顿了顿，又认真道，“还有，这不是卖姐姐的钱，希望你不要借此去轻贱她。”

“我又不是你妈。”原本神情冷然的傅岫一听到这句话便笑了，目光温柔起来，说，“她在我心里，可不仅仅值这么点儿钱。”

说完，他语气又一冷，收了眼中的温柔，换上讥诮的脸色：“看在你是她弟弟的分上，才对你这么有耐心的。你别到时候不长脑子，把这事儿告诉你妈，当然，也不能告诉她。”

不告诉王虹丽，是怕她到时候见傅岫给她女儿撑腰，便更加抱着陈遇青不肯撒手。而不告诉陈遇青……是因为傅岫希望她只纯粹地爱他就好，不需要愧疚，也不需要感激。

思绪回笼，站在玄关的陈策看了眼连换双拖鞋都脸上带笑的姐姐，一下子便释然了。他知道自己是姐姐受到的所有伤害的根本源头，哪怕他从小就想弥补她，想保护她，可她在这个家里，从来没有过像如今这么轻松开心的时候。

这么多年他都做不到，那么现在别人做到了，他就大度一点儿，把心爱的姐姐让给那个人吧。

陈策终于笑起来，陈家的大门关上之前，可以听到他正撒娇似的朝陈遇青抱怨：“姐，我早就想说了，你这包里都是什么东西啊？重死了！”

晚上，新闻联播还没播完，傅岫便来敲了陈遇青家的门。陈遇青当时在房间里收拾东西，出来的时候便听到王虹丽尖锐谄媚的笑声，她说：“你进来等啊，外头怪冷的。都这么多年的邻居了，你可千万别跟伯母客气。”

陈遇青忍不住想笑，去年这个时候还说人家蹦蹦跳跳的，不体面呢，今年就让人家叫伯母了？果真这人翻脸堪比翻书。但就算王虹丽做得再有不是，陈遇青也不想让傅岫为了她做出什么给长辈摆脸的事，让人诟病。

她加快脚步，往没进门的傅岫身边一站，说："我和他出去逛逛，晚点儿回来。"

王虹丽显然是不想傅岫走的，动了动嘴皮子，还想说什么，结果傅岫来了一句"阿姨再见"，顿时把她堵得脸色立马不好看了，偷偷剜了陈遇青好几眼。

陈遇青对这种并没什么实质性攻击的招数早就免疫了，当下也不在意，牵着傅岫便走，到了楼下，遇上三三两两溜圈消食的小区住户，竟也难得没松开手。

傅岫很是惊讶，看她翘着嘴角一副心情很好的样子，问："今天怎么长进了？"

陈遇青"嘿嘿"笑了两声："觉得有人撑腰的感觉还挺好的？"

"所以这才讨好一下帮你撑腰的人？"

"也不是。"腊月的寒风刮得脸有些疼，陈遇青往傅岫身边靠了靠，手被他裹着揣在衣兜里，像抱着树的树獭一样，小声嘟囔着，"就是想宣示一下主权，省得什么周吴郑王家的小妹妹还惦记你。"

寒夜有星，只是暗暗的，比不上此时傅岫的眼眸璀璨，他道："你说什么？听不清，大声一点儿！"

陈遇青才不肯，被他揣在兜里的手不安分地去挠他的腰，结果反被人一把掐住，警告似的捏了捏，他说："大过年的，可别惹火啊。"

陈遇青顿时想起了之前那趟没赶上的飞机，心有余悸之下，马上便安静了。傅岫睇了她一眼，想起什么，一时有些情迷意乱，不过他最终还是定了定神，牵着她出了小区，又拦了辆车，神神秘秘地说："我带你去个地方。”

起先陈遇青不知道去哪里，等看到了几个标志性建筑物后，才大抵猜到他应该是要带她去市中。

果然，最后出租车停在了市中的西校门。陈遇青瞧着不知道多久以前就被封了的市中最简陋的一个校门，疑惑道：“又进不去，你带我来这里干吗？”

“谁说进不去？”傅岫昂了昂头，指着被水泥夯实了的墙说，“这种高度，随便翻一下就能进去，而且没有门卫值班。”

陈遇青本来以为他在说笑，结果看他一副跃跃欲试的模样，顿时就急了：“这黑灯瞎火的，你进去干什么呀？你不怕被人看到啊？到时候被录下来，你看校长还肯帮你出面不！”

“所以这不是一下车，我就把你羽绒服的帽子给你盖上了吗？”同样盖着帽子的傅岫说话间已经两步翻上了墙头，还蹲在上面朝她伸手，“快点儿，再磨蹭可真被人发现了。”

陈遇青看着那几乎有她两倍高的墙，都快哭了，最后左右环顾了一下，还是一咬唇，把手递了过去。傅岫就很镇定了，拉她上来的时候，还有心情说她：“太瘦了，陈遇青，过年期间给我吃胖点儿！”

弄得陈遇青都不想理他了。皇帝不急，太监急。

进了学校以后，里面倒是并不像陈遇青说的那样黑灯瞎火。市中通过这几年的改建，已经在不少地方都安上了太阳能路灯，眼下这些灯一盏盏亮起，光芒柔和不刺眼，顿时便给周遭的环境添了几分静谧。

陈遇青原本忐忑的心情这才放松下来，又被傅岫紧紧牵着，便更加安心，竟是真跟着他一起逛起阔别已久的学校来。偶尔路过一个地方，陈遇青还会从记忆中挖些有意思的事情跟他说。

什么运动会上，她跑女子接力赛时因为在观众席中看到了他，结果递错了棒；什么前一天花了一块钱的硬币扔许愿池里，结果第二天要买和他一样的肉松面包，差一块钱，又偷偷摸摸地把扔下去的硬币捞回来；什么课间操结束后假装趴在阳台透气，实际上是借着人潮，趁他上楼的时候，偷偷地看他一眼……

末了，她笑叹一声："这些你肯定都不知道。"

说话间，两人已经从南侧一个门没锁实的楼梯间上了教学楼。到三楼的时候，陈遇青停下来，指着那个小小的半圆形阳台，笑道："就是这儿，我当年可是差点儿在这儿把脖子仰断，小课间的时候恨不得分分秒秒往你们四楼瞅。"

本来傅岫一路都在听陈遇青说，此时才终于忍不住插嘴，道："你才没有分分秒秒往上看。"

陈遇青不服气："你怎么知道我没有？"

傅岫牵着她上四楼："我就是知道。"

迈上最后一步台阶，陈遇青被傅岫领到四楼的小阳台，这里视野开阔，只要垂目往下看，不只三楼的走廊，连教室里的情景也可窥见一二。

"你刚才说的那些，我都知道。"他知道她递错了棒，知道她偷捡硬币，也知道她在偷看他，"不仅如此，我还知道你有几次早读课在课桌底下偷看漫画书，知道你全校大扫除的时候偷懒，知道你夏天上体育课偷跑回教室睡觉……"

因为她偷看他的时候，他也在偷看她啊。

傅岫嘴角漾开笑，将愣怔的陈遇青拉进怀里，感受到那切切实实的存在后，他才心满意足地喟叹一声："所以啊，你不要不相信，我喜欢你远远早过你喜欢我。"

就是那时年少，不懂如何表达情感，总觉得谁先心动谁就输了。诚然，最后确实证明了他是这场爱恋里彻头彻尾的输家，但好在，这段爱情还是善始善终，他这一颗心，输得值。

出了学校以后，两人没再打车，而是沿着街慢慢地往回走。路上傅岫同陈遇青大致说了一下孟清宵的情况，简要概括，就是这小子这段时间也过得不好，放不下，却又拿不起，生生熬瘦了十来斤。

陈遇青是孟清宵和卿池那段感情的局外人，所以不好多做置喙，只闷在心里，一时有些唏嘘感慨。

正值腊月寒冬，路上行人少，但路灯上悬挂的一排红灯笼让气氛显得不那么冷清。车行道上偶有几辆车疾驰而过，带起一阵尾气细尘。

陈遇青原本走的是靠近马路的那一侧，后来便被傅岫拉到了里侧，手也换了一只牵。

只是走着走着，因为孟清宵和卿池那事儿，已经沉默了一会儿的陈遇青觉得有些不对劲。她把被傅岫换了牵的那只手抽出来，五指张开对着路灯昏暗的光看了看，问："这是什么？"

傅岫斜睨了她一眼，一派悠然道："戒指啊，你难道看不出来？"

陈遇青瞪他，说："你给我戒指干吗？"

"因为明天要去外省参加春晚，没办法回来陪你过除夕，所以提前给你。"

"喂！"陈遇青不乐意他这么拐弯抹角，作势要把它拔下来，"没办法就等有办法的时候再说吧。"

傅岫这才拦住她，捉着她的手，把那被她褪了一半的戒指重新推回她的指根，又在那儿烙下了一个吻，接着单膝跪地，执着她的手，换上郑重其事的语气，说："陈遇青，我爱你，你要嫁给我吗？"

他话音一落，陈遇青的眼泪瞬间落了下来。她偏过头去，不想让他看到自己失态的模样，好一会儿，才重新转过头来，带着鼻音娇声娇气道："刚才不算，你再说一遍。"

傅岫便又开口，慢慢地、轻轻地、一字一句地说给她听："我学生时代看杂书，曾看到过这么一句话——‘爱情是压制异性间遗传的对立性而永远相互奉献’。所以，陈遇青女士，请问你是否愿意压制遗传的本能，甘心彼此奉献，成为你眼前这个男人一生挚爱的妻子？”

陈遇青终于笑起来，含泪道：“我愿意。”

至死不渝。

—全文完—